Jürgen Ehlers

Die Hyäne von Hamburg

Jürgen Ehlers

Eiszeitforscher und Krimiautor, geboren 1948 in Hamburg.
Seit 1992 schreibt er Kurzkrimis und Kriminalromane. Er ist
Mitglied im »Syndikat« und in der »Crime Writers' Associa-
tion«. Er lebt mit seiner Familie in Schleswig-Holstein. Wer
mehr über ihn und seine Bücher erfahren möchte, findet viele
Informationen auf seiner Webseite

https://www.juergen-ehlers-krimi.de

Jürgen Ehlers

Die Hyäne
von Hamburg

1. Auflage März 2016
2. Auflage November 2024

Originalausgabe
© 2024 KBV Jürgen Ehlers
E-Mail: jehlersqua@outlook.de
Covergestaltung: Laura Newman
- lauranewman.de -
Impressum:
Jürgen Ehlers, Hellberg 2a, 21514 Witzeeze
Verlag: BoD · Books on Demand GmbH, In de Tarpen 42,
22848 Norderstedt, bod@bod.de
Druck: Libri Plureos GmbH, Friedensallee 273,
22763 Hamburg
ISBN: 978-3-7693-1500-4

Zwei Tote im Park

Freitag, 13./Sonnabend, 14. November

Von: hyena@styx.to
An: bernd.kastrup@polizei.hamburg.de
*Zwei Menschen werden sterben, während Du schläfst.
Ich werde sie erschießen, heute früh. Wenn Du diesen Brief
liest, wird das, was ich beschreibe, schon geschehen sein. Du
wirst es nicht verhindern können. Aber wenn Du es verhindern
könntest, würdest Du es auch nicht verhindern wollen.
Dennoch würdest Du es versuchen, obwohl Du es gar nicht
willst. Du tust Dinge, ohne nach dem Sinn zu fragen. Du
befolgst Regeln, von denen Du nicht einmal weißt, wer sie
aufgestellt hat und warum. Wir haben uns noch nie gesehen,
und doch kenne ich Dich. Du kennst mich nicht, aber Du
wirst mich kennenlernen.*

Die Hyäne.

* * *

Hauptkommissar Bernd Kastrup las nachts keine E-
Mails, auch dann nicht, wenn er nicht schlafen konnte.
Er hatte sich auf der Matratze herumgewälzt. Schließlich
war er aufgestanden, hatte sich angekleidet und auf den
Weg zu einer nächtlichen Wanderung gemacht. Er ging
in Richtung Osten. Es wäre schön gewesen, am Ende

dieses Spaziergangs direkt in die aufgehende Sonne zu marschieren, aber das ging nicht, jetzt im November ging die Sonne viel zu spät auf. Da müsste er längst im Dienst sein. Jetzt war es noch nicht einmal Mitternacht.

Um diese Zeit ruhte die Stadt. Jedenfalls in den Bereichen, in denen Kastrup sich bewegte. Er ging über die Gleise des alten Rangierbahnhofs und überquerte schließlich den Billhafen auf der Eisenbahnbrücke. Das war natürlich verboten, aber Kastrup hatte sich nie um Verbote gekümmert, die ihm unsinnig erschienen. Natürlich war es gefährlich, auf den Gleisen zu gehen, aber wenn wirklich ein Zug kommen sollte, würde er ihn schon von Weitem hören und hatte alle Zeit der Welt, rechtzeitig auszuweichen. Selbst jetzt, im Nebel. Aber es kam kein Zug.

Auch kein Schiff war in Sicht. Der Billhafen hatte seine Funktion als Hafen längst verloren. Es war Niedrigwasser. Unter der Brücke glänzte matt der Schlick.

Der Hauptkommissar überquerte die Billhorner Brückenstraße. Es war auf die Dauer lästig, auf den Gleisen zu gehen. Die Schwellen hatten den falschen Abstand. Für einen normalen Schritt zu kurz. Aber er brauchte sich nicht länger zu mühen; jetzt war er in Rothenburgsort. Als er auf dem Bürgersteig angelangt war, blieb er stehen und schüttete seine Schuhe aus. Bei dem Abstieg vom Bahndamm war ihm Sand hineingefallen.

Kastrup ging weiter. Er wollte am Elbufer entlang und dann an der Schleuse vorbei zum Bahnhof Tiefstack gehen. Um 0:30 Uhr fuhr der letzte Zug. Den würde er mühelos erreichen.

* * *

»Es ist alles ganz einfach«, behauptete Pedro.

»Ja.« Kai hatte Angst.

»Wenn wir jetzt losgehen, sind wir zuerst am Treffpunkt. Wir stehen im Schatten, in den Büschen am Zaun. Niemand kann uns sehen. Wir sehen die Hyäne, wenn sie kommt. Wir warten, bis sie den vereinbarten Treffpunkt erreicht hat.«

»Ja.«

»Du bist derjenige, der auf sie zugeht.«

»Warum können wir nicht zusammen gehen?«

»Weil vereinbart ist, dass wir allein zum Treffpunkt kommen: Die Hyäne kommt allein, und du kommst allein. Und wenn du hörst, dass sie das Geld dabei hat, dann schießt du sie ab.«

»Und wenn sie das Geld nicht dabei hat?«

»Sie wird das Geld dabei haben. Sie kann es nicht riskieren, dass du die Polizei anrufst.«

»Und wenn sie es nun doch riskiert?«

»Dann schießt du trotzdem«, sagte Pedro.

Kai schwieg. Er war 24 Jahre alt. Er hatte noch nie auf einen Menschen geschossen. Er hatte überhaupt noch nie geschossen, bevor Pedro mit diesen Revolvern angekommen war. Sie hatten natürlich geübt, die letzten Tage, draußen im Klövensteen. Sie hatten die Bierdosen getroffen, es war kinderleicht, aber da war es auch hell gewesen, und jetzt war es dunkle Nacht.

»Du brauchst dir keine Sorgen zu machen«, versicherte ihm Pedro. »Ich bin ja bei dir. Ich stehe schräg hinter dir. Ich halte dir den Rücken frei. Nur zur Sicherheit, falls die Hyäne nicht allein ist.«

»Und wenn sie dich sieht?«

»Sie sieht mich nicht. Ich stehe hinter der Plastik. Hinter diesem Bogen aus Stein. Das hast du doch gesehen, wo der ist.«

»Und dann?«

»Dann schnappst du dir die Tasche und rennst los. Du weißt ja, wo unser Wagen steht.«

Ja, das wusste Kai. Der Wagen stand hier, knappe 100 Meter vom vereinbarten Treffpunkt. Kai hatte grenzenlose Angst. Noch einmal überprüfte er den Revolver. Die Waffe war geladen. Seine Finger zitterten. Er hätte sich nie auf diese Geschichte einlassen dürfen.

* * *

Bernd Kastrup genoss die Ruhe. Mitten in der Nacht schien Hamburg vollkommen in Ordnung zu sein. Im Unterschied zu seinem Leben, das war nicht in Ordnung. Im Augenblick jedenfalls nicht. Antje hatte sich gemeldet, zum ersten Mal seit langer Zeit, aber sie hatte nur eine Postkarte aus dem Urlaub geschickt, ohne irgendwelchen persönlichen Inhalt. Wahrscheinlich war sie mit ihrem Mann auf Teneriffa, aber den hatte sie nicht erwähnt. Kastrup konnte sich nicht vorstellen, dass sie nicht irgendwann einen Moment für sich allein gehabt hatte, in dem sie ihm hätte schreiben können, was sie für ihn empfand.

Wahrscheinlich hatte sie genau das geschrieben, was sie für ihn empfand. Nichts. Sie empfand nichts für ihn.

Jedenfalls jetzt nicht mehr, nachdem er sie letztes Jahr ungewollt in Lebensgefahr gebracht hatte. Bernd Kastrup seufzte. Nein, das stimmte nicht, was er sich da gerade in seiner trüben Stimmung ausmalte. Wenn sie gar nichts für ihn empfand, dann hätte sie ihm überhaupt nicht geschrieben. Aber so – so bestand noch immer Hoffnung.

Seine persönliche Situation hatte sich seit der Scheidung von seiner Frau nicht verbessert. Die Affäre mit Antje war natürlich auf die Dauer keine Lösung, das hatte er von Anfang an gewusst. Antje war mit einem reichen Kaufmann verheiratet. Sie ahnte nicht, dass er nach seiner Scheidung so knapp dran war, dass er illegal in einem Lagerraum in der Speicherstadt wohnen musste. Sie durfte es nie erfahren.

Und Gesa, die andere Frau, die im letzten Jahr kurzfristig in sein Leben getreten war, die war auch keine Lösung. Sie hatte Hilfe gesucht, für sich und ihre Tochter. Sylvia. Wie alt war Sylvia jetzt? 15 Jahre? Er hatte ihnen geholfen, und danach waren sie wieder verschwunden. Sollte er sie anrufen? Vincent hatte ihn gewarnt, Gesa sei die falsche Frau für ihn. Wahrscheinlich hatte sein Kollege recht.

Es war empfindlich kühl in dieser Nacht, und Kastrup entschloss sich, nicht oben auf dem Deich weiterzugehen, sondern er wählte die Abkürzung durch Trauns Park. Der Weg war unbeleuchtet, aber es war längst nicht so finster, dass man sich nicht mehr orientieren konnte.

Plötzlich fiel ein Schuss. Kastrup blieb stehen. Noch ein Schuss. Dann weitere Schüsse in rascher Folge. Ein

Mensch schrie, dann brach der Schrei abrupt ab. Bernd Kastrup rannte los. Er war unbewaffnet.

»Halt!«, rief er. »Polizei!« Er hatte eine laute Stimme. Vielleicht ließen sich die Unbekannten dadurch beeindrucken. Jedenfalls wurde jetzt nicht mehr geschossen.

Jemand lief auf ihn zu. Eine Frau. »Hilfe!«, rief sie. Sie hielt sich die linke Schulter.

»Was ist passiert? Sind Sie verletzt?«

»Ich brauche einen Arzt.« Sie blutete. »Ich bin angeschossen worden.«

Bernd Kastrup zückte sein Handy und alarmierte Polizei und Notarzt.

* * *

»Was ist passiert?«, wollte Vincent Weber wissen. Kastrups Kollegen waren inzwischen im Park eingetroffen. Sie hatten die Ausrüstung mitgebracht, und Kastrup war jetzt genau wie die anderen in einen weißen Schutzanzug gehüllt. Der Tatort wurde durch Scheinwerfer erhellt.

»Was passiert ist, wissen wir noch nicht«, brummte Kastrup.

»Jedenfalls nicht genau. Eine junge Frau ist angeschossen worden, und da drüben auf dem Rasen liegen zwei Tote.«

»Ich seh nur einen.«

»Der zweite liegt weiter rechts. Da drüben.«

Vincent kniff die Augen zusammen. Das Licht blendete.

»Und die Frau? Ist die ansprechbar?«

Kastrup nickte. »Sie hat gesagt, sie sei mit dem Hund draußen gewesen. Dann sei die Schießerei losgegangen, diese beiden Leute, die da auf dem Gras liegen, die haben sich offenbar gegenseitig umgebracht, und eine verirrte Kugel hat obendrein die junge Frau getroffen. Sie heißt Julia Dachsteiger und wohnt hier in Rothenburgsort. Der Notarzt hat sie ins Krankenhaus gebracht.«

»Und der Hund?«

»Der hat Reißaus genommen.«

Alexander Nachtweyh sagte: »Der beste Freund des Menschen ist auch nicht mehr das, was er mal war! Gibt's hier irgendwo Kaffee?«

»Da drüben. Außerhalb der Absperrung.« Vincent hielt schon einen Styroporbecher in der Hand. Kastrup zeigte in Richtung Deich.

O du fröhliche ...

Bernd Kastrup erstarrte.

»Mein Handy«, sagte Alexander entschuldigend. Und dann: »Ja, Schatz, was gibt's?«

Vincent räusperte sich.

Alexander ging einen Schritt zur Seite. Dann sagte er: »Du, Schatz, weißt du was? Ich glaube, das stört jetzt im Augenblick ein bisschen. Ich ruf dich gleich zurück, ja?«

»Deine Neue?«, fragte Bernd.

»Ja.« Alexander wurde rot. Er war 41 Jahre alt, sah gut aus, aber keine seiner zahlreichen Freundinnen hatte es bisher länger als ein paar Monate mit ihm ausgehalten.

»Also, um auf unseren jetzigen Fall zurückzukommen – Es ist schon komisch, dass die beiden Kerle sich gegenseitig erschossen haben.«

»Als komisch würde ich das nicht gerade nennen«, empörte sich Jennifer Ladiges.

»Nein, entschuldige, sagen wir einfach: Es ist seltsam. Ich kann mich nicht erinnern, dass wir das schon jemals gehabt haben. Normalerweise, wenn zwei aufeinander schießen, dann ist am Ende im ungünstigsten Fall einer tot und einer lebt. Aber dass gleich beide tot sind ...«

»Aber möglich ist das schon?«

»Ja, möglich ist das.«

»Sind die Toten schon identifiziert?«

»Ja. Der eine jedenfalls. Er heißt Pedro Sanchez, ist 23 Jahre alt, wohnhaft in St. Georg. Er hatte seinen Führerschein in der Tasche.«

»Und der andere?«

»Der nicht. – Aber der Sanchez ist kein Unbekannter. Ein kleiner Dealer. Die Leute von der Drogenfahndung wussten, dass er mit einem gewissen Kai Sundberg zusammengearbeitet hat. Womöglich ist das der andere Tote.«

»Können sie ihn nicht identifizieren?«

»Wir haben das Foto ins Präsidium geschickt. Aber sie sind sich nicht sicher. Das Gesicht – weißt du, er hat einen Schuss mitten ins Gesicht gekriegt.«

»Haben wir denn seine Fingerabdrücke im Archiv?«

»Ja, haben wir. – Ich verstehe das Ganze nicht. Wer sucht sich denn solch einen Ort aus?«, brummte Kastrup.

»Was sagst du?«

»Wer sucht sich solch einen dämlichen Ort aus, wenn er eine Schießerei anfangen will?«

»Was hast du gegen Trauns Park? Wenn du jemand umbringen willst, ist der so gut geeignet wie jeder andere einsame Fleck in unserer Freien und Hansestadt. Selbst bei Tag ist hier nicht viel los. Und wenn du nachts durch den Park gehst, jetzt im November, dann kannst du ziemlich sicher sein, dass du keiner Menschenseele begegnest.«

»Außer irgendjemandem, der seinen Hund spazieren führt!«

»Es ist jedenfalls ein einsamer Ort.«

»Und schlaflose Kriminalkommissare laufen hier auch noch rum!«

»Meistens nicht.« Bernd Kastrup war noch nie zuvor bei Nacht hier gewesen. »Mir gefällt der Tatort nicht. Wenn ich eine Straftat vorhätte, dann würde ich nicht ausgerechnet hierher gehen. Auf der einen Seite ist das Wasser, da kannst du nicht weg. Und auf anderen Seite sind die Hamburger Wasserwerke ...«

»*Hamburg Wasser* heißt der Betrieb jetzt!«

»Ganz egal, wie das jetzt heißt. Jedenfalls ist das Gelände von einem wunderschönen, hohen Zaun umgeben, den du nicht ohne Weiteres übersteigen kannst. Und wenn du ihn doch übersteigst, dann gibt es da drinnen garantiert irgendeinen Nachtwächter, der dir in die Quere kommt. Und auf der Wasserseite, da ist außerdem diese Fabrik. *Cargill.* Da ist auch Tag und Nacht was los, von dort aus kann man Trauns Park hervorragend einsehen, sodass du immer mit Zeugen rechnen musst.«

»Bis jetzt haben sich keine Zeugen gemeldet«, gab Vincent zu bedenken.

»Doch, der Pförtner von der Fabrik, der hat die Schüsse gehört.«

»Keine Augenzeugen, meine ich.«

»Die kommen ja vielleicht noch.«

»Wenn der Park im Dunkeln liegt, sieht man von da drüben nichts.«

»Was ist das überhaupt für eine Fabrik?«, fragte Jennifer.

»*Cargill Texturizing Solutions*«, wusste Alexander. Er hatte sich im Internet schlau gemacht.

»Das sagt alles«, brummte Bernd ärgerlich. Verdammte Fremdworte!

»Ich kann es dir ja erklären!«

»Ich bitte darum!«

»*Cargill* ist eigentlich ein amerikanisches Unternehmen. Es ist aber heute auch in Europa an zahlreichen Standorten vertreten. In Deutschland besitzt die Firma zwölf Niederlassungen. Drei davon in Hamburg. Dieser Standort hier in Rothenburgsort, das ist die alte *Lucas Meyer GmbH & Co.*«

Bernd Kastrup trommelte ungeduldig mit den Fingern auf das Dach des Streifenwagens.

Der Fahrer ließ die Scheibe herunter und fragte: »Ist was?«

Kastrup schüttelte den Kopf. »Kurz bitte«, sagte er zu Alexander.

»Ich fasse mich ja schon kurz! – Irgendwann ist die Firma an *SKW* verkauft worden, und *SKW* hat dann wiederum mit der *Degussa* fusioniert ...«

»Und was produziert diese Firma?« Auch Jennifer war inzwischen ungeduldig geworden.

»Lecithine und Phospholipide.« Alexander machte eine bedeutungsvolle Pause, aber niemand beging den Fehler nachzufragen, wozu man diese Produkte brauche. Schließlich sagte Alexander: »Die *HOBUM* in Harburg, die haben sie auch gekauft.«

»Fein. Das wissen wir jetzt also. Und die Wasserwerke produzieren Wasser, das wissen wir auch. Aber das macht diesen Park für mich als Mordszene nicht attraktiver.«

»Bernd, ich weiß gar nicht, was du hast. Ganz gleich, wer diese Schießerei angezettelt hat, er wird sicher nicht geglaubt haben, dass er am Ende tot auf der Wiese liegen würde. Er wird sich überlegt haben, wie er von hier wegkommt. Und es gibt hier zwei wunderbare Fluchtwege. Du kannst auf dem Ausschläger Elbdeich sowohl nach Westen als auch nach Osten hervorragend entkommen. Und ganz gleich, für welche Richtung du dich entscheidest, auf jeden Fall bist du innerhalb weniger Minuten auf der Autobahn.«

»Ja, wenn du so weit kommst.« Bernd Kastrup war nicht überzeugt. »Die Schüsse sind gehört worden. Der Nachtwächter von *Cargill* hat sofort Alarm geschlagen. Der erste Streifenwagen war nur Minuten später am Tatort.«

»Minuten zu spät.«

»Schneller ging's nicht. Und die Kollegen haben zunächst einmal gar nichts gesehen. Keinen Täter und kein Opfer. Sie sind von Osten gekommen. Und gleich danach war dann auch die zweite Funkstreife da. Von Westen. Keiner der Besatzungen ist auf der Fahrt zum Tatort irgendetwas Verdächtiges aufgefallen. Die Kollegen sagen, ihnen sei auch kein Fahrzeug entgegengekommen. Jedenfalls nicht in der Nähe des Tatortes.«

»Was sagt das schon?«

»Das sagt, dass es wahrscheinlich wirklich so war, wie die Frau es beschrieben hat: Die beiden jungen Männer haben sich gegenseitig totgeschossen.« Bernd Kastrup schüttelte den Kopf. Der Staatsanwalt kam und ließ sich unterrichten.

Joachim Kruse, einer der jungen Leute. Kastrup kannte den Mann. Sie begrüßten sich per Handschlag. Die Zusammenarbeit mit der Staatsanwaltschaft war erheblich besser geworden, seit vor zwei Jahren die Spezialabteilung für Kapitaldelikte eingerichtet worden war. Das waren lauter hochmotivierte Juristen, die großen Wert darauf legten, von Anfang an und schon vor Ort bei den Ermittlungen mit dabei zu sein. Es gab eine Rufbereitschaft, und auf diese Weise war sichergestellt, dass es durch den Einsatz der Staatsanwaltschaft zu keinerlei Verzögerungen mehr kam.

»Seltsam«, sagte Kruse. »Verstehst du das, was hier abgelaufen ist?«

Bernd Kastrup schüttelte wieder den Kopf. »Nein. Aber wir werden es herausfinden.«

* * *

Es war hell geworden. Etwa auf halbem Wege zwischen dem Sperrwerk und der Fabrik saß ein älterer Mann auf einem Klappstuhl am Ufer der Billwerder Bucht und angelte. Ein Zeuge? Wahrscheinlich nicht. Aber natürlich konnte man es nicht ausschließen.

»Na, haben Sie schon was gefangen?«, fragte Alexander.

»Nö.« Der Angler würdigte ihn keines Blickes. Der Mann trug eine Pudelmütze in HSV-Farben.

»Sind Sie jeden Tag draußen zum Angeln?«, versuchte Alexander es erneut.

»Nö.«

»Wie oft denn?«

»Nicht jeden Tag.«

»Aber manchmal auch nachts?« Alexander Nachtweyh hatte selbst noch nie geangelt, aber er hatte gehört, dass viele Angler davon überzeugt seien, dass die Fische nachts besser bissen.

»Jo.«

»Letzte Nacht auch?«

»Nö.«

»Aber Sie haben gehört, was hier passiert ist?«

»Jo.« Es schien ihn nicht sonderlich zu interessieren.

»Wenn Sie so oft hier draußen sind, dann sehen Sie doch sicher all die Menschen, die hier vorbeigehen. – Haben Sie vielleicht irgendetwas Verdächtiges gesehen in der letzten Zeit? Vielleicht irgendjemand, der sich auffällig benommen hat?«

»Nö.« Der Angler machte eine kleine Pause. Als Alexander schon gehen wollte, fügte er noch hinzu: »Ich interessiere mich nicht für Menschen. Ich interessiere mich nur für Fische.«

»Und für den HSV«, sagte Alexander. »Ich weiß.«

* * *

Jennifer Ladiges hatte sich die Reihe der Fahrzeuge vorgenommen, die am Rande des Ausschläger Elbdeiches geparkt waren. Irgendwie hatte sie das Gefühl, dass eigentlich niemand einen Grund hatte, sein Auto ausgerechnet hier abzustellen. Und die Campingwagen, die hier standen, gehörten sicher nicht den Alten aus dem Seniorenwohnsitz. Sie notierte sich jedes Kennzeichen. Eines der Fahrzeuge schien ihr besonders verdächtig: ein großer, alter, cremefarbener Campingbus ohne Kennzeichen, bei dem jemand die Fenster von innen mit Papier zugeklebt hatte. Auf dem Beifahrersitz vorn saß ein riesengroßer, rosafarbener Teddybär.

Jennifer probierte die Tür. Natürlich verschlossen. Sie fotografierte den Wagen von allen Seiten. Den Halter würde sie schon herausfinden.

»Wollen Sie den kaufen?«, fragte jemand.

Jennifer drehte sich um. Vor ihr stand ein grobschlächtiger Kerl mittleren Alters.

»Ist das Ihr Wagen?«

»Nee.« Der Mann lachte. »Meiner steht da drüben.« Er wies auf einen grüngelben Abschleppwagen.

Jennifer war schon aufgefallen, dass hier am Ausschläger Elbdeich einige dieser Geier auf ihren nächsten Auftrag warteten. »Stehen Sie öfter hier?«, fragte sie.

»Kann man so sagen.«

»Und wissen Sie zufällig, wem dieses Fahrzeug gehört?«

»Nee, das weiß ich nicht. Aber Sie, Sie sind doch Polizei, oder? Und dieses Fahrzeug, das ist nicht in Ordnung. Steht hier auf der Straße herum und hat nicht einmal ein Kennzeichen. Wissen Sie was? Lassen Sie doch die Karre einfach abschleppen! Ich bringe sie Ihnen eben rüber zur Ausschläger Allee, zur Fahrzeugverwahrstelle. Oder von mir aus auch direkt zum Präsidium, und dann wird sich der Besitzer schon melden, schätze ich.«

»Danke für den Tipp.«

»He, was soll das denn jetzt?«

»Reine Routine«, sagte Jennifer. Sie hatte den Abschleppwagen fotografiert. Jetzt notierte sie sich zusätzlich das Kennzeichen.

* * *

Bernd Kastrup war inzwischen über das Sperrwerk nach Kaltehofe hinübergeschlendert. Aber hier gab es nicht viel zu sehen. Hinter dem Gelände der *Niederdeutschen Wanderpaddler* gab es eine Werft für Yachten, ein paar Liegeplätze für Sportboote, ein paar primitive Wochenendhäuschen und sonst nichts. Der größte Teil der Halbinsel wurde durch das ehemalige Elbwasserwerk Kaltehofe eingenommen – heute ein Museum. Wenn man nicht in das Museum wollte, konnte man außen auf dem Deich um das Gelände herumlaufen und schließlich – aber das wusste Kastrup nicht so genau – wahrscheinlich auch auf irgendeine Weise nach Kirchwerder gelangen. Zu Fuß. Hier kam man mit dem Auto nicht durch.

Das Café hatte geöffnet. Zu dieser frühen Stunde war Bernd Kastrup der einzige Gast. Er bestellte einen Cappuccino.

»Haben Sie beruflich hier zu tun?«, fragte die junge Frau, die ihm den Becher brachte.

»Ja«, bestätigte Kastrup.

»Sind Sie der Elektriker, der hier bei uns die defekte Leuchte austauschen soll?«

Kastrup verneinte. »Polizei«, sagte er.

»Oh.«

»Ja, man glaubt es gar nicht. Dies ist so eine friedliche Gegend, hier kann man sich gar nicht vorstellen, dass es irgendwelche Verbrechen gibt.«

»Oh, sagen Sie das nicht! Geklaut wird hier auch. Es ist schon mehrfach vorgekommen, dass Besucher versucht haben, irgendwelche Gegenstände aus der Ausstellung einfach mitzunehmen. – Meistens können wir es verhindern. Wir sehen es ja auf der Videoüberwachung. Aber es ist immer sehr peinlich, wenn man die Leute darauf ansprechen muss.«

Kastrup fragte, was für Gegenstände denn bevorzugt geklaut würden.

»Alles, was nicht niet- und nagelfest ist. Löffel und Tassen hier aus dem Café. Aber auch größere Dinge. Das Letzte, was uns geklaut worden ist, das war eine Tür.«

»Eine Tür?«

»Ja. Die Tür von einem der Schieberhäuser da draußen.«

»Wozu klaut jemand eine Tür?«

»Keine Ahnung. Dekorativ sieht sie ja aus, mit den gewaltigen Beschlägen, aber die passt doch nirgendwo hin. Das sind doch ganz ungewöhnliche Maße.«

»Unglaublich«, sagte Bernd Kastrup.

Der Hauptkommissar trank seinen Cappuccino aus und machte sich wieder auf den Weg. Er wäre gern noch eine Weile im Park spazieren gegangen, aber das war nicht drin. Kastrup kehrte zurück zum Tatort.

Trauns Park war einer der kleinsten Parks in ganz Hamburg. Er war etwa 500 Meter lang und an keiner Stelle mehr als 100 Meter breit. Die Anlage bestand überwiegend aus Rasenflächen. Lediglich entlang des einzigen Weges, in geringem Abstand vom Zaun des Wasserwerkgeländes, gab es Bäume. Zwei Gebäude standen im Park. Das eine war eine schöne alte Villa. Kastrup studierte die Schilder am Eingang. Hier residierte die *Lebenshilfe*. Das andere Gebäude war das *Spielhaus Trauns Park*, eine Art kostenloser Kindergarten für Kinder zwischen drei und 14 Jahren.

Bernd Kastrup ging um das Spielhaus herum. In einiger Entfernung stand ein großer, blauer Container, der hier im Park wie ein Fremdkörper wirkte. Kastrup sah ihn sich aus der Nähe an. Es war ein ganz normaler Zwanzigfußcontainer. Er gehörte dem Spielhaus. Die Tür war verschlossen. Jemand hatte einen Zettel angeklebt, auf dem stand: *Wir bitten um Mithilfe: am Wochenende 1. März/2. März 2014 wurden aus unserem Container unter anderem folgende Sachen gestohlen: Mehrere Party-Zelte, blau und blau/weiß gestreift, unser großer Bollerwagen aus Holz, unser Jahresvorrat an Seife ...*

Bernd Kastrup stellte sich einen ganzen Kindergarten voller Kinder vor, die sich seit dem März letzten Jahres nicht mehr hatten waschen können. Aber im Augenblick waren Kinder weder zu sehen noch zu hören. Auch nicht zu riechen. Das Spielhaus schien geschlossen.

Der Kommissar wandte sich nun dem formalen Garten zu. Ein kleiner Park im Park. In der Mitte prangte eine steinerne Kugel. Der Garten war der bescheidene Rest einer ursprünglich wesentlich größeren Anlage. Westlich des quadratischen Gartens standen in etwa 15 Metern Abstand voneinander zwei Vögel aus Stein.

»Raben sind das«, sagte ein alter Mann.

Bernd Kastrup nickte. Er hatte bemerkt, dass der Mann ihn schon länger beobachtete.

Ja, es konnten Raben sein. Überlebensgroße Sandsteinvögel mit kräftigen, spitzen Schnäbeln. Sie sahen weder freundlich noch böse aus. Eher wie Wächter, mit denen man rechnen musste. Aber in der letzten Nacht hatten sie versagt.

»Unglücksraben«, sagte der Mann. »Sie fressen Aas, sie fressen Leichen, sie bringen Unglück.«

Kastrup schüttelte den Kopf.

»Wenn ein Rabe dreimal schreit, stirbt ein Mann, wenn er zweimal schreit, eine Frau.«

Diese Raben hatten jedenfalls nicht geschrien.

»Zwei Raben und zwei Tote!«

Kastrup räusperte sich. »Da gibt es keinen Zusammenhang«, sagte er. Und dann, einer plötzlichen Eingebung folgend: »Sind Sie öfter hier draußen in Trauns Park?«

»Ja, ich bin öfter hier.« Manchmal traf er sich mit einem anderen Rentner zum Schachspiel, manchmal, wenn der andere nicht kam, ging er nur spazieren. Er wohnte in einem der Seniorenwohnsitze.

Kastrup hatte die Neubauten gesehen. »Blick auf die Elbe«, sagte er.

Der Alte schüttelte den Kopf: »Blick auf das Nachbarhaus. Oder Beton. Wie im Gefängnis. – Ich gehe nach draußen, so oft ich kann. Wenn es mir gut geht, gehe ich bis nach da drüben, nach Kaltehofe. Oder auch nach Entenwerder. Aber es gibt zu wenig Bänke hier draußen, viel zu wenig Bänke.«

Kastrup nickte zustimmend. »Gehen Sie auch manchmal nachts raus, wenn Sie nicht schlafen können?«

»Wenn ich nicht schlafen kann? – Ich kann gut schlafen. Wie ein Stein. Nein, nachts gehe ich nicht raus. Aber am Tag so oft wie möglich. Auch wenn es regnet.«

»Und – ist Ihnen bei ihren Spaziergängen irgendetwas Ungewöhnliches aufgefallen?«

»Ein Mörder vielleicht?« Der Alte lachte.

Bernd Kastrup blieb ernst. »Es muss ja nicht gleich ein Mörder sein. Irgendetwas, was anders war als sonst. Nicht unbedingt gestern, aber doch im Verlauf der letzten Tage.«

»Nein, hier war nichts Besonderes. – Das heißt – einmal ist einer hier gewesen, der hat sich auch alles ganz genau angesehen. Genau wie Sie. – Aber das ist schon etwas länger her. Zwei Wochen vielleicht. Oder drei.«

»Das muss nichts bedeuten.«

»Nein, das muss nichts bedeuten. Natürlich nicht.«

»Aber?«

»Aber er ist auch zu der Bank da drüben gegangen.« Der Alte deutete auf die Baumgruppe.

»Vielleicht wollte er sich ausruhen?«

»Nein. Jedenfalls hat er sich nicht auf die Bank gesetzt. Das ist einfach nur so eine alte Bank, wissen Sie. Völlig im Schatten. Es gibt keinen Weg, der dorthin führt. Da sitzt eigentlich nie einer. Höchstens Liebespaare. Manchmal. Oder Jugendliche, die in Ruhe ihre Drogen nehmen wollen. Da ist auch dieser abgesägte Baumstamm. Wie ein Tisch ist der.«

Kastrup nickte. Der Baumstamm war ihm auch aufgefallen. Eigentlich war es gar kein Stamm, sondern ein gut einen Meter langes Stück Baum, das jemand aus einem Stamm herausgesägt und dort aufgestellt hatte.

»Und der Mann hat einfach nur da gesessen?«

»Nein.«

»Wie nein?«

»Nicht gesessen. Gestanden hat er da, eine ganze Weile, so als ob er auf jemand wartet. Jedenfalls habe ich gedacht, dass er auf jemand wartet. Und ich war neugierig. Ich wollte sehen, auf wen er wartet.«

»Und auf wen hat er gewartet?«

»Wenn ich stehen geblieben wäre, dann hätte er mich bemerkt. Sonst bemerkt mich keiner. Alte Menschen sind unauffällig, wir sind eigentlich so gut wie gar nicht vorhanden. Aber wenn man stehen bleibt und glotzt, das fällt schon auf. Also bin ich nicht stehen geblieben.«

»Schade.«

Aber der Alte war noch nicht am Ende mit seiner Geschichte. »Ich bin bis nach Hause gegangen und dann wieder zurück. Und jetzt war der Mann nicht mehr allein. Er hat da gestanden, und der andere hat vor ihm gestanden, und sie haben diskutiert.«

»Können Sie einen der Männer beschreiben?«

»Nein, kann ich nicht. Der eine hat mir ja den Rücken zugedreht. Und der andere – nein, das weiß ich nicht mehr.«

»War er alt oder jung?«

»Eher jung.«

»Und was hatte er an?«

»Normales Zeug.«

Normales Zeug! Der Alte hatte einfach nicht darauf geachtet. Schade. Aber der Mann sah den Kommissar so an, als wüsste er noch etwas anderes.

»Was ist es?«, fragte Kastrup. »Was gibt es noch, was Sie mir erzählen wollen?«

»Auf dem Baumstamm lag etwas«, sagte er. »Natürlich konnte ich es vom Weg aus nicht genau sehen. Es war zu weit weg. Und ich hatte meine Fernbrille nicht dabei. Aber – wenn ich es mir recht überlege, dann könnte das, was da gelegen hat, wohl eine Pistole gewesen sein. Oder zwei.«

* * *

Der engere Bereich des Tatortes war noch immer abgesperrt.

»Was macht ihr denn so lange?«, fragte Kastrup.

»Wir suchen die Projektile.«

Kastrup rief im Präsidium an. Der zweite Tote war inzwischen identifiziert. Es handelte sich tatsächlich um Kai Sundberg.

Alles, was an Müll herumlag und möglicherweise mit der Tat im Zusammenhang stand, war inzwischen eingesammelt worden. Kastrup fand unter den Büschen noch einen durchgeweichten Reklamezettel. Bio-Garnelen waren im Angebot. Außerdem Lachs-Lasagne für 1,99 Euro. Erstaunlich, was es alles gab.

Einen Kaffeebecher der Schanzenbäckerei hatten die

Kollegen zuvor sichergestellt. Sie hatten geglaubt, der könne von Bedeutung sein; die Schanze lag immerhin über sieben Kilometer von hier. Aber dann hatte sich herausgestellt, dass es eine Filiale der Schanzenbäckerei in unmittelbarer Nähe gab. Die Nachsuche am Tatort dauerte ungewöhnlich lange. Normalerweise hätte alles ganz einfach sein müssen. Die beiden Männer hatten die gleichen Waffen verwendet. Zwei Revolver. Eigentlich praktisch; da Revolver die Geschosshülsen nicht auswerfen, brauchten sie nur nach den Projektilen zu suchen. Durch Auszählen der nicht verschossenen Patronen ergab sich, dass nur fünf Schüsse abgefeuert worden waren. Bernd Kastrup glaubte aber, mehr Schüsse gehört zu haben, mindestens acht. Auch der Nachtwächter von *Cargill* hatte viele Schüsse gehört, sicher mehr als fünf, und sein Kollege von *Hamburg Wasser* hatte sogar angegeben, mehr als zehn Schüsse gehört zu haben.

Die Suche nach den Projektilen auf der Rasenfläche war keine einfache Aufgabe. Schließlich mussten sie einen Zug Bereitschaftspolizei einsetzen und obendrein einen Sprengstoffspürhund. Kastrup hatte gezögert, den Hund anzufordern. Er hatte keine allzu gute Meinung von den vierbeinigen Mitarbeitern der Polizei. Aber in diesem Fall musste er seine Meinung revidieren. Während die Polizisten lediglich drei rostige Nägel und einen alten Angelhaken aus dem Rasen klauben konnten, fand der Hund die gesuchten Geschosse.

* * *

»Da habe ich ja noch einmal Glück gehabt«, sagte die junge Frau.

Jennifer wusste inzwischen, dass Julia Dachsteiger 28 Jahre alt war, zwei Jahre jünger als sie selbst. »Der Arzt hat gesagt, dass die Verletzung zwar schmerzhaft aber nicht gefährlich ist«, bestätigte Jennifer. Eigentlich hätten sie zu zweit sein sollen, aber um die Verletzte nicht unnötig zu belasten, war Jennifer allein gegangen. »Sind Ihre Angehörigen benachrichtigt worden?«

»Ich habe keine engeren Verwandten, die benachrichtigt werden müssten. Ich habe vorhin in der Firma angerufen und gesagt, dass ich nicht kommen kann.«

Jennifer betrachtete den Blumenstrauß, der auf dem Nachttisch stand. »Hübsche Blumen«, sagte sie.

»Die sind von der Firma. Eine Kollegin ist gleich gekommen und hat den Strauß vorbeigebracht.«

»Das ist nett.« Jedenfalls war Julia auch ohne nahe Angehörige nicht allein.

Julia erzählte, dass sie oft spät abends mit dem Hund draußen sei. Je nachdem, ob sie vormittags oder nachmittags Dienst habe. Sie arbeite halbtags bei einer Softwarefirma in Rothenburgsort. »Ich hätte nie gedacht, dass so etwas passieren könnte«, sagte sie. »Ich habe mich immer vollkommen sicher gefühlt. Besonders, wo ich doch Rocko dabei hatte.«

»Rocko – das ist Ihr Hund?«

»Ja, ein Schäferhund. Ich habe ihn aus dem Tierheim. – Haben Sie ihn inzwischen gefunden?«

Jennifer schüttelte den Kopf.

»Ich mache mir ernsthaft Sorgen. Er muss doch Hunger haben. Wo soll er denn etwas zu fressen finden?«

Jennifer glaubte nicht, dass der Hund verhungern würde. Irgendjemand würde sich sicher um ihn kümmern. Aber wieso konnte er überhaupt weglaufen?

»Hatten Sie den Hund an der Leine?«

Julia schüttelte den Kopf. »Frau Kommissarin, das ist mir peinlich, aber – haben Sie einen Hund?«

Nein, Jennifer hatte keinen Hund.

»Dann können Sie sich wahrscheinlich gar nicht vorstellen, wie das ist. So ein Tier, wenn das den ganzen Tag in der Wohnung eingesperrt ist, dann braucht das ganz einfach Bewegung. Ein Hund, der will doch herumlaufen. Und wenn das so ein großer Hund ist wie mein Rocko, dann will der nicht nur an der Leine spazieren geführt werden, sondern sich austoben. Und hier im Park – ich habe nicht gedacht, dass das irgendwelche Probleme gibt, wenn ich ihn hier losmache.«

Die Kaninchen sehen das wahrscheinlich anders, dachte Jennifer. Aber für den Schutz von Kaninchen fühlte sie sich nicht zuständig. Für sie war zunächst einmal wichtig, zu wissen, warum Julia nachts im Park gewesen war.

»Er ist noch nie weggelaufen«, sagte Julia. »Aber er ist natürlich noch nie beschossen worden.«

»Ist denn auch auf den Hund geschossen worden?«

»Ich weiß es nicht. Es ging alles so schnell, und bevor ich irgendetwas tun konnte, hatte ich schon die Kugel abgekriegt und lag am Boden.

Und dann – dann war alles genauso schnell wieder vorbei, wie es begonnen hatte. Und ich – ich habe mich aufgerappelt und bin losgerannt – direkt ihrem Kollegen in die Arme. Ein glücklicher Zufall. Der Kommissar hat dann dafür gesorgt, dass ich erst einmal ins Krankenhaus gekommen bin.«

»Es gibt noch eine Kleinigkeit, die ich gerne klären würde«, sagte Jennifer. »Es gibt im Park einen Blutfleck, ein ganzes Stück abseits vom Weg, an der Stelle, wo diese Bank steht.«

Julia nickte. »Ja, das ist richtig. Das ist die Stelle, wo es passiert ist. Ich hatte den Hund freigelassen und mich einen Moment lang auf die Bank gesetzt ...«

»War Ihnen das nicht zu kalt?«

»Warm war es nicht gerade, aber, wissen Sie, wenn man viele Stunden im Büro herumgelaufen ist, dann freut man sich auch, wenn man sich mal einen Augenblick ausruhen kann.«

»Aber Sie haben nicht auf der Bank gesessen, sondern gestanden ...«

»Ich hatte auf der Bank gesessen. Aber dann habe ich plötzlich etwas gehört. Und ich hatte das Gefühl, dass irgendwelche Leute im Dunkeln herumliefen. Das kam mir unheimlich vor. Ich wollte nicht gesehen werden, verstehen Sie? Deshalb bin ich aufgestanden und hinter die Bank gegangen. Hinter der Bank, da ist dieses Gebüsch, und da ist man eigentlich nicht zu sehen.«

»Und wo war der Hund?«

»Rocko war an meiner Seite.«

»Und irgendjemand hat Sie dann doch gesehen und auf Sie geschossen.«

»Ich weiß nicht. – Nein, eigentlich glaube ich, dass das Ganze ein Zufall gewesen ist. Ich denke, diese beiden Männer, von denen Ihre Kollegen geredet haben, die haben aufeinander geschossen, und dabei ist vielleicht eine der Kugeln danebengegangen und hat mich an der Schulter erwischt.«

»Das ist Pech.«

»Ja, das ist wirklich Pech. Aber – wie gesagt – irgendwie habe ich auch Glück im Unglück gehabt. Die Ärzte sagen, ein Schuss in die Schulter, das sei nicht so schlimm.«

»Frau Dachsteiger, ich möchte noch einmal nachfragen, was Sie beobachtet haben. Diese beiden Männer – haben Sie die tatsächlich gesehen?«

»Ich habe sie mehr gehört als gesehen.«

»Und was haben Sie gehört?«

»Schritte, denke ich.«

»Schritte? Auf dem Rasen?«

»So genau weiß ich das nicht mehr. Irgendein Geräusch halt. Oder mehrere Geräusche, und ich wusste, dass das nicht mein Hund ist, der dort herumläuft.«

»Weil er an Ihrer Seite war.«

»Nein, erst nicht. Ich habe nach ihm gerufen, ganz leise, und dann kam er.«

»Sonst haben Sie nichts bemerkt?«

»Nein, sonst nichts. Ich habe ja schon gesagt, es war eigentlich nur so ein Gefühl, dass irgendetwas nicht stimmte, und da bin ich aufgestanden und ...«

»Haben Sie Stimmen gehört?«

»Stimmen?«

»Haben die Männer miteinander geredet, bevor geschossen wurde? Haben sie sich vielleicht gestritten? Sich angeschrien?«

»Ich habe nichts gehört. Keine Stimmen jedenfalls. Nein, sie haben sich ganz sicher nicht angeschrien. Es

gab diese Geräusche, und dann ist sofort geschossen
worden. Und den Rest wissen Sie ja.«

* * *

Als Bernd Kastrup schließlich ins Präsidium kam, hatte
Torsten Bartels, der Spezialist vom LKA 38, die Laser-
scanaufnahmen des Tatortes schon aufbereitet. Dreidi-
mensionale Abbildungen der Wirklichkeit hatten etwas
Faszinierendes. Kastrup hatte Alexander zur Präsenta-
tion mitgebracht, weil der sich mit allem, was mit Com-
putern zu tun hatte, wesentlich besser auskannte als er
selbst. Aber es war dann doch Kastrup, dem eine Un-
gereimtheit auffiel.

»Irgendetwas stimmt hier nicht«, sagte er.

»Was stimmt nicht?«, fragte Bartels.

Alexander sah jetzt auch, was Kastrup meinte.

»Das soll keine Kritik an Ihrer Arbeit sein«, sagte
Kastrup rasch. »Aber das hier, das sind doch die Punkte, wo die beiden Toten gelegen haben. Und da drüben,
da hat die Frau Dachsteiger gestanden. Das kann so
nicht sein. Da stimmt irgendetwas nicht. Wir sind bisher davon ausgegangen, dass die beiden Dealer sich
aus irgendeinem Grund gegenseitig erschossen haben,
und dass die junge Frau, diese Julia Dachsteiger, zufällig von einer verirrten Kugel getroffen worden ist. Das
setzt aber doch voraus, dass die drei Personen ungefähr
in einer Linie gestanden haben.«

Das war, wie sich jetzt am Bildschirm zeigte, nicht
der Fall gewesen. Es gab eine Abweichung. Diese Julia
hatte zu weit rechts gestanden.

»Glauben Sie«, fragte Bartels, »dass die junge Frau in Wirklichkeit woanders gestanden hat?«

Nein, das hatte sie nicht. Julia war mit Sicherheit dort angeschossen worden, wo sich der Blutfleck befand. Ihre Position ließ sich eindeutig rekonstruieren.

»Aber die anderen beiden Akteure – die haben doch mehrere Schüsse aufeinander abgegeben. Da war Dynamik im Spiel. Was wir haben, sind ja nur die Fundorte der beiden Toten. Es könnte doch sein, dass sie sich bewegt haben, dass sie zu Beginn der Schießerei anders gestanden haben.«

Kastrup schüttelte den Kopf. Er deutete auf die Punkte, an denen die vier Projektile im Gras gesteckt hatten. Diese Punkte lagen in Verlängerung der Linie, auf der die beiden Toten gefunden worden waren. Es war alles sehr schnell gegangen, fast wie bei einem Duell. Lediglich ein einzelner Schuss war in eine andere Richtung gegangen, und der hatte Julia getroffen.

»Vielleicht hat der eine der beiden Schützen die Frau bemerkt«, schlug Bartels vor. »Dann hat er einen Schuss auf sie abgegeben und sie getroffen.«

»Trotz der Dunkelheit und der großen Entfernung?«

»Ja, offensichtlich.«

»Das sind 15 Meter?«, fragte Kastrup.

»Etwas über 20 Meter. – Wahrscheinlich ist deshalb auch die Kugel in der Schulter stecken geblieben.«

»Möglich«, brummte Kastrup.

»Oder vielleicht hat der Mann den Schuss im Fallen abgegeben. Das wäre doch auch eine Möglichkeit. Ein Fehlschuss, der dann zufällig ausgerechnet diese Frau getroffen hat.«

»Auch möglich.«

»Irgendwie muss es ja schließlich passiert sein!«

* * *

»Was ist das denn für ein Schwachsinn!« Bernd Kastrup starrte auf seinen Bildschirm. Er hatte erst jetzt die Ankündigung des Doppelmordes in seiner Mailbox gefunden.

Alexander stand hinter ihm. »Hyänen gelten als grausam,« bemerkte er »Das weiß wohl auch der Absender.«

»Und was soll diese Mail?«

»So wie es aussieht, ist das ein Bekennerschreiben.«

»Ja natürlich, das sehe ich auch. – Alexander, wo kommt diese Mail her?«

»Von *hyena*, das steht doch da.« Alexander wies auf die Kopfzeile der anonymen Botschaft.

»Ich kenne keine Hyäne.«

»Ich auch nicht. Jedenfalls keine, die E-Mails verschickt. Wenn du mehr wissen willst, dann kannst du da oben auf dieses Icon klicken – das Zeichen mit dem Rad da rechts in der Ecke –, und dann kannst du dir den Quelltext dieser Nachricht anzeigen lassen.«

Bernd Kastrup ließ sich die Mail im Quelltext anzeigen.

»Und jetzt kannst du ganz einfach unter *Received From* nachlesen, wer dir diese originelle Botschaft geschickt hat. Das heißt – ich sehe schon, dein Freund, die Hyäne, möchte nicht, dass man ihm so leicht auf die Schliche kommt. Hier steht nur die IP-Nummer.«

»Und jetzt?«

»Jetzt hast du die IP-Nummer. Damit kannst du schon einmal ausschließen, dass diese Mail zum Beispiel von meinem Rechner kommt. Vorausgesetzt natürlich, dass ich nicht irgendeinen Trick anwende und die Mail über allerlei Umwege und Tarnadressen schicke. Dann hast du gar nichts.«

»Aber ich kann den tatsächlichen Absender herausfinden?«

»Vielleicht ja, vielleicht nein.«

»Und was ist deine Einschätzung?«

»Eher nein, würde ich sagen.«

»Wir versuchen es trotzdem. Wir schicken den Antrag per Fax an die Staatsanwaltschaft; die soll sich darum kümmern. Das ist doch der richtige Weg, oder?«

»Ja, das ist der Weg.«

»Wie lange dauert das?«

»Keine 24 Stunden, sagen sie.«

»Und diese – diese Hyäne – wie kommt die an meine E-Mail-Adresse?«

»So wie jeder denkende Mensch, würde ich sagen. Solange wir immer unsere eigenen Namen für die E-Mail-Adressen verwenden, ist es nicht besonders schwierig, jemanden anzumailen. Das Kürzel hinter dem @ ist ja auch klar, das kannst du überall nachschlagen.«

»Wie kann er wissen, dass ausgerechnet ich diesen Fall bearbeite?«

»Vielleicht weiß er es gar nicht. Aber dein Name ist im letzten Jahr mehrfach in der Zeitung aufgetaucht, da hat er den eben genommen.«

Eins stand damit fest: Die beiden Toten hatten sich

nicht bloß gegenseitig erschossen. Auf irgendeine Weise war auch die Hyäne mit im Spiel gewesen. Aber wie? Wie hatte sie eingreifen können, wenn nur fünf Schüsse abgefeuert worden waren, fünf Schüsse aus den Revolvern der beiden Toten?

* * *

Bernd Kastrup hatte mit Thomas Brüggmann, seinem Chef, abgestimmt, was auf der Pressekonferenz gesagt werden sollte und was nicht. Sie hatten sich darauf geeinigt, die Bekenner-E-Mail nicht zu erwähnen und auch sonst so wenig Informationen wie möglich preiszugeben. So schilderte der Hauptkommissar mit knappen Worten nur das, was sie am Tatort vorgefunden hatten, und er ließ sich auf keinerlei Spekulationen ein.

»Aber die beiden Toten sind der Polizei bekannt?«

»Ja, das ist richtig.«

»Es handelt sich um Kleinkriminelle?«

Kastrup hasste diese Art der Einordnung von Menschen in bestimmte Schubladen. »Die beiden Männer sind schon einmal mit dem Gesetz in Konflikt gekommen«, sagte er.

»Drogendealer.«

»Dazu kann ich Ihnen keine Angaben machen.«

»Ist es nicht eigentlich begrüßenswert, wenn die Unterwelt sich auf diese Weise gegenseitig ausschaltet?«

»Es gibt keine Unterwelt, genauso wenig wie es eine Oberwelt gibt. Es ist auch nicht akzeptabel, wenn Menschen verletzt oder gar getötet werden – und zwar völlig unabhängig davon, um wen es sich handelt und was der Anlass für diese Tat gewesen sein mag. Wir nehmen das nicht hin.«

»Gibt es eventuell einen terroristischen Hintergrund?«, wollte einer der Journalisten wissen.

»Darauf gibt es keinerlei Hinweise.«

»Aber im Zusammenhang mit den Ereignissen in Paris sollte man doch zumindest dieser Frage nachgehen, oder?«

»Wir gehen allen Fragen nach.«

»Insbesondere, wo einer der Toten ein Ausländer ist.«

»Es ist richtig, dass einer der Männer, die heute Nacht erschossen worden sind, einen ausländischen Pass besitzt. Dieser Mann kommt jedoch nicht aus dem Nahen Osten, sondern aus Südamerika.«

»Die Terroristen operieren heutzutage weltweit«, gab der Mann zu bedenken.

Bernd Kastrup hatte das Gefühl, dass er nur zu gern eine Verbindung zu den gestrigen Anschlägen in Frankreich ziehen würde. »Das ist uns bekannt. Das berücksichtigen wir bei unseren Ermittlungen.«

»Wenn einer der Toten ein Ausländer ist – könnte es dann vielleicht sein, dass die Tat einen ausländerfeindlichen Hintergrund hat?«, wollte ein anderer Journalist wissen.

Bernd Kastrup schüttelte den Kopf. – War's das? Nein, da kam noch eine Frage.

»Herr Kommissar, nach allem, was wir in den letzten Tagen erlebt haben – fühlen Sie sich in Hamburg noch sicher?«

»Bitte?«

»Das geht jetzt vielleicht ein bisschen über den Rahmen dieser Pressekonferenz hinaus, aber trotzdem würde ich gern von Ihnen wissen, ob Sie sich in dieser Stadt noch sicher fühlen. Die Massen von Flüchtlingen, die Tag für Tag unkontrolliert nach Hamburg hereinströmen, die können doch nicht gerade zur Sicherheit beitragen. Und die Ereignisse in Paris haben gezeigt, wie verwundbar unsere westlichen Demokratien sind und wie brutal die radikalislamischen Extremisten zuschlagen. Glauben Sie nicht ...«

»Das gehört nicht zum Thema. Wenn Sie Informationen über die Sicherheitslage in Hamburg haben wollen ...«

»Ich möchte Ihre persönliche Einschätzung wissen: Fühlen Sie sich in Hamburg noch sicher?«

Kastrup seufzte. »Ich fühle mich in Hamburg absolut sicher. – Sonst noch Fragen? Nein? – Meine Herrschaften, ich danke Ihnen, dass Sie gekommen sind.«

* * *

Als Bernd Kastrup nach Hause kam, war es schon spät. Bei dem Teppichhändler im Erdgeschoss war kein Licht mehr. Der Kommissar stieg die Treppe zu seiner Wohnung hinauf. Seit seiner Scheidung wohnte er hier im oberen Boden eines Lagerhauses. Als er eintrat, sah er, dass jemand einen Brief unter der Tür hindurchgeschoben hatte. Der Teppichhändler musste ihn zugestellt haben.

Kastrup riss den Umschlag auf. Es war ein Schreiben der Lagerhausgesellschaft. Darin wurde er darauf hingewiesen, dass das Wohnen in den Lagerräumen nicht zulässig sei. Das hatte er natürlich gewusst. Aber da die Räume nicht genutzt wurden, spielte es eigentlich keine große Rolle, ob hier jemand übernachtete oder nicht.

Der Teppichhändler hatte ihn einmal gefragt, ob es nicht bequemer sei, wenn er sich eine richtige Wohnung suchen würde. Kastrup hatte das verneint. Eine bequemere Wohnung hätte er wohl finden können, selbst bei seinen bescheidenen Einkünften als Hauptkommissar, aber wo hätte er dann seine Ausstellung lassen sollen? Bernd Kastrup war in seiner Freizeit Katastrophenforscher, und er hatte hier auf dem Speicherboden auf 52 Stellwänden zu einer Auswahl großer Katastrophen alle Informationen zusammengetragen, die er finden konnte. Dazu gehörten natürlich der Untergang der *Titanic*, die Brandkatastrophe des Luftschiffes *Hindenburg*, Scotts gescheiterte Südpolexpedition und das tragische Ende der *Love Parade* in Duisburg vor fünf Jahren.

Drei Stellwände waren noch frei. Eine davon hatte Kastrup für seine gescheiterte Ehe vorgesehen – seine persönliche Katastrophe. Er hatte versuchsweise vor einigen Monaten ein Foto seiner Frau an diese Wand geheftet, und da war es nun und sah ihn vorwurfsvoll an.

Nein, das stimmte nicht. Gabriele guckte nicht vorwurfsvoll auf dem Foto. Vorwürfe hatte es überhaupt nie gegeben. Sie hatten sich einfach auseinandergelebt. Auch heute noch trafen sie sich gelegentlich, um in irgendeinem netten Lokal gemeinsam zu Abend zu essen. Vorwurfsvoll sah seine Frau auf dem Bild nicht aus, eher herausfordernd, so als ob sie sagen wollte: Wenn du solch ein großartiger Kriminalist bist und Katastrophenforscher noch dazu, dann schreib doch auf, warum unsere Ehe gescheitert ist. Aber dazu war er bisher nicht in der Lage gewesen.

Der Kater maunzte. Kastrup hatte ihn Dr. Watson genannt. Der Kater war irgendwann in seiner Ausstellung aufgetaucht und wohnte jetzt hier. Und nun wollte er etwas zu fressen haben. Kastrup las den Brief noch einmal durch. Offenbar hatte die Lagerhausgesellschaft wenigstens nichts gegen die Anwesenheit von Katern in ihren Räumlichkeiten einzuwenden. Und auch die dauerhafte Anwesenheit von Kriminalkommissaren mochte zwar verboten sein, aber da in dem Brief keinerlei Konsequenzen angedroht wurden, beschloss Kastrup, das Schreiben zu ignorieren. Er lochte den Brief und heftete ihn ordnungsgemäß ab. Anschließend öffnete er die Dose mit dem Katzenfutter. Dr. Watson konnte es kaum erwarten, dass das Futter auf den Teller kam. Ungeduldig versuchte er, Kastrups Hand mit der Dose zur Seite zu schieben.

»Nicht drängeln, Watson!«, sagte Kastrup.

Der Kater reagierte nicht. Wenn er hungrig war, wollte er nur fressen und sonst gar nichts. Kastrup hatte sich eine Pizza mitgebracht. Die war nach dem Fußweg durch die herbstlich kalte Speicherstadt nur noch lauwarm und vor allem fettig. Wieder einmal hatte der Hauptkommissar vergessen, sich vom Italiener auch Servietten mitzunehmen. Er sah sich suchend um. Wo hatte er die Papiertaschentücher hingelegt? Er fand sie im Regal neben den Socken.

Während der Kater sein Abendessen verschlang – viel zu hastig, wie immer – schenkte sich der Hauptkommissar ein Glas Rotwein ein und setzte sich in seinen Sessel.

Das Möbel stammte vom Sperrmüll. Es war nicht besonders schön, und das Polster wies inzwischen ein paar kleine Löcher auf. Kastrup hatte den Kater im Verdacht, dass der in seiner Abwesenheit hier seine Krallen ausprobiert hatte. Aber jedenfalls war der Sessel sehr bequem, und da der Polizist nicht den Ehrgeiz hatte, diese Räumlichkeiten in *Schöner Wohnen* abgebildet zu sehen, gab es keinen Grund, dieses nützliche Möbel auszutauschen.

Der Kater leckte die letzten Reste seiner Mahlzeit vom Teller. Danach blickte er erst die Pizza an und dann den Kommissar. Kastrup schüttelte den Kopf. Dr. Watson legte sich zu seinen Füßen nieder und schien abzuwarten.

»Geduld ist eine der wichtigsten Eigenschaften, die ein guter Kriminalist haben sollte«, sagte Kastrup. Er war sich dessen bewusst, dass seine Mitarbeiter ihn für zu ungeduldig hielten. Aber er war überzeugt davon, dass dieser Eindruck falsch sei. Wenn es sein musste, konnte er sehr geduldig sein. »Wir haben einen neuen Fall, Watson!«

Das interessierte den Kater nicht.

»Ein Hund spielt darin möglicherweise eine wichtige Rolle.« Hunde interessierten den Kater auch nicht. Hunde waren ausgesprochen dumme, aufdringliche Geschöpfe, die einem manchmal zu nahe kamen, und dann kriegten sie seine scharfen Krallen zu spüren.

»Aber möglicherweise gibt es diesen Hund auch gar nicht.«

Nicht existierende Hunde interessierten Dr. Watson erst recht nicht.

»Dieser Fall ist eine ganz merkwürdige Geschichte. Drei Leute treffen nachts in Trauns Park in Rothenburgsort aufeinander. Zwei davon sind Drogendealer, und wir können davon ausgehen, dass die beiden jedenfalls zusammengehören. Die dritte Person ist eine junge Frau, von der wir bisher glauben, dass sie mit den anderen beiden nichts zu tun hat.«

Dr. Watson widersprach nicht.

Bernd Kastrup, der mit vollem Munde geredet hatte, schluckte den letzten Bissen hinunter, nahm einen Schluck von seinem Wein und warf dem Kater ein Stück von seiner Pizza zu. Dr. Watson aß es auf.

»Drei Menschen treffen sich zufällig kurz vor Mitternacht in einem einsamen Park. Zwei davon schießen aufeinander und bringen sich gegenseitig um. – Mein lieber Watson, soll ich dir etwas sagen? – Das glaube ich nicht. So viel Zufall gibt es nicht im wirklichen Leben. Obendrein bin ich ja auch noch in dieses nächtliche Treffen hineingeraten. Das war ja wirklich Zufall. Aber das reicht auch an Zufall. Noch mehr Zufälle sind da nicht gewesen. Aber eine Hyäne soll da angeblich auch noch gewesen sein. – Was hältst du davon, Watson?«

Der Kater blickte auf. Das Stück Pizza, das der Kommissar jetzt abriss, verzehrte dieser jedoch selber.

»Ich würde sagen: Die Frau ist nicht in den Park gegangen, um ihren Hund auszuführen. Wahrscheinlich gibt es gar keinen Hund. Sie ist in den Park gegangen, um die beiden anderen Leute zu treffen. Die beiden Männer waren Drogendealer. Sie waren bewaffnet. Sie haben gewusst, dass es eine Auseinandersetzung auf Leben und Tod geben würde. – Halt, nein, das haben sie vielleicht nicht gewusst, aber sie sind jedenfalls davon ausgegangen, dass es eine gefährliche Begegnung werden könnte. Stimmst du mir darin zu?«

Watson widersprach nicht.

»Wenn das so gewesen ist, dann gibt es eine Beziehung zwischen der jungen Frau und den beiden toten Dealern. Und ich wette mit dir um eine Dose Katzenfutter, dass diese Beziehung irgendetwas mit Rauschgift zu tun hat. Und die vierte Person? Die Hyäne? – Julia Dachsteiger ist die Hyäne. Eine vierte Person gibt es nicht.«

Die sechste Kugel

Bernd Kastrup war wieder draußen in Trauns Park. Er war mit den Ergebnissen der Geländeuntersuchungen nicht zufrieden. Fünf Schüsse waren abgefeuert worden, und vier Projektile waren aus dem Rasen von Trauns Park geborgen worden. Das fünfte Geschoss war im Krankenhaus aus der Schulter von Julia Dachsteiger entfernt worden. Damit schien alles geklärt. Es blieb jedoch die Diskrepanz zwischen dem, was die Ohrenzeugen gehört zu haben glaubten, und dem, was die Experten rekonstruiert hatten. Kastrup blieb dabei: Er hatte acht Schüsse gehört.

Die Experten hatten nur den Kopf geschüttelt und darauf hingewiesen, dass bei solchen Gelegenheiten die Zeugenaussagen immer sehr unzuverlässig seien. Kastrup wollte das nicht gelten lassen. Er hielt sich für einen zuverlässigen Zeugen. Es musste einen dritten Schützen gegeben haben. Julia Dachsteiger zum Beispiel.

Dagegen sprach allerdings, dass er ja unmittelbar nach der Schießerei mit der jungen Frau zusammengetroffen war, und dass sie kaum eine Gelegenheit gehabt hätte, sich der Waffe unauffällig zu entledigen. Im Rahmen der Spurensicherung hatte Kastrup darauf gedrungen, dass das Gebüsch am Rande des Parks sorgsam abgesucht wurde. Das war getan worden, und es hatte sich keine weitere Schusswaffe gefunden.

Andererseits war es denkbar, dass die Frau die Waffe in der Tasche ihres Mantels verborgen hatte. Er hatte natürlich keine Leibesvisitation vorgenommen. Abgesehen davon, dass er das gar nicht gedurft hätte, war es ihm zu dem Zeitpunkt auch völlig unsinnig erschienen, da die Frau ganz offensichtlich ein Opfer der nächtlichen Schießerei gewesen war und dringend ärztlich versorgt werden musste. Aber wenn sie nun Opfer und Täter zugleich gewesen war?

Der Gedanke war ihm erst hinterher gekommen. Er hatte früh an diesem Morgen im Krankenhaus angerufen und gefragt, was mit der Kleidung der Verletzten geschehen sei. Man hatte ihm gesagt, dass all die Kleidungsstücke, die bei der Schießerei beschädigt worden waren, auf Wunsch von Frau Dachsteiger inzwischen entsorgt worden seien. Nein, etwas Besonderes sei dabei nicht aufgefallen. Was in den Taschen war, habe die Frau natürlich zurückbekommen. Ihr Portemonnaie zum Beispiel. – Eine Schusswaffe? Nein, eine Schusswaffe sei nicht gefunden worden. Auch kein Messer. Nicht einmal ein Pfefferspray.

Kastrup hatte bei der Waffendienststelle nachgefragt, wie lange es dauern würde, bis man nachgewiesen hatte, welches Projektil aus welcher der beiden Waffen abgefeuert worden war. Ein bis zwei Wochen hatten die Herrschaften vom LKA 36 geantwortet. Das hatte Bernd Kastrup befürchtet. Aber aufgrund der bisherigen Befunde am Tatort sah er auch keine Möglichkeit, auf eine beschleunigte Untersuchung zu drängen.

Bernd Kastrup war ungeduldig. Er wusste, dass Christian Habbe, ein Kollege, mit dem er schon öfter zusammengearbeitet hatte, gelegentlich mit einem Metallsuchgerät auf Schatzsuche ging. Jetzt hatte er sich mit Habbe in Trauns Park verabredet. Er sah auf die Uhr. Kastrup war zu früh dran; Habbe konnte noch immer pünktlich eintreffen.

Und da kam er auch schon. Er hatte sein Metallsuchgerät dabei. »Wo soll ich anfangen?«, fragte er.

Bernd Kastrup wies den Kollegen ein. »Hier auf der Wiese haben die beiden Dealer gestanden. Da drüben bei der Bank stand die Frau, die angeblich zufällig zugegen war.«

»Glaubst du, dass sie die beiden erschossen hat?«

Kastrup schüttelte den Kopf. »Wahrscheinlich nicht. Aber ich glaube, dass noch irgendjemand da war, der geschossen hat. Nicht nur die beiden Dealer. Ich habe acht Schüsse gehört, und die beiden Toten haben nur fünf Schüsse abgegeben.«

»Und wo hat der Mann oder die Frau deiner Meinung nach gestanden?«

»Das weiß ich nicht.«

»Bernd, ich frage dich das, weil wir mit diesem Gerät nicht den ganzen Park absuchen können. Dann hätten wir sehr lange zu tun. Das Gerät ist ziemlich empfindlich, wir werden alles Mögliche finden, Nägel, Heftzwecken, selbst dieses silberne Papier, das im Inneren von Zigarettenschachteln steckt. Wir sollten da anfangen zu suchen, wo die Chance am größten ist. Wo würdest du dich hinstellen, wenn du da unten im Park jemand erschießen wolltest?«

»Hier oben auf den Deich«, sagte Kastrup. »Etwa da, wo wir jetzt stehen. – Das ist zumindest die eine Möglichkeit. Und bei Tag ist es sicher die beste Möglichkeit. Wer bergab schießt, der ist im Vorteil, weil er sieht, wo er hinschießt.«

»Und die andere Möglichkeit?«

»Genau am entgegengesetzten Ende der Rasenfläche. Das wäre nachts vielleicht günstiger. Da steht man selbst im Schatten, und man sieht sein Ziel gegen das Licht der Straßenbeleuchtung.«

»Hast du das ausprobiert?«

»Nein. Vielleicht ist das falsch. Vielleicht ist es trotzdem besser, wenn man von oben schießt. Ich weiß es nicht. Wir müssen beide Möglichkeiten in Erwägung ziehen.«

In diesem Moment setzte heftiger Regen ein. Kastrup zog seine Baskenmütze aus der Tasche.

Habbe setzte eine Kapuze auf. »Sollen wir die Aktion nicht lieber vertagen?«, fragte er.

Kastrup schüttelte den Kopf. »Dein Gerät ist doch wasserfest, oder?«

Ja, das Gerät war wasserfest. Sie machten sich an die Arbeit. Es war genau so, wie Habbe vorausgesagt hatte. Sie fanden allerlei Kleinkram, sogar mehrere Münzen, aber kein Geschoss. Bernd Kastrup war schon nahe dran aufzugeben, als das Gerät wieder ein klares Signal aufzeichnete.

»Hier«, sagte Christian. Sie waren inzwischen am oberen Hang des Deiches angelangt.

Bernds Aufgabe war es, an der entsprechenden Stelle nachzugraben. Der Spaten, den er mitgebracht hatte, war zwar gut geeignet, um die Grasnarbe zu durchstechen, aber er förderte sehr viel mehr Bodenmaterial zutage als nötig.

Christian überprüfte den Aushub mit dem Metallsuchgerät. »Hier irgendwo.«

Bernd grub mit den Fingern nach.

»Schokoladenpapier?«, fragte Christian.

Nein, dies war kein Schokoladenpapier. Dies war ein kleiner, harter Gegenstand. Ein Gegenstand aus Metall.

»Das ist es«, sagte Bernd Kastrup.

Ja, das war es. Sie hatten die sechste Kugel gefunden. Damit war ganz klar, dass eine weitere Schusswaffe im Spiel war. Damit war ebenfalls ganz klar, dass ein dritter Schütze am Tatort anwesend gewesen sein musste. Und dieser dritte Schütze war nicht Julia Dachsteiger. Auf dem Weg nach Hause würde Kastrup eine große Dose Katzenfutter kaufen.

* * *

»Ich interessiere mich für einen Hund«, sagte Jennifer.

»Für einen Hund?« Der Mann aus dem Tierheim sah sie misstrauisch an. Offenbar traute er ihr nicht zu, eine liebevolle Hundemutter zu werden.

Er hatte recht. Jennifer mochte keine Hunde. Sie hatte Angst vor ihnen. »Ich habe vorhin mit Ihrem Kollegen telefoniert«, sagte sie.

»Mit Tarzan? Der hat nachmittags frei.«

»Tarzan?« Der Mann hatte sich ihr als Rolf vorgestellt.

»Ja, das ist Tarzan.«

Offenbar hatte er seinen Kollegen nicht ins Bild gesetzt. Jennifer erläuterte ihr Anliegen.

Der Mann hörte nicht zu. »Wir haben viele Hunde«, sagte er. »Im Augenblick sind es 126 Tiere. Da ist für Sie bestimmt etwas Passendes dabei. – Haben Sie denn schon einmal einen Hund gehabt?«

Nein, Jennifer hatte noch nie einen Hund gehabt, und sie wollte auch keinen Hund haben. »Es geht um einen Kriminalfall ...«

»Ja, das ist ein Problem. Es werden viele Hunde aus Süd- und Osteuropa eingeschmuggelt. Viele davon sind krank, und wir wissen gar nicht, wie wir ...«

»Das tut mir leid«, unterbrach ihn Jennifer. »Wir suchen jedenfalls nach einem Schäferhund, der in den letzten Tagen hier eingeliefert worden ist.«

»In den letzten Tagen? – Ich fürchte, da kann ich Ihnen nicht weiterhelfen. Der Hektor, der könnte natürlich notfalls als Schäferhund durchgehen, obwohl er ein kleines bisschen angemischt ist. Aber den können wir nicht direkt abgeben. Jetzt nicht. Der muss erst einmal ein bisschen aufgepäppelt werden.«

»Ich will nicht irgendeinen Hund mitnehmen«, wiederholte Jennifer. »Es geht darum, dass ein Schäferhund weggelaufen ist ...«

»Ein Schäferhund? – Da kann ich nur sagen, das kommt davon, wenn das Tier nicht richtig ausgebildet ist. Wir sagen immer, dass die Besitzer dafür sorgen sollen, dass der Hund in die Hundeschule kommt. Nur dann kann man sich einigermaßen sicher sein, dass der neue Besitzer mit ihm gut auskommt, und dass ihm das Tier nicht einfach wegläuft. Aber wir können natürlich nur Ratschläge und Empfehlungen geben. Was die Leute dann am Ende wirklich machen, darauf haben wir keinen Einfluss.«

»Ich weiß nicht, ob der Hund eine Hundeschule besucht hat oder nicht, ich möchte ihn einfach nur finden.«

»Ja, meistens ist es natürlich so, dass irgendwelche Bürger bei uns anrufen, wenn sie einen Hund gefunden haben. Oder die Polizei. Manchmal kommt auch die Polizei und bringt ein Tier her, das sie irgendwo aufgegriffen hat. Und ob das dann wirklich weggelaufen oder von seinem Besitzer einfach ausgesetzt worden ist, das ist manchmal sehr schwer zu entscheiden. Sie können sich ja gar nicht vorstellen, was es da alles gibt. Besonders nach Weihnachten ...«

»Ich bin von der Polizei«, warf Jennifer ein.

»Ja, dann wissen Sie das ja.«

Jennifer ließ offen, ob sie das wusste oder nicht, sie sagte lediglich, dass sie gern alle Schäferhunde fotografieren würde, die es zur Zeit im Tierheim gab.

»Das geht nicht«, sagte der Mann.

»Es wäre wichtig für unsere Ermittlungen ...«

»Nein, das geht nicht. Auf gar keinen Fall. Die Tiere sind zum Teil schwer traumatisiert, und das würde sie unnötig in Aufregung versetzen.«

Jennifer sagte, dass sie die Aufnahmen ohne Blitzlicht machen würde. Sie zögerte etwas, denn sie war sich nicht sicher, wie die Lichtverhältnisse in den beiden Hundehäusern waren, und ob sie dort ohne Blitz auskommen würde.

»Nein, das ist egal. Das würde die Tiere unnötig aufregen, und das kann ich nicht zulassen.«

Jennifer überlegte, ob sie dem Mann die ganze Geschichte dieses Falles von Anfang an erklären sollte. Aber bevor sie zu einem Entschluss kam, sagte der Mann: »Außerdem haben wir natürlich Fotos von allen Tieren.«

»Was?«

»Wir haben Fotos von allen Tieren, die bei uns im Tierheim untergebracht sind. Ja, haben Sie denn noch nie unsere Seiten im Internet besucht?«

»Nein. – Sie haben Aufnahmen von allen Tieren? Könnten Sie mir die mitgeben?«

Nein, das ging auch nicht.

»Kann ich die Aufnahmen mal sehen?«

Es stellte sich heraus, dass die Fotos im Computer gespeichert waren. Es waren also digitale Aufnahmen, und es wäre überhaupt keine Schwierigkeit, die Dateien zu kopieren – zumindest theoretisch. Aber der Mann sagte, dass er niemanden an den Computer lassen dürfe, das habe man ihm ausdrücklich eingeschärft.

»Aber für die Polizei machen Sie doch wohl eine Ausnahme, oder?«

Nein, auch nicht für die Polizei. Nur Dirk dürfe an den Computer, und der sei nicht da.

»Wo ist er denn?«

Dirk war im Katzenhaus. »Wussten Sie, dass wir zur Zeit über 300 Katzen beherbergen?«

Jennifer wusste das nicht. Es interessierte sie auch nicht. Sie machte deutlich, dass sie auch keine Katze haben wollte, sondern dass sie lediglich Fotos der großen Hunde brauchte, und ob der Mann nicht vielleicht bitte diesen Dirk holen könnte.

»Holen? – Ja, ich kann ihn holen. Aber das wird sicher einen Augenblick dauern.«

»Danke.«

* * *

Nach der Durchsuchung von Trauns Park war Bernd Kastrup allein nach Wilhelmsburg gefahren. Er wollte in Ruhe nachdenken. Er hatte niemanden im Präsidium darüber informiert, und wenn ihn jemand gefragt hätte, dann hätte er auch nur schwer erklären können, warum er ausgerechnet hier nachdenken wollte. Mit öffentlichen Verkehrsmitteln hätte er 40 Minuten gebraucht, und auch das nur, wenn sofort ein Bus gekommen wäre. Kastrup hatte stattdessen ein Taxi genommen.

Die *Deichdiele* in der Veringstraße. Der Kommissar hatte das Lokal im letzten Jahr entdeckt, als sie bei ihren Ermittlungen gegen Wolfgang Dreyer nicht vorangekommen waren. Der Wirt nickte ihm zu. »Das Übliche?«, fragte er.

Kastrup nickte. Er wusste nicht mehr, was er hier im letzten Jahr getrunken hatte. Er stellte sich heraus, dass es ein Cappuccino gewesen war.

»Beruflich unterwegs?«, fragte der Wirt.

»Ja und nein. – Ich muss nachdenken.« Der Wirt ließ ihn in Frieden.

Es ging ihm nicht nur darum, nachzudenken. Bernd Kastrup setzte sich so, dass er von seinem Platz an der Theke aus auch die Veringstraße überblicken konnte. Natürlich war es unwahrscheinlich, dass Gesine Schröder gerade jetzt an dieser Kneipe vorbeikam. Gesa. Sie hatte den Kontakt zu ihm abgebrochen. Wenn er ernsthaft darüber nachdachte, dann musste Kastrup zugeben, dass es das Vernünftigste gewesen war, was sie tun konnte. Aber gerade jetzt hatte er wenig Sinn für Vernunft. Er fühlte sich einsam. Er hatte nur noch seine Kollegen, mit denen er sich austauschen konnte. Und den Kater. Wahrscheinlich war Dr. Watson von allen Freunden der verlässlichste. Nein, das war gelogen. Vincent war sein verlässlichster Freund.

Und seine Feinde? Ganz offensichtlich hatte er einen neuen Feind gewonnen. Eine Hyäne. Er hatte nicht die leiseste Vorstellung, wer das sein könnte.

Kastrup fragte sich, was das für ein Mensch war, der nicht nur kaltblütig drei Personen niederschoss, sondern der obendrein noch sein Verbrechen per E-Mail ankündigte. Ganz offensichtlich jemand, der sich seiner Sache sehr sicher war. Jemand, der sich so überlegen fühlte, dass er glaubte, mit der Polizei spielen zu können. Das war ein Fehler. Die Polizei ließ nicht mit sich spielen.

Wer kam für solch ein Spielchen in Frage? Jemand wie der Albaner? Unwahrscheinlich. Das war ein Profi, der würde sich nicht mit solchen Mätzchen abgeben.

Bernd Kastrup war sich sicher, dass sie den Fall lösen würden. Die Aufklärungsquote bei Mord war nach wie vor extrem hoch.

Er sah auf die Uhr. Jetzt saß er hier schon über eine Stunde. Gesa war nicht gekommen. Selbst wenn er hier bis zum Feierabend sitzen bliebe, würde sie wahrscheinlich nicht an den Fenstern der *Deichdiele* vorbeilaufen. Bernd Kastrup bezahlte seinen Cappuccino und machte sich auf den Weg. Diesmal nicht per Taxi; er hatte keine Eile. Er würde auch mit der S-Bahn schnell genug zum Präsidium zurückkommen.

* * *

»Ich will nicht stören«, sagte Brüggmann.

Alexander fuhr hoch. Er hatte konzentriert gearbeitet und nicht gemerkt, dass ihr oberster Chef ins Zimmer gekommen war. »Sie stören nicht.«

»Ist Bernd nicht da?«

Nein, Bernd Kastrup war noch nicht zurück.

Brüggmann guckte auf den Bildschirm. »Interessant«, sagte er.

Alexander wurde rot. Das Bild, das er gerade bearbeitete, hatte nichts mit ihrem aktuellen Fall zu tun.

Brüggmann besah sich die drei Männer im Schnee. »Scott ist der mit der Fahne, nicht wahr?«, sagte er schließlich.

»Ja«, bestätigte Alexander. »Scott ist der mit der englischen Fahne. Links neben ihm ist Bowers, rechts Wilson, vorn knien Evans und Oates.«

Brüggmann schwieg.

Schließlich sagte Alexander: »Sie fragen sich wahrscheinlich, was die toten Polarforscher mit unserem aktuellen Fall zu tun haben?«

»Das werden Sie mir sicher gleich erklären«, erwiderte der Chef.

»Gar nichts«, gab Alexander zu. »Die Nachbearbeitung dieses Bildes ist eine Weile liegen geblieben. Die gehört noch zu dem Serienmörder, mit dem wir es letztes Jahr zu tun hatten. Der hatte das Bild damals beschädigt, indem er mit Kugelschreiber Wolf darauf geschrieben hatte und außerdem das Datum seines nächtlichen Besuches. Das habe ich jetzt beseitigt.«

Ja, alle Spuren dieses Gekritzels waren jetzt getilgt.

»Dann ist es ja gut«, sagte Brüggmann.

Alexander war klar, dass es keinen vernünftigen Grund gab, warum ausgerechnet die Mordkommission das Foto rekonstruieren musste. Bernd hätte sich das Bild einfach noch einmal aus dem Internet neu herunterladen und ausdrucken können. Das hätte er auch sicher gemacht, wenn Alexander nicht seine Hilfe angeboten hätte. Alexander liebte es, die Möglichkeiten der Bildbearbeitung bis an ihre Grenzen auszutesten. Und die Reparatur dieser Aufnahme war ihm hervorragend gelungen.

* * *

Jennifer kontrollierte ihre Mails. In dem Augenblick kam Vincent herein. Er schaute ihr über die Schulter. »Was ist das denn?«

Die Mail, die Jennifer bekommen hatte, bestand nur aus einem einzigen Wort: *STRUPPIGEKATZE*.

»Kriegst du jetzt auch schon geheimnisvolle Botschaften von der Hyäne?«

Jennifer schüttelte den Kopf. »Das kommt von Alexander«, sagte sie. »Das ist eine Art Anagramm.«

»Aha. – Und was bedeutet *STRUPPIGEKATZE*?«

»Ist das nicht offensichtlich? *STRUPPIGEKATZE* heißt *KASTRUP*. - Das ist kein sauberes Anagramm, wo jeder Buchstabe einfach nur verschoben werden muss, aber es funktioniert auch.«

»Habt ihr sonst nichts zu tun?«

»Vincent, du weißt doch, wie das ist. Selbst wenn wir von morgens bis abends voll im Einsatz sind, dann gibt es doch immer wieder Momente, in denen gar nichts passiert. Momente, wo man darauf wartet, dass irgendein Analysenergebnis eintrifft, oder dass irgendein Zeuge endlich erscheint, um seine Aussage zu machen. Und Alexander und ich – wir können es nur schwer aushalten, irgendwann gar nichts zu tun. Und deswegen spielen wir ein bisschen. Und vielleicht – vielleicht können wir es einmal gebrauchen.«

Vincent schüttelte den Kopf.

* * *

»Also, was sind das für Figuren, Günter?« Bernd Kastrup hatte seinen Kollegen im LKA 63 aufgesucht. Er wusste, dass die Ermittler, die sich mit der organisierten Kriminalität beschäftigten, in der Regel sehr sparsam damit umgingen, irgendwelche Informationen weiterzugeben, aber er wollte es nicht unversucht lassen.

Günter Flint zuckte mit den Achseln. »Kleine Dealer. Mehr weiß ich nicht.« Er räkelte sich. Der Bürostuhl ächzte.

»Günter, das kaufe ich dir nicht ab! Die beiden Männer sind tot! – Ja, natürlich gibt es gelegentlich Streit unter Dealern, und ich kann mir auch vorstellen, dass dabei irgendjemand zur Waffe greift und einen Konkurrenten erschießt. Aber dass jemand den Mord der Kriminalpolizei per E-Mail ankündigt, das kann ich nicht glauben.«

»Der Handel mit Rauschgift ist eine ganz eigene Welt, Bernd!«

»Mag sein, aber auch in dieser anderen Welt sind die Gesetze der Logik nicht außer Kraft gesetzt. Und das, was hier abgelaufen sein soll, das ist einfach unlogisch.«

»Das ist mir egal. – Oder sagen wir besser: Ich weiß nichts, was dir weiterhelfen könnte.«

»Ich denke, ihr habt eure Ohren überall!«

»Das stimmt nicht. Wir haben unsere Ohren nicht überall. Wir haben unsere Ohren zunächst einmal am eigenen Kopf. Und zwischen den Ohren und dem Mund sitzt bei mir der Verstand, Bernd, und der rät mir davon ab, Dinge auszuplaudern, die für deine Ermittlungen nicht von Bedeutung sind.«

»Wäre es nicht sinnvoller, wenn du mir einfach alles sagen würdest, was du weißt, und wenn du mich dann selbst entscheiden lässt, was für meine Ermittlungen von Bedeutung ist und was nicht?«

»Nein, das halte ich nicht für sinnvoller.«

»Willst du damit sagen, dass du genau weißt, was hier passiert ist, aber es mir vorsichtshalber nicht verraten willst?«

»Ich weiß nichts.«

»Das kaufe ich dir nicht ab. Und es sind doch nicht meine eigenen Ermittlungen, um die es hier geht, sondern unsere gemeinsamen Ermittlungen. Es geht dabei nicht um irgendwelche Drogengeschäfte, sondern es geht um Mord.«

»Glaubst du, ich weiß das nicht? – Bernd, dieser Fall

beunruhigt mich zutiefst. So viel kann ich dir sagen: Es ist uns endlich gelungen, unsere Leute in dieses Netzwerk einzuschleusen, und das Letzte, was wir jetzt brauchen, das ist irgendwelche Aufregung. Wir wollen Beweise gegen die organisierte Kriminalität in Hamburg sammeln, uns ganz nach oben vorarbeiten und dann zuschlagen, verstehst du?«

»Diese beiden Toten – waren das deine Leute?«

»Nein.«

»Ich möchte mit deinen Leuten sprechen.«

»Nein.«

Arrogantes Arschloch, dachte Bernd Kastrup. Er nahm sich zusammen. Er sagte: »Wir ziehen am selben Strang, Günter. Wir müssen unsere Informationen austauschen, ohne Wenn und Aber.«

»Das kommt überhaupt nicht in Frage. Jeder Kontakt stellt eine Gefährdung dar. Aus gutem Grund darf es keinen Kontakt zwischen unseren verdeckten Personen und irgendwelchen Polizisten geben.«

»Aber du hast den Kontakt?«

»Habe ich nicht. Für diese Dinge gibt es ja unsere Verbindungsbeamten. Die haben die alleinige Kontakthoheit. Selbst vor Gericht sagen unsere VPs nicht selbst aus, sondern immer nur der jeweilige Verbindungsbeamte.«

Bernd Kastrup wusste das natürlich, aber er hatte geglaubt, dass es bei Mord vielleicht eine Ausnahme geben könnte. Er war wütend. Er hätte am liebsten gesagt, die organisierte Kriminalpolizei sei genauso schlimm wie die organisierte Kriminalität, aber er verkniff sich diese Bemerkung. Stattdessen schlug er die Mappe auf, die er mitgebracht hatte. »Das hier, das sind die Fotos aus Trauns Park.« Er hatte sich die grausigsten Aufnahmen herausgesucht. »Wir haben den Täter noch nicht. Solange er frei herumläuft, besteht die Gefahr, dass weitere Menschen zu Schaden kommen und dass möglicherweise auch deine Leute dasselbe Schicksal erleiden. Ich muss alles wissen, was sie wissen. Ich muss mit ihnen sprechen.«

»Du kannst nicht mit ihnen sprechen. Ich kann dir nicht helfen. Selbst wenn ich wollte, könnte ich das nicht. Mir sind die Hände gebunden! Diese Dinge muss der Staatsanwalt entscheiden.«

»Hast du dein Gewissen bei der Staatsanwaltschaft hinterlegt?«

»Was soll das, Bernd? Was soll die Polemik? – Also gut, ich frage den Staatsanwalt. Oder du fragst ihn. Aber ich kann dir jetzt schon sagen, was er antworten wird. Dass nämlich der Tod von zwei Dealern im Verhältnis gesehen werden muss zu dem großen Ganzen. Wir wollen den Sumpf trockenlegen, nicht nur ein einzelnes Unkraut ausreißen! Und damit das gelingt, müssen wir unsere Leute schützen. Um jeden Preis.«

»Es geht um Mord!«

Günter zuckte mit den Achseln.

* * *

»Wer ist die Hyäne?«, fragte Vincent. Vor ihm auf dem Tisch lag der Ausdruck der Bekennermail, die sie gestern gekriegt hatten. »Mann oder Frau?«

»Die Hyäne«, sagte Alexander. »Hyäne ist weiblich.

Also ist unsere Hyäne wahrscheinlich eine Frau.«

»Dagegen spricht allerdings die Schießerei«, gab Kastrup zu bedenken. »Es ist nicht üblich, dass weibliche Täter Schusswaffen einsetzen.«

»Vielleicht hat sie es gerade deshalb getan? Vielleicht ist das ein Zeichen der Emanzipation? – Jedenfalls kenne ich Frauen, die sehr gut schießen.«

»Ja, zum Beispiel Jennifer«, sagte Vincent.

Jennifer reagierte nicht.

»Wir werden sehen«, brummte Kastrup.: »Was ist aus der Geschichte mit dem Hund geworden?«

Jennifer schreckte hoch. »Nichts. In der Süderstraße haben sie keinen Schäferhund – jedenfalls keinen, der gestern oder heute abgegeben worden wäre.«

»Hast du die Sache mit den Fotos ausprobiert?«, fragte Vincent.

Jennifer nickte. »Ich habe mir im Tierheim alle Fotos von Hunden geben lassen, die auch nur ungefähr wie ein Schäferhund aussehen. Ich habe die Bilder unserer Patientin vorgelegt – ohne Ergebnis.«

»Also gibt es den Schäferhund doch?«

Jennifer zuckte mit den Achseln. »Soweit würde ich nicht gehen. Fest steht nur, dass wir das Gegenteil bisher nicht nachweisen können.«

»In ihrer Wohnung muss es Hinweise auf den Hund geben«, sagte Alexander. »Wenn ein Schäferhund in der Wohnung gewesen ist, dann gibt es da Hundehaare. Und wahrscheinlich auch Hundefutter und Fressnapf.«

»Aber ich komme nicht in die Wohnung. Die Frau steht nicht unter Verdacht. Sie ist das Opfer dieser Schießerei. Da kriege ich keinen Durchsuchungsbefehl.«

»Und wenn du sie einfach fragst, Jennifer? Wenn du sie einfach fragst, ob sie dir mal ihren Schlüssel gibt; sicherlich hat sie doch irgendwo in der Wohnung ein Foto ihres Hundes ...«

»Das bringt's nicht«, sagte Kastrup. »Vergiss nicht: Sie hat eine Hundeleine. Sicher gibt es in ihrer Wohnung irgendein Hundefoto. Ob sie aber jetzt einen Hund hat, und ob ihr dieser Hund bei der Schießerei weggelaufen ist, das werden wir auf diese Weise nicht klären können.«

* * *

Bernd Kastrups Telefon klingelte schon, als er die Tür zu seiner Wohnung aufmachte. Er ließ die Tasche fallen und rannte hin. Zu spät natürlich; das Läuten hatte aufgehört.

Was jetzt? Sollte er im Präsidium anrufen und fragen, ob sie versucht hatten, ihn zu erreichen? Nein, das war lächerlich. Wenn es wichtig war, würden sie es noch mal versuchen. Oder über das Handy. Aber natürlich wäre es sinnvoll, wenn er sich ein Telefon zulegen würde, dass die Nummern der Anrufer speicherte. Wahrscheinlich ...

Da klingelte das Telefon erneut. Er nahm den Hörer ab.

»Kastrup?«

Es war Gesa. Ihre Stimme klang aufgeregt. »Gott sei Dank, dass du endlich da bist. Du musst mir helfen, Bernd! Ich weiß nicht mehr, was ich machen soll.«

»Worum geht es denn?«, knurrte Kastrup. Er hatte

schlechte Erfahrungen damit gemacht, Gesa bei irgendwelchen Problemen zu helfen. Sie war eine liebenswerte Frau, fand er, aber sie war auch eine, die ständig in Schwierigkeiten geriet.

»Es ist wegen Sylvia.«

»Was ist mit ihr? Ist sie weggelaufen?« Das war das Erste, was Kastrup im Zusammenhang mit Gesas Tochter einfiel.

»Nein.«

»Was hat sie gemacht?«

»Sie will ihren Vater im Gefängnis besuchen.«

Bernd Kastrup schwieg. Damit hatte er nicht gerechnet. Ihren Vater besuchen, der sie jahrelang missbraucht hatte. Ihren Vater besuchen, der gedroht hatte, sie umzubringen. Der es vielleicht sogar versucht hatte. Auf diesen Gedanken wäre er nie gekommen.

»Was soll ich tun?«, fragte Gesa.

Ja, das war die Frage. »Ist Sylvia jetzt bei dir?«

»Nein, sie ist noch bei Leonie. Ich glaube, sie spielen wieder diese Computerspiele.«

Sie konnte also nicht mithören, wie ihre Mutter mit dem Polizisten diskutierte, der ihren Vater festgenommen hatte. Das war gut. »Seit wann weißt du das?«

»Seit ein paar Stunden. Sie ist aus der Schule gekommen, hat ihre Tasche in die Ecke geschmissen, sich vor mir aufgebaut und gesagt: ›Ich will Papa besuchen.‹«

»Und du? Was hast du gesagt?«

»Ich habe es ihr verboten.«

Bernd Kastrup seufzte. Er zweifelte daran, dass es eine gute Idee war, wenn Sylvia ihren Vater Wolfgang Dreyer im Gefängnis besuchte. Aber es war erst recht keine gute Idee, es ihr zu verbieten. Konnte ihre Mutter das überhaupt verbieten? Er wusste es nicht. Aber wenn sie es versuchte, dann musste sie auf jeden Fall preisgeben, warum Sylvia ihn nicht besuchen sollte. Das ging nicht. »Wie hat sie reagiert?«

»Sie hat mit den Füßen gestampft, hat gesagt: ›Ich geh zu Leonie!‹ Und dann hat sie die Tür hinter sich zugeschmissen.«

Ja, das war genau die Reaktion, die Kastrup von ihr erwartet hatte. Er sagte: »Hör zu, Gesa, so kannst du das nicht machen. Du kennst deine Tochter besser als ich. Du weißt, dass du bei ihr mit einer solchen Konfrontation gar nichts erreichen kannst. Ihr müsst miteinander auskommen. Ihr müsst miteinander reden.«

»Aber Bernd, du weißt doch, was der Wolfgang getan hat. Er ist ein Mörder. Er ist gewalttätig. Er war immer gewalttätig und wird es immer bleiben. Und ich soll zulassen, dass meine Tochter zu diesem Kerl ins Gefängnis geht?«

Bernd dachte: Immerhin hast du diesen Kerl mal geliebt. Immerhin hast Du diesen Kerl mal geheiratet. Er sagte: »Ich finde auch, dass es keine gute Idee ist, wenn sie ihn besucht. Aber das ist das, was ich finde. Und darum geht es nicht. Es geht nicht um mich. Es geht auch nicht um dich. Es geht um Sylvia. Ich glaube, in dieser Situation ist es entscheidend, was sie will. Und wenn sie glaubt, dass es für sie wichtig ist, ihren Vater zu sehen, dann – dann solltest du sie nicht daran hindern.«

»Du sagst, ich soll zulassen, dass sie allein zu diesem Kerl ins Gefängnis geht? Sie ist 15 Jahre alt, Bernd. Sie ist noch ein Kind.«

»Willst du mitgehen?«

»Nein.«

Bernd schwieg. Gesas Antwort war sofort gekommen, ohne dass sie erst überlegt hätte. Kastrup hatte nichts anderes erwartet.

»Sollte ich denn mitgehen?«, fragte sie.

»Nein, Gesa, das solltest du nicht. Ich habe das so verstanden, dass sie allein gehen will, und ich denke, daran solltest du sie nicht hindern.«

»Aber ich kann sie doch nicht allein lassen mit diesem Kerl!«

»Sie wird nicht allein mit ihm sein. So läuft das nicht ab. Es wird immer jemand dabei sein, der aufpasst, dass keiner von den beiden irgendwelchen Unsinn macht. In dieser Hinsicht kannst du also völlig beruhigt sein.«

»Ich bin nicht beruhigt, Bernd!«

»Du hast mich um Rat gefragt, und ich habe dir gesagt, was ich denke. Das ist meine persönliche Meinung. Aber ich bin kein Psychologe. Vielleicht ist das alles falsch, was ich denke. Ich garantiere für nichts.«

»Was soll ich machen?«

»Du musst dich entscheiden, Gesa!« Das war das Problem, mit dem Gesa Schröder ihr ganzes Leben zu kämpfen hatte. Es fiel ihr schwer, sich zu entscheiden. Manches wäre nicht geschehen, wenn sie irgendwann einen klaren Schnitt gemacht hätte. Sie hätte sich in dem Moment von ihrem Mann scheiden lassen sollen, als ihr klar geworden war, dass er gewalttätig war. Und sie hätte auf jeden Fall einschreiten müssen, als sie begriffen hatte, dass er sich an ihrer Tochter verging. Aber sie hatte alle Entscheidungen vertagt, bis es zu spät war.

Gesa sagte nichts.

»Wenn sie zurückkommt, dann sag bitte nicht: ›Mach doch, was du willst!‹, sondern dann sag: ›Ich habe mir das überlegt. Wenn du wirklich deinen Vater besuchen willst, dann darfst du es tun.‹«

Bernd Kastrup hörte, wie am anderen Ende irgendeine Tür aufging, und dann Sylvias Stimme im Hintergrund: »Mit wem telefonierst du?« Es klang argwöhnisch.

Gesa sagte: »Mit niemandem. Ich wollte bei Leonies Mutter anrufen, aber da war besetzt.« Dann legte sie den Hörer auf.

* * *

Bernd Kastrup setzte sich in seinen Sessel. Der Kater sprang auf seinen Schoß und wollte gekrault werden. Bernd Kastrup kraulte den Kater, aber in Gedanken war er ganz weit weg. Ihm war klar, dass er letztes Jahr einen Fehler gemacht hatte.

»Ich hätte es melden müssen«, sagte er. Der Kater äußerte sich nicht.

»Ich hätte es gleich melden müssen. Vincent hätte es auch melden müssen, natürlich, und die Leute im Krankenhaus. Alle, die davon gewusst haben. Alle die gewusst haben, dass Sylvia als sechsjähriges Mädchen von ihrem Vater vergewaltigt worden ist.«

Dem Kater war das egal.

Bernd Kastrup war es nicht egal. Vor einem Jahr hatte er geglaubt, dass das, was so lange zurücklag, keine Rolle mehr spielte. Sylvias Vater saß wieder im Gefängnis, und es war abzusehen, dass er so schnell nicht mehr herauskommen würde. Was nicht abzusehen gewesen war, das war, dass Sylvia plötzlich mit ihm Kontakt aufnehmen wollte.

»Und jetzt? Was machen wir jetzt, Watson?« Darauf wusste Dr. Watson keine Antwort.

Natürlich konnten sie die Geschichte noch immer melden. Sie würden Ärger bekommen. Hier ging es um Kindeswohlgefährdung. Allein schon der Verdacht war meldepflichtig – auch, wenn die Straftat schon Jahre zurücklag und eine Wiederholung nicht zu befürchten war. Auch Gesa würde Ärger bekommen. Gesa vor allem. Sie hätte seinerzeit einschreiten müssen. Sie hatte es nicht getan. Unverantwortlich. Aber es nützte niemandem, sie deshalb jetzt noch gerichtlich zu belangen. Sylvia brauchte ihre Mutter. Und es würde ihr kein bisschen helfen, wenn man ihr die Mutter wegnahm und sie selbst in ein Heim steckte.

Sylvia brauchte ihre Mutter. Aber dass sie auf irgendeine Weise, die Bernd Kastrup nicht nachvollziehen konnte, offenbar auch ihren Vater brauchte, das hatte er damals nicht in Erwägung gezogen.

Auf einmal fiel ihm wieder ein, was Gesa im letzten Jahr gesagt hatte: »Sylvia ist kein normales Kind.« Das stimmte, das hatte er selbst miterlebt. Sie war geschädigt durch das, was sie als kleines Mädchen durchgemacht hatte – vielleicht für immer. Sie brauchte eine Behandlung. Das war es, was getan werden musste. Er würde Gesa anrufen. Jetzt nicht, aber gleich morgen früh. Sylvia brauchte eine psychotherapeutische Behandlung.

Ein falsches Wunder

Montag, 16. November

Sie habe keine nahen Angehörigen, hatte Julia ge-sagt. Jennifer hätte das so hinnehmen können, aber das hatte sie nicht getan. Sie hatte an sich selbst ge-dacht. Jennifer Ladiges hatte viele Verwandte. Da war zunächst einmal ihre Mutter, mit der sie täglich telefo-nierte. Dann gab es mehrere Onkel, die auf jeden Fall zu Geburtstagen besucht werden wollten, und auch zu Weihnachten. Außerdem die Verwandtschaft ihres Va-ters in der Nordheide, mit der sie in unregelmäßigen Abständen E-Mails austauschte. Kurzum, es gab min-destens zehn Personen, die auf jeden Fall unterrichtet werden wollten, falls etwa Jennifer aus irgendeinem Grund ins Krankenhaus musste. Die meisten davon würden es sich nicht nehmen lassen, sie auch dort zu besuchen. Und diese Julia, die hatte niemanden?

Jennifer beschloss, der Sache nachzugehen. Es war ganz einfach. Im Hamburger Telefonbuch kam der Name Dachsteiger nur ein einziges Mal vor. Jutta und Carl Dachsteiger wohnten im Heimweg. Vermutlich waren das Verwandte. Ihre Eltern?

»Rotherbaum ist das«, bemerkte Alexander.

»Ja«, sagte Bernd Kastrup. Seitdem er herausgefun-den hatte, dass ein weiterer Schütze an der Schießerei in Trauns Park beteiligt gewesen sein musste, hatte sein Interesse an Julia Dachsteiger stark abgenommen.

»Ich würde gern wissen, warum das so ist. Ich würde gern wissen, warum sie ihre nächsten Angehörigen verleugnet.«

Bernd zuckte mit den Schultern. Die Beziehungen der jungen Frau zu ihren Angehörigen waren ihre Privatsache.

»Wenn du es unbedingt wissen willst, dann frag ihre Eltern. Aber nicht allein – nimm am besten Vincent mit.«

»Willst du nicht mitkommen, Bernd?«, fragte Vincent.

Bernd Kastrup schüttelte den Kopf. »Der Albaner will mich sprechen. Er hat vorhin angerufen.«

»Oh«, sagte Vincent. »Der Drogenhändler? Er hat dich persönlich angerufen?«

»Nein, seine Sekretärin. – Wir treffen uns draußen in Blankenese.«

»Sei vorsichtig, Bernd!«

»Ja.«

* * *

»Oh Gott«, sagte Frau Dachsteiger, als Jennifer erklärt hatte, dass sie von der Polizei kämen. »Julia. Haben Sie sie gefunden? Ist sie tot?«

»Dürfen wir reinkommen?«, fragte Vincent.

»Ja, bitte. – Was ist mit Julia?«

»Julia lebt«, erklärte Jennifer.

»Nein!«

»Doch, sie lebt. Sie liegt im Krankenhaus, aber …«

»Also immer noch die Drogen. Ich habe gewusst, dass es nicht gut geht. Von Anfang an habe ich das gewusst. Aber sie – sie hat sich ja nichts sagen lassen. Immer und immer wieder haben Carl und ich mit ihr geredet. ›Ich habe das im Griff‹, hat sie gesagt. ›Da braucht ihr euch überhaupt keine Sorgen zu machen, ich habe das voll im Griff. Ich bin doch nicht süchtig. Ich nicht. Ich kann jeden Tag aufhören!‹ – Aber das sagen sie wohl alle.«

»Sie liegt nicht wegen irgendeiner Drogengeschichte im Krankenhaus«, sagte Jennifer. »Und nach allem, was wir wissen, ist sie vollständig clean.«

»Das glaube ich nicht.«

»Es ist so, wie ich sage.«

»Was ist denn, Jutta?« Ein Mann stand plötzlich in der Wohnzimmertür.

»Das ist mein Mann. – Carl, diese junge Frau und der Herr hier, die sind von der Polizei. Sie behaupten, dass unsere Julia noch am Leben ist.«

Der Mann mochte knapp 60 Jahre alt sein. Er wandte sich an Jennifer: »Darf ich mal Ihren Ausweis sehen?«

Jennifer überreichte ihm den Dienstausweis. Der Mann studierte ihn genau und verglich das Foto mit Jennifers Aussehen. Der Ausweis war keine zwei Jahre alt; Jennifer sah noch immer so aus wie auf dem Foto.

»Julia lebt«, wiederholte Jennifer.

Der Mann schüttelte den Kopf. »Das kann ich gar nicht glauben.«

»Sie war ein Wrack, als wir sie zuletzt gesehen haben«, sagte seine Frau. »Sie hatte studieren wollen, aber daraus ist dann nichts geworden. Nach einem halben

Jahr ist sie nicht mehr hingegangen. Natürlich ist ihr auch klar gewesen, dass das so nicht weitergehen konnte, und sie hat schließlich eingewilligt, eine Therapie zu machen. Aber das hat nichts gebracht. Ein paar Wochen lang war sie clean, aber dann hat sie wieder angefangen. Heroin, glaube ich. Ich weiß es nicht sicher, aber jedenfalls habe ich diese Einstiche gesehen und mir mein Teil gedacht. Schließlich haben wir sie zu einer zweiten Therapie überredet. Aber die hat sie dann abgebrochen.«

»Heroin ist ein teures Hobby«, sagte Carl Dachsteiger bitter.

»Sie hat gestohlen, um ihre Sucht zu befriedigen. Wahrscheinlich ist sie auch auf den Strich gegangen. Als sie dann angefangen hat, uns auch noch zu beklauen, ihre eigenen Eltern ...« Jutta Dachsteiger wischte sich eine Träne aus dem Auge.

»Ich hab sie rausgeschmissen«, sagte der Mann.

»Das war nicht richtig, Carl! Das war nicht richtig!«

»Es ging nicht anders. Was sollten wir denn machen? Wir hätten sie doch nicht einsperren können! Und außerdem war sowieso alles zu spät.«

»Ach, das weißt du doch gar nicht!«

»Doch, das weiß ich. Mach dir nichts vor, Jutta, als wir sie zuletzt gesehen haben, da war sie ein Wrack. Keine Therapie der Welt kann das wieder geraderücken, was da inzwischen kaputtgegangen war. Und wir – wir konnten nicht mehr weiter.«

»Carl hat das Schloss austauschen lassen. Sie ist gekommen und hat gegen die Tür gedonnert, aber wir haben sie nicht reingelassen. Können Sie sich das vorstellen? – Es war doch unsere Tochter!«

Der Mann reichte ihr ein Taschentuch. »Sie hätte uns weiterhin das Blaue vom Himmel versprochen, aber wenn wir ihr den Rücken zugedreht hätten, dann hätte sie uns beklaut. Den ganzen Schmuck von Juttas Mutter, den hat sie heimlich verscherbelt. Das haben wir erst gemerkt, als sie schon aus dem Haus war. Gesehen haben wir vorher nur, dass das Geld weg war. Alles Geld. Das Portmonee lag noch da, aber es war nichts mehr drin.«

»Zweimal ist sie noch gekommen«, schluchzte Jutta. »Sie hat draußen gestanden und gebettelt, und ich habe drinnen gestanden, hinter der Wohnungstür, und ich habe geglaubt, ich sterbe. Aber ich habe sie nicht reingelassen.«

»Seitdem haben wir nichts mehr von ihr gesehen oder gehört. Wir haben alle Hamburger Zeitungen gelesen, aber es stand nichts drin. Und als wir nach einem Vierteljahr noch immer nichts gehört hatten und sie auch nicht wieder aufgetaucht war, sind wir davon ausgegangen, dass sie sich am Ende in irgendeinen Winkel zurückgezogen hat wie ein krankes Tier und dort gestorben ist. Und keiner hat sie gefunden.«

»Aber sie lebt«, hörte Jennifer sich sagen, während gleichzeitig ihr Verstand sich meldete und sagte: Du redest Unsinn, Jennifer. Die Frau, die in Rothenburgsort angeschossen worden ist, und die du im Krankenhaus besucht hast, das kann niemals diese Julia Dachsteiger sein. Eine solche wundersame Heilung kann es nicht geben. – Oder vielleicht doch?

»Das ist ein Wunder«, flüsterte ihre Mutter.

»Ja. – Wann ist das gewesen, dass Sie Ihre Tochter zum letzten Mal gesehen haben?«

»Vor fünf Jahren. Oder sind es schon sechs Jahren inzwischen? Was haben wir jetzt? – 2015. Ja, dann sind es jetzt schon sechs Jahre. Im Sommer 2009 haben wir sie zuletzt gesehen. Das muss im Juni oder Juli gewesen sein ...«

»Das war im Juli.«

»Du hast sie doch noch fotografiert, Carl!«

»Ja, das habe ich. Jutta fand das nicht richtig damals, aber ich habe gedacht, ich muss das machen. Wenn mich jemand fragt, warum unser Mädchen nicht mehr da ist, dann muss ich doch irgendetwas vorweisen kön-nen, um zu zeigen, was mit ihr los war, und warum – warum wir sie nicht länger bei uns zu Hause behalten konnten.« Carl holte das Bild.

»Sie war solch ein hübsches Mädchen«, sagte seine Frau.

»Solch ein wunderhübsches Mädchen!«

»Hier, das ist sie.«

Das Foto, das ihr Vater geholt hatte, zeigte eine typi-sche drogenabhängige Frau.

»Diese – diese Pickel – oder sind das Narben? – das ganze Gesicht voll von diesen Narben! Und die Augen. Gucken Sie sich mal die Augen an. Ist das nicht entsetz-lich?«

Ja, es war entsetzlich.

»Und das – das soll alles weg sein? Sie soll wieder vollständig gesund sein?« Carl Dachsteiger schüttelte den Kopf. Auch Jennifer konnte sich das nicht gut vor-stellen. Aber dennoch gab es keinen Zweifel daran, dass die junge Frau im Krankenhaus Julia Dachsteiger hieß. Das hatte sie nicht nur behauptet, sondern das ging auch aus ihrem Personalausweis hervor. Und es konnte überhaupt gar kein Zweifel daran bestehen, dass das Foto auf dem Ausweis die Frau zeigte, die dort im Krankenhaus lag.

»Können wir zu ihr?«

»Ich wüsste nicht, was dagegen spricht.« Außer natürlich, dass die Patientin bisher abgestritten hatte, irgendwelche lebenden Verwandten zu haben. Jennifer war sich darüber im Klaren, dass die Begegnung für beide Seiten ein ziemlicher Schock sein würde. Aber das ließ sich nicht vermeiden. Nur ein direktes Aufeinandertreffen konnte klären, ob die junge Frau nun wirklich Julia Dachsteiger war oder nicht.

»Wenn Sie nichts dagegen haben, möchte ich Sie gern ins Krankenhaus begleiten«, sagte Jennifer.

* * *

Sie hatten sich in einem Lokal in Blankenese verabredet, direkt unten am Strandweg, mit Blick auf die Elbe. Der Albaner war zuerst da. Er stand auf, als Kastrup hereinkam, und er schüttelte ihm die Hand. Etwas zu überschwänglich vielleicht, aber nicht unfreundlich.

»Das ist schön, dass Sie gekommen sind!«

»Es ist schön, dass Sie sich die Zeit nehmen, mit mir zu sprechen«, erwiderte Kastrup.

Der Kellner kam und reichte ihnen die Speisekarten.

Der Albaner sagte: »Herr Kommissar, Sie sind selbstverständlich eingeladen.«

Kastrup schüttelte den Kopf. »Danke, das ist sehr nett von Ihnen, aber ich bezahle mein Essen lieber selbst.«

Falls der Albaner beleidigt war, so zeigte er es jedenfalls nicht. Sie bestellten. Kastrup achtete auf die Preise, der Albaner nicht. Draußen fuhr ein voll beladenes Containerschiff die Elbe aufwärts.

Kastrup sagte: »Man hat mir gesagt, dass Sie eine wichtige Rolle in der Hamburger Kaufmannschaft spielen.«

Der Albaner nickte. »Das ist richtig. Das mag unbescheiden klingen, wenn ich das selbst sage, aber ich sage die Dinge gern so, wie sie sind. Sehen Sie da draußen das Schiff? Das ist die *Sola* von der *MSC, der Mediterranean Shipping Company.* Sie hat Stellplätze für über 11.000 Container. Natürlich ist sie jetzt nicht voll beladen, und die Container gehen nicht alle nach Hamburg. Aber von dem, was hier in Hamburg ausgeladen wird, davon geht ein Drittel an meine Firma.«

»Umso erfreulicher ist es, dass Sie sich Zeit für mich genommen haben.«

»Aber das ist doch selbstverständlich. Ich arbeite immer gern mit der Polizei zusammen.« Der Albaner lächelte.

»Das freut mich«, erwiderte Kastrup. »Zumal ich ja gar nicht direkt um dieses Gespräch ersucht habe. Wie sind Sie überhaupt darauf gekommen, dass ich mit Ihnen sprechen möchte?«

»Ich habe es irgendwo gehört. – Sie ziehen die Stirn kraus, Herr Kommissar, aber so ist es nun einmal. In meinem Betätigungsfeld ist es immer wichtig, dass man gut informiert ist. Dazu muss man seine Kontakte pflegen. Deswegen habe ich mich gleich bei Ihnen gemeldet. Ich möchte nicht, dass mein Verhältnis zur Polizei in ein schiefes Licht gerät. Ich möchte nicht, dass Sie mich erst vorladen müssen. Ich komme von selbst und biete Ihnen meine Hilfe an. Ich bin immer für Sie da.«

»Das ist sehr lobenswert.«

»Und wenn Sie Fragen an mich haben – fragen Sie einfach!«

»Es heißt, dass Sie einer der großen Bosse im Hamburger Drogenhandel sind.«

Der Albaner lachte. »Man hat mir berichtet, dass Sie immer sehr direkt sind. Jemand, der nicht erst – wie man so schön sagt – um den heißen Brei herumredet. Ich weiß das zu schätzen. Aber was dieses Gerücht angeht, so sind Sie falsch informiert. Ich bin Geschäftsmann. Ein ganz gewöhnlicher Geschäftsmann, ich importiere und exportiere eine ganze Reihe verschiedener Dinge, aber Drogen gehören nicht dazu.«

»Aber Sie kennen das Gerücht?«

»Natürlich kenne ich das Gerücht. Es ist ärgerlich, aber es beunruhigt mich nicht besonders. Wenn man wie ich in einer einflussreichen Position sitzt, dann gibt es immer Neider, und man muss mit Verleumdungen rechnen.«

»Und Sie tun nichts dagegen?«

»Was soll ich machen? – Ein Gerücht ist schnell ausgestreut. Gerade heutzutage, wo jeder Zugang zum Internet hat, da ist es so leicht wie nie, falsche Behauptungen in die Welt zu setzen. Wenn ich versuchen wollte, dagegen anzugehen, wenn ich zum Beispiel versuchen wollte, all die falschen Behauptungen, die über mich verbreitet werden, einzeln löschen zu lassen, dann bliebe mir keine Zeit mehr für meine Geschäfte.«

Kastrup schüttelte den Kopf: »Für solche Dinge haben Sie doch sicher ihre Anwälte.«

»Anwälte sind teuer. Meine Anwälte beauftrage ich nur, wenn es sich wirklich um schwerwiegende Dinge handelt. Die bloße Behauptung, dass ich ein Drogenhändler sei, die gehört nicht dazu. Diese Behauptung ist so absurd, dass sie keiner Erwiderung bedarf. – Insofern bin ich für Sie natürlich der völlig falsche Gesprächspartner.« Das Lächeln des Albaners wurde breiter.

Kastrup blieb ruhig sitzen. Es war offensichtlich, dass das Gespräch mit diesem Austausch keineswegs beendet war. Kastrup wartete. Das Essen kam. Es schmeckte ausgezeichnet.

Schließlich ergriff der Albaner wieder das Wort: »Die Welt besteht nicht nur aus Drogenhandel. Lassen Sie uns diesen Punkt einmal ausklammern. Es gibt andere Dinge, über die wir reden könnten, und bei denen ich glaube, dass sie für Sie nützlich sein könnten.«

»Ich höre.«

»Ich habe erfahren, dass es vorgestern früh in Rothenburgsort eine Schießerei gegeben hat, bei der mehrere Personen verletzt worden sind.«

»Zwei sind tot, eine dritte Person ist verletzt«, sagte Kastrup knapp.

»Das ist traurig. – Der eine der beiden Toten heißt Kai Sundberg, glaube ich. Ist das richtig?«

»In den Zeitungsberichten sind keine Namen genannt.«

»Ich beziehe meine Informationen nicht aus der Zeitung, Herr Kommissar! Wenn ich warten wollte, bis irgendetwas in der Zeitung steht, dann könnte ich einpacken. Dann wäre mein Geschäft erledigt. – Nein, ich höre mich um, und auch meine Leute hören sich um in Hamburg, und dabei erfahren sie Dinge, die den Journalisten normalerweise verborgen bleiben. Da sind Dinge dabei, von denen auch die Polizei nichts weiß.«

»Wir wissen, dass einer der Toten Kai Sundberg heißt.«

»Ja, das wissen Sie natürlich. Ich nehme an, er hatte seinen Ausweis in der Tasche? – Nein, vielleicht hatte er keinen Ausweis dabei, aber er war ihren Kollegen von der Drogenfahndung bekannt, und die haben ihn identifiziert. Ist das so?«

Kastrup antwortete nicht.

»Ja, das ist so«, stellte der Albaner zufrieden fest. »Der Träumer, so hatten sie ihn genannt, Kai Sundberg, der Träumer! – Ich weiß auch, wie der andere Tote heißt. Aber der ist unwichtig. Genauso unwichtig wie Kai Sundberg.«

»Kein Mensch ist unwichtig«, widersprach Kastrup.

»Nein. – Vielleicht habe ich mich falsch ausgedrückt. Einige Menschen sind wichtiger als andere – jedenfalls, wenn es um die Aufklärung dieses Verbrechens geht. Ich hätte da drei Namen, die ich Ihnen nennen könnte. Namen, die Ihnen vielleicht weiterhelfen. Sind Sie interessiert?«

»Ich bin interessiert.«

»Drei junge Männer: Carsten Satrup. Haben Sie den Namen schon mal gehört?«

Kastrup schüttelte den Kopf.

»Carsten Satrup, Daniel Schöller ... den kennen Sie auch nicht, oder?«

Nein, den kannte Kastrup auch nicht.

»Carsten Satrup, Daniel Schöller und Jan-Felix Blumberg.«

»Was ist mit diesen Leuten?«

»Das weiß ich auch nicht, lieber Herr Kommissar. Ich bin nicht bei der Polizei. Ich habe keine Möglichkeit, nachzuforschen, was es mit diesen Leuten auf sich hat. Man hat mir gesagt, dass es wichtige Leute seien. Und man hat mir gesagt, dass es Leute seien, für die Sie sich interessieren sollten.«

»Wer hat Ihnen das gesagt?«

»Das habe ich vergessen. Ich rede mit vielen Leuten, Herr Kommissar, und viele Menschen reden mit mir. Ich frage sie nicht nach dem Namen. Wenn sie etwas zu sagen haben, was mich interessiert, dann höre ich ihnen einfach zu.«

»Ich glaube Ihnen kein Wort«, brummte Kastrup.

»Das ist schade, Herr Kommissar. Denn das, was ich Ihnen gesagt habe, das könnte sehr wichtig sein.«

»Warum?«

»Nur so ein allgemeiner Eindruck, mehr nicht.« Der Albaner lächelte.

* * *

Günter Flint zuckte mit den Achseln. »Das ist alles eine Drogengeschichte, Bernd. Jede Wette.«

»Und was ist mit diesen Namen?«

»Keine Ahnung. Ich schätze, der Albaner hat sie ins Spiel gebracht, um uns zu verwirren. Vielleicht hat er sie sich einfach nur ausgedacht. Das heißt, warte mal, der eine davon, dieser Daniel Schöller, der kommt mir bekannt vor. Den hatten wir irgendwann mal im Visier. Aber das ist Jahre her. Vier oder fünf Jahre mindestens.«

»Hat er gedealt?«

»So genau weiß ich das nicht mehr. Wahrscheinlich haben wir geglaubt, dass er gedealt hat. Jedenfalls hat er Drogen genommen.«

»Hasch?«

»Härtere Sachen. – Aber das muss ich erst einmal nachschlagen.«

»Ich hätte Lust gehabt, diesen Albaner einfach festzunehmen«, sagte Kastrup.

»Weswegen hättest du ihn festnehmen wollen? Weil er ein arrogantes Arschloch ist? Da könntest du die halbe Stadt verhaften! Und mich gleich dazu!« Günter lachte.

»Du übertreibst. – Aber habt ihr denn nichts gegen ihn in der Hand?«

»Nichts, womit wir ihn festsetzen könnten. Er ist ein Geschäftsmann. Er selbst macht keine krummen Sachen. Früher war das anders, da hätten wir ihn kriegen können. Das haben meine Vorgänger versäumt. Heute ist er sauber. Aber woher die Gelder kommen, mit denen er seinen Laden finanziert, das ist eine andere Frage. Wir sind an ihm dran. Ich habe jemand auf ihn angesetzt, und vielleicht haben wir diesmal Glück. Es ist ganz offensichtlich, dass der Albaner unserem V-Mann vertraut.«

»Kann man den Kerl nicht einfach ausweisen?«

»Ausweisen?« Flint lachte. »Der Kerl ist zwar in Albanien geboren, und alle nennen ihn immer nur den

Albaner, aber er ist inzwischen deutscher Staatsbürger, hat einen deutschen Pass. Den kannst du nicht ausweisen. Und hinzu kommt natürlich, dass er ganz gute Verbindungen zur Politik hat.«

»Die sind nichts wert, wenn du ihm Drogenhandel nachweist!«

»Ja, wenn! – Aber bis dahin ist der Mann ein unbescholtener Bürger. Nicht vorbestraft, niemals wegen irgendetwas angeklagt worden. Und außerdem tut er einiges für die Stadt. Es gibt eine ganze Reihe von sozialen Projekten, die er unterstützt. Ich kann dir die Liste ausdrucken. Alles hoch anständige Unternehmungen, nicht im Geringsten kriminell.«

* * *

Als Bernd Kastrup in den Besprechungsraum zurückkam, warteten seine Mitarbeiter schon auf ihn. Es war unübersehbar, dass er schlechte Laune hatte. Er berichtete und schloss seine Zusammenfassung mit den Worten: »Wir wissen gar nichts!«

»Ganz so schlecht stehen wir nicht da«, widersprach Alexander Nachtweyh. »Wir haben jetzt drei Namen.«

»Ja.« Kastrup hatte sie sofort an sein Team durchgegeben.

»Ich habe mal geguckt, was es damit auf sich hat. Zwei der Leute habe ich identifiziert. Sie sind – soweit ich das feststellen konnte – gesund und munter. Keiner ist jemals straffällig geworden. Der eine hatte mal ein Drogenproblem, aber das ist lange her. Ganz normale, junge Leute.«

»Junge Leute?«

»Na ja, relativ jung. Carsten Satrup ist 27 Jahre alt, er wohnt in Frankfurt. Jan-Felix Blumberg ist 30. Dr. Jan-Felix Blumberg lebt in Düsseldorf. Er arbeitet als Kunstmaler. Offenbar verdient er nicht schlecht; er hat eine Zweitwohnung in Travemünde.«

»Als Maler?«, fragte Vincent.

»Wenn er wirklich gut ist, dann kann er auch als Maler ganz ordentlich verdienen«, erwiderte Alexander. Er war sich darüber im Klaren, dass die meisten Künstler allerdings nicht besonders gut verdienten.

»Und was ist mit dem Dritten?«

»Daniel Schöller haben wir noch nicht gefunden. Vielleicht ist er nicht mehr in Deutschland. Aber wir suchen weiter.«

* * *

Sylvia betrachtete das Schild mit der Aufschrift *EOD Consultants – Freie Feuerwerker*. Das Schild lag im Dreck. Jemand hatte die Metallstange herausgerissen, an der es befestigt war, und der Pfeil, der den Rettungsweg für die Kampfmittelbergung anzeigen sollte, zeigte nirgendwohin.

Sylvia sah sich um. Ihr war klar, dass sie hier nicht sein sollte. Das ganze Gelände war eine riesige Baustelle. Aber das Verbotsschild am Eingang war überwuchert und kaum noch zu lesen, und Sylvia hätte sich sowieso nicht darum gekümmert. Dies war ein Niemandsland. Die Fahrer der beiden Lastwagen, die auf der anderen Seite der matschigen Freifläche parkten, machten Mittagspause. Sie hatten keinen Blick für das 15-jährige Mädchen.

Das Mädchen hatte vorgehabt, seine Schultasche in der Baracke abzustellen, in der früher vielleicht Arbeiter untergebracht gewesen waren, aber darin stank es nach Pisse. Sylvia nahm ihre Tasche mit. Noch einmal sah sie sich um, dann stieg sie eine große Stufe hinauf, und schon stand sie in dem alten Lokschuppen. – In dem, was noch davon übrig war. Der Lokschuppen war eine Ruine. Das Gebäude war ausgebrannt, das Dach eingestürzt, und das Einzige, was jetzt noch stand, das waren die großen Torbögen, durch die früher die Lokomotiven in diesen Schuppen gefahren waren.

Sylvia hatte die Zeit der Dampflokomotiven nicht miterlebt; für sie war das, was sie hier sah, so fremdartig wie irgendein halb eingestürzter Tempel aus der Antike. Die antiken Ruinen lagen weit weg in Ländern, in denen es schön warm war, und wo Sylvia nicht hin konnte. Aber diese Ruinen hier in Wilhelmsburg waren genauso schön, wenn nicht schöner als das, was Griechenland zu bieten hatte, und hier gab es keine störenden Massen aufdringlicher Touristen, die alles fotografieren wollten und die nichts verstanden. Die kein Gefühl für Schönheit hatten. Diese Ruinen hatte sie für sich allein.

Seit Jahrzehnten hatte sich niemand um die zerfallenden Bauwerke des ehemaligen Güterbahnhofs gekümmert. Solange sie denken konnte, waren dies Ruinen gewesen. Sie hatte sie von Zeit zu Zeit besucht und miterlebt, wie diese Denkmäler einer vergangenen Zivilisation nach und nach zerfielen. Die Gleise waren längst abgebaut worden, und jetzt wuchsen große Haselsträucher durch den Betonfußboden, dort, wo früher die Lokomotiven gestanden hatten.

Einige der Mauern standen noch, und es gab auch noch eine der schweren, eisernen Doppeltüren, die früher die Eingänge versperrt hatten. Die Tür war halb eingedrückt, aber dennoch unpassierbar, durch einen großen Haufen Gerümpel versperrt. Aber das machte nichts; rechts neben der Tür fehlte die Mauer, und man konnte ungehindert rein und raus gehen.

Sylvia ging nach draußen. Hier wucherten Birken und allerlei Gestrüpp, von dem sie nicht hätte sagen können, was es war, jetzt im November, wo die Blätter fort waren. Sie ging so weit, bis sie die Rückwand des Gebäudes komplett überblicken konnte. Das Mauerwerk war über und über mit grell bunten Graffiti bedeckt. Hier hatten Unbekannte ihrer Fantasie freien Lauf gelassen, ihrer wilden Fantasie, in der es keine Grenzen gab. Ein riesiger, orangefarbener Kopf schien aus dem Fußboden zu wachsen; er starrte Sylvia an und sagte: *Yo!* Eine andere Figur in blauem Overall bediente etwas, das aussah wie ein großer Wecker an einer eisernen Kette. Und ganz oben, direkt unter dem flachen Giebel, hatte jemand mit blauer Farbe *4LENA* geschrieben. Sylvia malte sich aus, wie schön es wäre, wenn dort jetzt *4SYLVIA* stünde. Aber sie kannte keinen der Sprayer, und es gab niemand, der *4SYLVIA* für sie an irgendeine Wand schreiben würde.

Sylvia kehrte in das Innere des ehemaligen Lokschuppens zurück. Hier gab es einen kleinen, abgeteilten Raum, in dem wahrscheinlich früher der Aufseher gesessen hatte, der zugesehen hatte, wie seine Leute an den Lokomotiven arbeiteten. Sylvia setzte sich auf den kaputten Drehstuhl ohne Polster und betrachtete das unfertige Kunstwerk, das irgendein wilder Sprayer in dieser Kammer begonnen hatte. Es war ein riesiger Kopf mit einer großen Nase und wulstigen Lippen. Der Kopf hatte erst ein Auge, ein großes, rotes Auge – dann war die Dose wahrscheinlich leer gewesen. Vor dem Raum, in dem Sylvia saß, lag ein Haufen leerer Dosen mit Aufschriften wie KOBRA BIG BLACK – Spray Art Technologies.

Sie saß eine ganze Weile still da und ließ die Farben der Umgebung auf sich wirken. Sie waren grell und provozierend. Wer das gemacht hatte, glaubte Sylvia, würde sich von niemandem etwas gefallen lassen. So wild und frei wollte sie auch sein. Aber im nächsten Moment wurde ihr bewusst, dass das gar nicht stimmte. In Wirklichkeit wollte sie einfach nur so sein wie die anderen. Sie wollte ernst genommen werden. Und sie wollte jemand haben, dem sie wichtig war.

Ihrem Vater war sie wichtig gewesen, das wusste sie, trotz allem, was er ihr angetan hatte. Deshalb hatte sie Kontakt zu ihm aufgenommen. Deshalb wollte sie ihn im Gefängnis besuchen. Dazu gehörte Mut. War sie mutig genug? Ja, sie war mutig genug. Sie würde das tun, was sie sich vorgenommen hatte.

Es war Zeit, nach Hause zu gehen. Sie nahm ihre Schultasche und machte sich auf den Weg. Die Lastwagenfahrer hatten ihre Pause beendet. Sie standen neben ihren Fahrzeugen und sahen zu ihr herüber. Sylvia beachtete sie nicht.

Als sie die Baustelle verließ, kam ihr auf dem Bürgersteig eine alte Frau entgegen. Sie sah sie an und sagte: »Müsstest du nicht jetzt in der Schule sein?«

»Nein«, sagte Sylvia.

* * *

»Das machen wir zusammen«, sagte Bernd Kastrup, als Jennifer ihm von der Begegnung mit den Dachsteigers berichtete.

Sie trafen sich mit den beiden in der Empfangshalle des Krankenhauses. Die Frau war sichtlich nervös. Der Mann wirkte ruhig, aber er roch nach frischem Rauch. Er war nicht so ruhig, wie er tat. Kein Wunder, dachte Jennifer.

»Ich nehme an, meine Kollegin hat Ihnen bereits erzählt, dass wir uns im Augenblick keineswegs sicher sind, ob die junge Frau, die im Krankenhaus liegt, wirklich Ihre Tochter ist«, sagte Kastrup.

»Aber – wenn ich das richtig verstanden habe, dann hat sie sich doch als unsere Tochter ausgewiesen?«, erwiderte Frau Dachsteiger. Es war offensichtlich, dass sie inzwischen daran glaubte, dass die Verletzte ihre Tochter sei. Sie wollte unbedingt daran glauben.

»Es ist dennoch möglich, dass es sich um einen Irrtum handelt«, sagte Jennifer.

»Ich verstehe nicht – was für eine Art von Irrtum sollte das denn sein?«

Kastrup sagte: »Wir wissen es nicht. Einige Dinge im Zusammenhang mit ihrem Wiederauftauchen sind sehr merkwürdig, und wir möchten gern klären, was hier wirklich passiert ist. Dass eine junge Frau, die sechs Jahre lang spurlos verschwunden ist, und von der alle geglaubt haben, dass sie – dass sie gewissermaßen todkrank sei, dass die dann plötzlich putzmunter wieder auftaucht, das ist zumindest ungewöhnlich.«

»Sie glauben also, dass es sich um eine Schwindlerin handelt?« Auch der Mann schien sich inzwischen an den Gedanken gewöhnt zu haben, dass seine Tochter vielleicht noch lebte. Jennifer schüttelte den Kopf. »Alles ist möglich«, sagte sie.

Sie wünschte von ganzem Herzen, dass die Kranke wirklich die verlorene Tochter war.

Der Mann zuckte mit den Schultern. »Wir werden sehen«, sagte er.

* * *

Jennifer trat als Erste ins Zimmer. »Fräulein Dachsteiger, da ist Besuch für sie!«, sagte sie.

»Besuch?«

»Julia?« Das war ihre Mutter. Ihre Stimme drückte Zweifel aus.

»Mutti?« Zumindest war Julia überrascht.

»Julia – mein Gott, Julia! Wie schön, dass du lebst! Wir – wir hatten doch alle gedacht – natürlich hatten wir die ganze Zeit gehofft, aber wir hatten doch befürchtet, dass du – dass du tot wärest!«

»Es tut mir so leid«, murmelte Julia. Sie war ganz offensichtlich ergriffen.

»Warum hast du dich nicht gemeldet? Du hättest – du hättest uns doch einfach anrufen können oder ein paar Zeilen schreiben ... – Das soll jetzt kein Vorwurf sein!«, fügte ihre Mutter rasch hinzu.

»Ich habe mich geschämt.«

Jennifer warf Kastrup einen raschen Blick zu. Das könnte stimmen, dachte sie. Das wäre zumindest denkbar.

»Wisst ihr – ich war so verzweifelt. Ich hatte keine Hoffnung mehr, dass ich von diesen verdammten Drogen wieder loskomme. Aber dann – dann habe ich es doch geschafft. Und ich habe es selbst nicht glauben können. Ich habe gedacht: wahrscheinlich ist das gar nicht wahr. Wahrscheinlich glaube ich nur, dass ich jetzt wieder sauber bin, und in Wirklichkeit wartet der nächste Rückfall schon auf mich. Und ich habe mir gesagt: einen Monat musst du abwarten. Und als der Monat um war, habe ich gedacht: das reicht nicht. Zwei Monate. Warte zwei Monate ab. Oder besser noch ein Vierteljahr. Ich habe mich einfach nicht getraut.«

»Aber inzwischen sind es schon sechs Jahre.«

»Ja, ich weiß. Das tut mir leid. – Ich habe gedacht, es ist besser, wenn ich nicht hierbleibe. Es ist besser, wenn ich gar nicht in Hamburg bin. Wenn ich irgendwo hingehe, wo mich niemand kennt, und wo ich ganz sicher niemand treffe, der weiß, dass ich Drogen genommen habe, und der mir womöglich welche anbietet. Ich weiß nicht, was ich getan hätte, wenn mir jemand Drogen angeboten hätte. Aber das ist nicht passiert. Es ist alles gut gegangen.«

»Wo bist du gewesen?«

»Ich bin ins Ausland gegangen. Nach Russland.«

»Nach Russland?«, fragte ihr Vater verwundert.

»Ja, nach Russland. – Natürlich hatte ich kein Visum. Ich habe einfach einen Lastwagenfahrer gefragt, und er hat mich mitgenommen. Und als ich erst einmal da war, habe ich kein Visum mehr gebraucht.« Sie lächelte.

Jennifer fragte sich, auf welche Weise sich die junge Frau in Russland über Wasser gehalten hatte.

»Sprechen Sie Russisch?«, fragte Kastrup.

»Jetzt ja.« Ihr Lächeln wurde breiter. »Igor hat mir geholfen. Igor, der Lastwagenfahrer. Ich konnte bei ihm wohnen. Bei ihm und seiner Mutter.«

»Sie war schon immer gut in Sprachen«, sagte ihre Mutter, ein wenig Stolz in der Stimme.

Julia nickte. »Es war ganz einfach.«

»Und wann bist du zurückgekommen?«

»Vor zwei Jahren. Aber nicht hierher nach Hamburg. Ich habe mich nicht getraut. Ich habe in Frankfurt gewohnt, bis vor drei Monaten. Dann habe ich hier eine gute Stellung bekommen und bin nach Hamburg zurückgezogen.«

»Wo haben Sie gewohnt in Russland?«, wollte Kastrup wissen. »In Moskau?«

Sie schüttelte den Kopf. »In Wolokolamsk.«

»Bitte?« Von dem Ort hatte Kastrup noch nichts gehört.

»Wolokolamsk. Das liegt gut 100 Kilometer nordwestlich von Moskau.«

»Können Sie das mal bitte buchstabieren?«

Julia buchstabierte es, Kastrup schrieb den Namen in sein Notizbuch.

»Man merkt, dass du lange im Ausland gelebt hast«, sagte Julias Vater. »Deine Sprache hat sich verändert.«

»Ja, das bleibt nicht aus.« Julia wurde rot.

»Das geht sehr schnell, dass man bestimmte Eigenarten einer fremden Sprache annimmt«, bestätigte Jennifer. »Als ich nach einem halben Jahr aus Amerika zurückkam, da haben meine Eltern mich ausgelacht, weil ich so komisch gesprochen habe.«

»Nicht wahr?« Es war ganz offensichtlich, dass Julias Mutter keine Zweifel mehr hatte.

»Du hast dich auch sonst verändert«, sagte Julias Vater.

»Ihr aber auch«, erwiderte Julia.

»Papa hat seinen Bart abgenommen«, sagte ihre Mutter.

»Ja, er sieht völlig anders aus jetzt. Ich hätte ihn fast nicht wiedererkannt.«

»Jedenfalls ist es wunderschön, dass du wieder da bist. Und dass du obendrein gesund bist. Ich kann es noch immer gar nicht glauben.«

»Wie geht es denn – jetzt komme ich nicht auf den Namen! – Wie geht es denn meinem Onkel?«

»Deinem Onkel? Meinst du Karl-Heinrich?« Julia nickte.

»Nicht so besonders gut. Der ist jetzt im Altersheim. Irgendwo in Süddeutschland. Wo war das noch gleich? Weißt du das, Jutta?«

»Karl-Heinrich?«

»Sonthofen. Ich glaube, das ist in Sonthofen. Wir haben ganz lange nichts mehr von ihm gehört.«

»Karl-Heinrich?«, fragte Jutta nach.

»Ach, das ist unwichtig. Die Hauptsache ist, dass wir dich wieder haben, und dass es dir gut geht.«

»Ja, das ist wirklich die Hauptsache! – Weißt du denn schon, wann du hier herauskommst?«

»So schnell geht das nicht. Frühestens nächsten Montag, haben die Ärzte gesagt.«

»In einer Woche also. Du kannst natürlich wieder bei uns wohnen, wenn du willst. Das heißt, das Zimmer müssten wir erst einmal freiräumen. Wir haben da jetzt einfach unsere alten Sachen reingestellt. Die Kommode, weißt du, und auch den gelben Sessel. Der war nicht mehr schön. Eigentlich hätten wir ihn natürlich auf den Sperrmüll tun müssen, aber wir haben gedacht, vielleicht könnte man ihn ja neu beziehen lassen ...«

»Ich möchte euch nicht zu nahe treten, aber ich glaube, ich würde doch ganz gern in meiner eigenen kleinen Wohnung bleiben. Ich habe mich jetzt daran gewöhnt.«

»Ach ja, natürlich.« Jutta war enttäuscht.

»Wir haben noch gar nicht gefragt, wie das eigentlich passiert ist. – Wir haben gehört, du bist in eine Schießerei geraten?«

Julia erzählte ihnen, wie sich das abgespielt hatte.

»Das gefällt mir nicht«, sagte ihre Mutter.

Julia lächelte. »Das hat mir auch nicht gefallen. Ganz und gar nicht!«

»Nein, ich glaube, du verstehst mich nicht. Was mir nicht gefällt an der Geschichte, das ist, dass diese beiden Männer, die erschossen worden sind, dass das Drogenhändler gewesen sind. Und dass du nach all dem, was du erlebt und überstanden hast, dass du nun schon wieder in der Nähe von solchen Dealern gewesen bist.«

»Mama, damit habe ich überhaupt nichts zu tun. Das ist ein reiner Zufall gewesen!«

»Wir haben keine Anzeichen dafür gefunden, dass Ihre Tochter irgendetwas mit diesen Männern zu tun gehabt hat«, bestätigte Jennifer.

»Das ist gut.«

»Ja, das ist gut. – Ich glaube, wir sollten jetzt wirklich gehen.« Der Vater drängte zum Aufbruch. »Du brauchst Ruhe, damit du dich erholen kannst und schnell wieder zu Kräften kommst.«

»Ich fühle mich noch ziemlich matt«, sagte Julia.

Zögernd verabschiedete sich Jutta von ihrer Tochter. Als sie aus dem Zimmer gingen, winkte sie ihnen hinterher. »Bis bald!«

»Ja, bis bald.«

* * *

»Ist das nicht wunderbar? Ist es nicht einfach wunderbar?« Jutta Dachsteiger strahlte.

Ihr Mann schüttelte den Kopf.

Seine Frau ließ sich nicht beirren. »Ich habe es gar nicht glauben können. Und als ich sie gesehen habe, wie sie da im Bett lag, da habe ich erst gedacht: Das ist sie nicht. Aber dann, als sie mich angesehen hat, und als wir miteinander gesprochen haben ...«

»Jutta, kann das sein, dass du dich irrst?«

»Was meinst du damit?«

»Deine Fantasie spielt dir einen Streich. Du willst unbedingt, dass das unsere Tochter ist. Du willst es um jeden Preis glauben. Vielleicht glaubst du es wirklich ...«

»Carl, das ist unsere Tochter!«

»Nein, das ist sie nicht. So stark kann sich niemand

in sechs Jahren verändern. Die Dinge, die man leicht anpassen kann, die stimmen. Die Haarfarbe zum Beispiel. Aber die Augen – Julia hatte leuchtend blaue Augen. Diese Frau hier hat blaue Augen, aber längst nicht so leuchtend, wie die unsere Tochter.«

»Das ist eine Folge der Krankheit, die ist nicht ohne Spuren an Julia vorübergegangen.«

Carl Dachsteiger schüttelte den Kopf. »Nein, das ist keine Folge der Krankheit. Ich sehe überhaupt keine Folge von irgendeinem Drogenkonsum. Natürlich bin ich kein Arzt, aber ich würde behaupten, dass diese Frau, die da im Bett liegt, niemals Drogen genommen hat. Jedenfalls ist sie niemals süchtig gewesen.«

Jennifer sah Bernd Kastrup an. Kastrup sagte nichts. Er wartete einfach ab.

»Sie weiß nichts über unsere Familie«, sagte Carl Dachsteiger. »Dieser Karl-Heinrich, dieser angebliche Onkel Karl-Heinrich, den gibt es überhaupt gar nicht.«

»Aber Carl, den Namen hast du doch ins Spiel gebracht!«

»Ja, das habe ich. Julia hat überhaupt gar keinen Onkel.«

»Das stimmt nicht.«

»Ja, gut. Es gab früher einen Nachbarn, den hat sie Onkel Fritz genannt. Als sie ein Kind war, war das. Aber das ist lange her.«

»Siehst du!«

Bernd Kastrup schüttelte den Kopf. »Frau Dachsteiger«, sagte er, »es tut mir leid, aber ich fürchte, Sie müssen sich mit dem Gedanken vertraut machen, dass diese junge Frau nicht ihre Tochter ist.«

Jutta Dachsteiger schüttelte den Kopf. »Das glaube ich nicht«, sagte sie.

* * *

»Der Ausweis ist echt«, sagte Jennifer. »Ich habe das überprüft.«

»Das sagt nicht viel«, wandte Alexander ein. »Stell dir vor, diese Frau besitzt einen echten, gültigen Personalausweis der echten Julia Dachsteiger. Damit geht sie zum Einwohnermeldeamt und lässt diesen Ausweis verlängern. Was werden die Beamten tun? Sie prüfen den Ausweis. Der Ausweis ist echt. Julia Dachsteiger sieht nicht mehr genauso aus wie auf dem Foto, aber das Foto ist ja auch schon einige Jahre alt. Julia hat natürlich neue Fotos mitgebracht, und sie bekommt einen neuen Ausweis. Jetzt sogar mit Fingerabdruck. Und von jetzt ab kann niemand mehr behaupten, dass diese Frau nicht Julia Dachsteiger sei. So einfach ist das.«

»Doch, ihre Eltern«, sagte Vincent. »Die können sie identifizieren.«

»Ja, ihre Eltern. Das ist der Schwachpunkt bei dieser Geschichte. Eigentlich ist es kein besonderer Schwachpunkt. Die Eltern haben geglaubt, dass Julia tot ist. Solange sie ihnen nicht über den Weg läuft, ist alles in Ordnung. Aber sie ist ihnen über den Weg gelaufen. Das hätte nicht passieren dürfen.«

»Das war nicht ihr Fehler. Das Treffen mit ihren Eltern hat sie ja schließlich nicht selbst in die Wege geleitet, sondern wir sind das gewesen.«

»Den Fehler hat sie sehr viel früher gemacht. Mit dieser falschen Identität hätte sie auf keinen Fall an den Ort ziehen dürfen, an dem ihre angeblichen Verwandten leben.«

»Eine verteufelte Geschichte«, brummte Bernd Kastrup.

»Ein hübsches Beispiel für *Identity Theft*, würde ich sagen. Identitätsdiebstahl. Normalerweise geht es dabei um Geld. Jemand findet zum Beispiel deinen Ausweis, Bernd, und deine Kreditkarte, und er geht damit los und hebt 20.000 Euro ab.«

»Witzbold«, sagte Bernd. Er hatte keine 20.000 Euro. Er hatte nicht einmal eine Kreditkarte.

»War ja nur ein Beispiel.«

»Aber in diesem Fall sieht es doch nicht so aus, als wollte die Frau sich irgendetwas erschwindeln.«

»Kein Geld«, gab Kastrup zu.

»Was dann?«

»Ein neues Leben!«

»Was ist mit den anderen drei Namen, die der Albaner uns genannt hat? Sind das auch solche Fälle?«

»Möglich. – Ich habe inzwischen ein bisschen weiter nachgeforscht. Sowohl bei Satrup als auch bei Blumberg glauben die Eltern, dass ihre Kinder tot sind. Beide haben Drogen genommen, waren sogar stark drogenabhängig und sind schließlich von der Bildfläche verschwunden. Satrup vor vier Jahren, Blumberg vor fünf Jahren. Mit Blumberg habe ich telefoniert. Es ist genau dieselbe Geschichte wie bei unserer Julia. Er ist auf geradezu wundersame Weise von seiner Drogensucht genesen, hat Kunst studiert, hat sich selbstständig gemacht, kann gut davon leben. Er behauptet, dass seine überstandene Drogensucht dazu geführt hat, dass er Dinge sehen und malen kann, die kein anderer sieht. Das Heroin habe sein Bewusstsein erweitert, und das nutzt er jetzt aus.«

»Quark«, sagte Kastrup.

»Hast du nach den Eltern gefragt?«, wollte Jennifer wissen. Alexander nickte. »Er hat gesagt, er habe die Verbindung von langer Zeit abgebrochen. Als seine Eltern ihn mit seiner Sucht alleingelassen haben, hat er nichts mehr mit ihnen zu tun haben wollen, und daran habe sich nichts geändert.«

»Klingt verständlich«, sagte Jennifer.

»Wenn es denn stimmt«, brummte Kastrup. Eine Weile sagte niemand etwas.

Schließlich ergriff Bernd das Wort: »Ich sage euch: Das stimmt nicht. Das kann gar nicht stimmen. Dreimal dieselbe Geschichte, dreimal dasselbe Wunder, jedes Mal der anschließende Ortswechsel, jedes Mal der Abbruch der Beziehungen zu Eltern, Freunden, Verwandten – kurzum zu all den Leuten, die einen eventuell identifizieren könnten. Und dann kommt noch hinzu, dass wir diese Leute auf höchst merkwürdige Weise kennengelernt haben. Julia im Rahmen einer Schießerei, und die anderen beiden aufgrund eines Tipps aus der Unterwelt. – Und es geht nicht um Drogen. Jedenfalls nicht in erster Linie. Es geht um den Tausch der Identität. – Ja, das ist es.«

»Was ist mit dem Vierten? Was ist mit Daniel Schöller?«, wollte Vincent wissen.

»Der passt nicht ins Konzept«, sagte Alexander.

»Du hast ihn also schließlich doch noch gefunden?«

Alexander nickte. »Auf dem Ohlsdorfer Friedhof.«

* * *

Bernd Kastrup war enttäuscht. Er hatte sich vorgestellt, dass bei der Gegenüberstellung die falsche Identität der jungen Frau sofort auffliegen würde. Das war nicht der Fall gewesen. Die Mutter hielt daran fest, ihre Tochter wiedergefunden zu haben, und es war nicht einmal auszuschließen, dass am Ende der Vater die Komödie mitspielte, weil seine Frau das so wollte. Seine Frau wollte unbedingt daran glauben, dass die Frau im Krankenhaus ihre Tochter war, und womöglich dachte ihr Mann, es sei unbedenklich, wenn sie das weiterhin glaubte. Julia Dachsteiger hatte gesagt, dass sie nicht nach Hause zurückkehren wolle. Das war gut, sie blieb auf Abstand, und wahrscheinlich würde sie so schnell wie möglich wieder aus dem Leben der Dachsteigers verschwinden.

»Du glaubst, dass wir die angeblichen Eltern nicht dazu bewegen können, zu Protokoll zu geben, dass dies nicht ihre Tochter sei?«, fragte Vincent.

»Vincent, du bist nicht dabei gewesen. Mein Eindruck ist, dass Carl Dachsteiger am Ende genau das tun wird, was seine Frau will.«

»Was macht das schon?«, fragte Alexander. »Es lässt sich doch ganz leicht nachweisen, ob sie die Tochter ist oder nicht. Wir machen einfach einen Gentest.«

»Dafür brauchen wir die Einwilligung der Beteiligten«, sagte Kastrup.

»Nicht unbedingt. Wenn du mit dem Staatsanwalt sprichst – ich meine, das, was hier abläuft, das ist doch nicht einfach nur ein Scherz. Das ist eine ernste Geschichte, und offenbar ist diese Julia Dachsteiger kein Einzelfall.«

»Das reicht nicht aus«, sagte Kastrup. »Was wir bis jetzt wissen, das ist einfach zu vage. Ich weiß genau, was der Staatsanwalt sagen wird: Ermitteln Sie weiter!«

»Dann tun wir das eben.«

»Ja«, sagte Kastrup.

»Aber?«, fragte Vincent. »Du sagst das so, als ob es auf jeden Fall ein Aber gibt.«

»Ja, das gibt es. Wenn wir den Gentest einmal außer Acht lassen, dann sind die beiden Dachsteigers wahrscheinlich die einzigen Menschen auf der Welt, die beweisen könnten, dass diese Julia nicht ihre Tochter ist.«

»Du glaubst, sie sind in Gefahr?«

Kastrup nickte.

»Aber wer sollte ihnen etwas tun? Die junge Frau liegt im Krankenhaus und ist zunächst einmal außer Gefecht gesetzt.«

»Aber die Hyäne ist draußen.«

»Ja, die Hyäne ist draußen.«

* * *

»Das ist unsinnig, was wir hier machen«, sagte Alexander. Vincent schwieg. Sie saßen in ihrem Wagen. Sie hatten das Auto im Heimweg geparkt. Der Heimweg war eigentlich keine echte Straße, aber man konnte von beiden Seiten jeweils bis etwa zur Mitte hineinfahren. Dort gab es einen kleinen Parkplatz, aber der war natürlich spät abends komplett belegt, und außerdem konnte man von dort die Vorderseite der Häuser nicht einsehen. Sie standen daher direkt vor der Schranke, die die Durchfahrt blockierte. Auf der anderen Seite parkten mehrere Autos, und zahlreiche Fahrräder lehnten am Zaun, alle auf der rechten Seite, so dass eine minimale Gasse frei blieb, die vielleicht bereit genug war, dass man dort mit seinem Auto durch konnte.

»Wenn's hier brennt, wird es schwierig«, sagte Alexander. Es war klar, dass die Feuerwehr die schmale Passage nicht würde nutzen können.

»Wenn die Hyäne kommt, wird es erst recht schwierig«, erwiderte Vincent.

Alexander nickte. Sie waren gemeinsam die Wege abgegangen. Die Vorderfront des Hauses, in dem Julia Dachsteigers Eltern wohnten, hatten sie von hier aus im Blick, aber es war auch möglich, von der Rückseite her in das Gebäude hineinzukommen.

»Aber wahrscheinlich kommt die Hyäne nicht«, fügte Vincent hinzu. »Die Frau im Krankenhaus kann nicht ahnen, dass wir wissen, dass sie nicht Julia Dachsteiger ist.«

»Ich bin nicht dabei gewesen«, sagte Alexander. »Aber wenn ich mir vorstelle, dass ich das wäre, der da in dieser Situation im Krankenhaus liegt, und plötzlich tauchen meine angeblichen Eltern auf, dann würde ich mir schon Gedanken wegen meiner Sicherheit machen.«

»Wenn die Hyäne kommt und die Dachsteiger-Eltern erschießt, dann ist sowieso alles aufgeflogen. Also wird sie das nicht tun, sondern zunächst einmal abwarten.«

»Hoffen wir das Beste.«

Sie waren bereits dreimal das Gelände abgegangen.

Den Heimweg entlang bis zum Mittelweg, an der Bushaltestelle vorbei, dann in den kleinen Durchgang zwischen dem Friseur und dem Bäcker bis hinter das Haus, in dem die Dachsteigers wohnten. Sie hatten nichts Verdächtiges entdecken können. Allzu oft konnten sie diese Wanderung nicht wiederholen, sonst würden sie selbst Verdacht erregen, und irgendwann würde jemand die Polizei alarmieren.

Plötzlich klopfte jemand an die Wagentür. Vincent fuhr hoch. Als Alexander auf seiner Seite die Tür aufriss, tastete Vincent nach seiner Pistole.

»Habe ich euch erschreckt?« Eine Frau mit Kopftuch.

Alexander schüttelte den Kopf. Was war das? Was sollte das?

Vincent sagte: »Lana, was machst du denn hier?«

»Ich bringe euch Kaffee. Wenn ihr die ganze Nacht wach bleiben wollt, dann braucht ihr starken Kaffee. Den habe ich euch gemacht.«

»Das wäre nicht nötig gewesen«, sagte Vincent. »Ich glaube, ihr kennt euch noch nicht: Der junge Mann hier, das ist Alexander Nachtweyh, mein Kollege, von dem ich dir erzählt habe. Und das hier, das ist Lana, meine Frau.«

»Freut mich, Sie kennenzulernen«, murmelte Alexander. Er war noch immer erschrocken.

Lana war mit dem Fahrrad hier; sie gab Vincent die Thermoskanne, dann stieg sie wieder auf ihr Rad und radelte davon.

»Der Kaffee kommt gerade richtig«, sagte Vincent. »Um ehrlich zu sein, ich war nahe am Einschlafen.«

»Ja. – Aber Mensch, Vincent, sowas kannst du doch

nicht machen! Du kannst doch nicht einfach deine Frau losschicken, dass sie uns Kaffee bringt!«

»Ich habe sie nicht geschickt. Sie ist aus freien Stücken gekommen.«

»Aber du hast ihr erzählt, was wir vorhaben.«

»Ja, das habe ich. – Weißt du, Alexander, das gehört dazu, wenn man verheiratet ist. Wir haben keine Geheimnisse voreinander. Lana weiß alles, was ich tue.«

Alexander schwieg. Wenn er versucht hatte, seinen Freundinnen irgendetwas von seiner Arbeit zu erzählen, dann hatte das meist dazu geführt, dass sie davongelaufen waren. Aber wahrscheinlich hatte er die richtige Lana noch nicht gefunden.

Der V-Mann

Was soll das sein?«, fragte Bernd Kastrup.
Jemand hatte ein Sparschwein auf den Tisch des
Besprechungsraumes gestellt.

»Das ist ein Scheißschwein«, erklärte Alexander,
ohne eine Miene zu verziehen.

»Ein was?«

»Ein Scheißschwein. Die Sache ist ganz einfach. Uns
allen ist aufgefallen, dass hier in letzter Zeit zu viele Fä-
kalausdrücke gebraucht werden. Wir finden das nicht
gut. Wir haben deshalb beschlossen, dieses Schwein an-
zuschaffen. Und jeder, der von jetzt ab in diesen Räu-
men irgendwann ›Scheiße‹ sagt, der zahlt einen Euro in
dieses Schwein.«

»Ach.« Bernd war nicht erbaut. Er war sich darüber
im Klaren, wer von ihnen die meisten Euros in dieses
Tier stecken würde.

»Du hast doch sicher nichts dagegen?«

Bernd schüttelte den Kopf. Er würde sich halt zu-
sammennehmen müssen. »Was gibt es Neues?«

»Nicht viel. Vincent und ich haben eine schlaflose
Nacht verbracht, das ist alles.«

»Und was gibt es bei dir, Jennifer? Was ist aus deinem Auto mit dem rosa Teddy geworden?«

»Fehlanzeige«, sagte Jennifer.

Bernd Kastrup hatte nicht erwartet, dass der Mörder von Trauns Park ausgerechnet in einem so auffälligen Fahrzeug angereist war. Und Jennifers Verdacht, dass in diesem Fahrzeug möglicherweise verbotener Sex mit Kindern ausgeübt würde, hatte sich als unbegründet erwiesen. Über die Fahrzeugidentifikationsnummer hatte Jennifer die Besitzer ausfindig gemacht. Eine im Großen und Ganzen glückliche Familie. Der Mann war zwar zur Zeit arbeitslos, und in der Wohnung roch es nach Schnaps, aber die Kinder waren wohlauf und guter Dinge, und die Erwachsenen versprachen, den Wagen so bald wie möglich wieder anzumelden, wenn sie denn genügend Geld hatten.

»Ich habe noch einmal über alles nachgedacht«, sagte Kastrup. »Die Namen, die der Albaner mir gesagt hat. Dieser Daniel Schöller – der passt nicht ins System. Keine falsche Identität – einfach nur ein Toter.«

»Dann hat der Albaner sich eben geirrt«, schlug Vincent vor.

»Möglich.« Bernd Kastrup glaubte nicht daran. Der Mann hatte sich für das Treffen mit ihm sorgfältig vorbereitet, und hatte genau das gesagt, was er sagen wollte.

»Und was machen wir jetzt?«

Kastrup wusste es nicht. Auf den ersten Blick waren es zwei verschiedene Dinge, mit denen sie es zu tun hatten. Da war auf der einen Seite die Schießerei in Trauns Park mit zwei Toten. Das war ihr Fall. Und auf der anderen Seite gab es die junge Frau mit der falschen Identität. Wie sollte er das werten? Betrug? Dafür waren andere zuständig. Aber war überhaupt jemand geschädigt worden? Ja, vielleicht, die Bundesrepublik Deutschland. Aber die Bundesrepublik würde vermutlich darüber hinwegkommen, wenn sie plötzlich einen Bürger mehr hatte. Eine Bürgerin.

Vincent sagte: »Du denkst jetzt, Julia Dachsteiger ist illegal eingereist und hat sich falsche Papiere verschafft. Echte Papiere sogar. Aber ist das nicht zu weit hergeholt?«

»Was denkst du?«

»Die falsche Julia könnte genauso gut irgendeine deutsche Kriminelle sein, die sich auf diese Weise eine neue Identität verschafft hat.«

»Vergiss nicht den Akzent.«

»Darauf würde ich nicht zu viel Gewicht legen, Bernd. Es ist ein ganz leichter Akzent. Es kann ein slawischer Akzent sein, keine Frage, muss aber nicht.«

»Wie auch immer.« Diese Frage würde sich klären lassen.

»Außerdem haben wir natürlich noch zwei andere Personen mit einer identischen Geschichte. Satrup und Blumberg. Es geht um Identitätsdiebstahl, das ist klar, das ist die Lösung.«

»Oder auch nicht«, sagte Alexander. » Schöller passt nicht. Und wenn bei einer Gleichung eine der Zahlen falsch ist, dann ist die Lösung auch falsch.«

»Ich denke, wir sollten uns diesen Daniel Schöller vornehmen«, schlug Jennifer vor.

»Leider kannst du ihn nicht mehr befragen,«

»Nein, ihn nicht, aber seine Eltern. Die wohnen noch in Hamburg, oder?«

»Ja, hier in Hamburg«, bestätigte Alexander.

»Wer macht es?«

»*Semper quis interrogat!*«, sagte Vincent.

»Was?«

»Nein, diesmal nicht. Diesmal nicht der, der fragt. Jennifer und Vincent machen das«, entschied Kastrup. Das waren die beiden mit dem besten Einfühlungsvermögen. Natürlich hätte er auch selbst gehen können, aber zum einen war er jemand, der nicht immer diplomatisch und taktvoll vorging, und zum anderen hatte er etwas anderes vor.

* * *

»Das ist neun Jahre her«, sagte Frau Schöller. »Neun lange Jahre.«

Nicht lange genug. Frau Schöller, die neben ihrem Mann auf dem Sofa saß, hatte rotgeweinte Augen.

»Es tut uns leid«, sagte Jennifer. »Wir müssen uns entschuldigen, dass wir Sie belästigen.«

»Sie tun nur Ihre Pflicht. Sie führen ihre Untersuchungen durch und können womöglich anderen Menschen helfen, die in einer ähnlichen Situation sind.«

»Ja, vielleicht. – Das hoffen wir immer.« Jennifer war sich nicht sicher, ob die Frau Schöller wusste, dass sie nicht mit der Bekämpfung der Drogenkriminalität zu tun hatten, sondern mit Tötungsdelikten. Zwar hatte Vincent das eingangs erwähnt, aber vielleicht hatte sie das in der Aufregung überhört.

»Es war so furchtbar. Wir haben immer noch geglaubt, dass wir Daniel helfen könnten, aber alles, was wir versucht haben, das ist gescheitert. Und dann war er plötzlich weg.«

»Wann ist das gewesen?«

»Vor neun Jahren. 2006, im Sommer. – Ich habe sofort gewusst, dass irgendetwas nicht stimmt.«

»Die Suchtkranken handeln nicht immer rational«, gab Jennifer zu bedenken.

»Das mag wohl so sein, aber unser Sohn, der ist jeden Tag vorbeigekommen. Einfach jeden Tag. Ganz egal, wie schlecht es ihm ging. Er hat einfach gewusst, dass wir die Hoffnung niemals aufgeben würden, und er hat gewusst – das haben wir ihm auch gesagt – solange er lebt, solange ist da noch Hoffnung. Und deshalb ist er immer wieder gekommen.«

»Er ist natürlich auch deshalb gekommen«, sagte ihr Mann, »weil wir ihm immer wieder Geld gegeben haben. Das war nicht richtig, ich weiß, aber wir konnten nicht anders. Er war schließlich unser Sohn, und immer, wenn wir Geld hatten, dann haben wir ihm welches gegeben. Aber natürlich hatten wir nie genug.«

»Und was geschah dann?«, fragte Vincent.

»Dann ist er nicht mehr gekommen. Von einem Tag auf den anderen. Er war plötzlich weg«, sagte die Frau.

»Als er am zweiten Tag auch nicht gekommen ist«, ergänzte ihr Mann, »da haben wir uns an die Polizei gewandt. Die Beamten waren zwar sehr freundlich, aber sie haben uns auch gesagt, dass sie in einem solchen Fall nichts machen können. Unser Sohn war ja schließlich erwachsen, und als Erwachsener kann er tun und lassen, was er will, und wenn er seine Eltern nicht sehen will, dann ist das eben so.«

»Ich fand nicht, dass sie freundlich waren«, sagte die Frau. »Sie waren besserwisserisch, diese Polizisten. Sie haben uns nett angeguckt, aber es war ganz offensichtlich, dass sie sich ihren Teil gedacht haben: Dieser Kerl, der ist drogensüchtig; da suchen wir nicht lange hinterher.«

»Ich weiß nicht. – Aber jedenfalls haben sie ihn nicht gefunden.«

»Aber wir haben nicht aufgegeben. Als Erstes sind wir an all die Orte gegangen, an denen er immer gewesen ist. Rings um den Hauptbahnhof zum Beispiel. In St. Georg und an der Schanze. Sie wissen ja, wo hier in Hamburg gedealt wird. Wir sind überall gewesen. Wir haben mit all den Leuten geredet, von denen wir wussten, dass er mit ihnen in Kontakt war. Wir haben auch mit allen anderen geredet. Wir haben sein Foto herumgezeigt – aber niemand hatte ihn gesehen.«

»Aber Sie haben weitergemacht?«

»Ja, wir haben immer weitergemacht. Wir haben Plakate drucken lassen und sie überall angeklebt. Wir haben Bußgelder bezahlt, da wir die Plakate an Stellen geklebt hatten, wo man das nicht durfte, und wir sind aus dem Hauptbahnhof verwiesen worden, weil wir Flugblätter mit dem Foto unseres Sohnes verteilt haben. Eine Woche später waren wir wieder da. Natürlich gab es wieder Ärger, aber wir haben immer weitergemacht. Ein halbes Jahr lang.«

»Und schließlich wurde die Leiche Ihres Sohnes gefunden«, sagte Vincent.

»Ja, schließlich wurde seine Leiche gefunden. Gar nicht weit von hier. Beim Bahnhof Ohlsdorf, da gibt es so ein Gleisdreieck. Alles bewaldet. Man kann da von der Feuerbergstraße aus hinkommen, aber das Gelände ist natürlich eingezäunt. Da lag er. Kinder haben ihn schließlich gefunden.«

»In den Akten steht, dass er schon ziemlich lange tot war.«

»Ja, er war schon lange tot.«

»Aber merkwürdig ist es schon, finden Sie nicht? Das Gelände mag eingezäunt sein, aber wenn Kinder dort reinkommen, dann werden sie doch nicht nur alle halbe Jahr dort zum Spielen hingehen. Und wenn die Leiche einfach so da gelegen hat, warum hat sie dann keiner gefunden?«

»Es ist egal«, sagte der Mann. »Daniel ist tot. Wir können ihn nicht wieder lebendig machen.«

* * *

»Ich habe gehört, du sprichst Russisch?« Bernd Kastrup hatte sich entschlossen, einen Kollegen zuratezuziehen, der eigentlich nicht mit zu seinem Team gehörte. Sie hatten zwar schon gelegentlich zusammengearbeitet, aber einfach war es nie gewesen. Alle nannten ihn nur den Schrebergärtner.

»Да«, sagte der Schrebergärtner.

»Was?«

»Ja. Да heißt ja.«

»Großartig. – Weißt du, ich habe da nämlich ein kleines Problem ...«

»Willst du mal hören?«, fragte der Schrebergärtner, und ohne die Antwort abzuwarten, begann er zu deklamieren:

»Белеет парус одинокий
В тумане моря голубом!
Что ищет он в стране далёкий?
Что кинул он в краю родном? ...«

»Moment«, versuchte Kastrup den unverständlichen Redefluss zu unterbrechen. »Ich brauche nämlich ...«

»Играют волны — ветер свищет,
И мачта гнётся и скрыпит ...
Увы! он счастия не ищет ...«

»Bitte!«

»Schön, nicht? Gefällt es dir? Das ist von Lermontow. Michail Jurjewitsch Lermontow. Neben Puschkin einer der herausragenden Vertreter der russischen Romantik. 27 Jahre alt ist er geworden. Genau wie Puschkin im Duell gestorben. 1841 war das.«

»Wunderbar«, log Kastrup. Er machte sich nichts aus Gedichten.

»Nicht wahr? – Ich kann dir auch seinen Klagegesang am Grabe Alexander Puschkins vortragen, aber den kann ich nicht auswendig. Der ist wesentlich länger. Da müsste ich mal eben meine Unterlagen holen.«

»Nicht nötig«, wehrte Kastrup ab.

»Worum geht es denn?«

»Um einen Brief. Ich möchte dich bitten, für mich einen Brief ins Russische zu übersetzen.«

»Das mache ich gern, Bernd. Man hilft ja schließlich, wo man helfen kann.«

»Ich weiß das zu schätzen.«

»Aber falls es darum gehen sollte, mit einer dieser Russinnen Kontakt aufzunehmen, die angeblich gern einen deutschen Mann heiraten möchten, muss ich dir sagen ...«

Bernd Kastrup versicherte, dass er im Moment keine Heiratspläne habe.

»Umso besser. Da sind eine ganze Menge Betrüge-rinnen dabei. Ich selbst habe nämlich einmal versucht ... Aber das würde jetzt wahrscheinlich zu weit führen. Und was diese Übersetzung angeht – natürlich bin ich kein Russe. Mein Russisch ist ja nur angelernt. Also, wenn es wirklich ganz korrekt sein soll, dann solltest du lieber ...«

Bernd Kastrup schüttelte den Kopf. »Jemand, der Gedichte von diesem – wie heißt er noch? – von diesem Lärmikow auswendig kann, der ist für meine Zwecke auf jeden Fall gut genug.«

* * *

Der normale Weg wäre gewesen, über die Staatsanwalt-schaft ein Rechtshilfeersuchen an das zuständige Ge-richt in Russland zu senden. Dazu musste man zunächst einmal das, was man eigentlich wollte, von normalem Deutsch in Juristendeutsch übertragen. Dann brauchte man eine beglaubigte Übersetzung in die russische Spra-che. Anschließend wurde das Ersuchen per Kurier an die Deutsche Botschaft in Moskau geschickt, die dann die weiteren Schritte unternahm. Das war mühsam und sehr zeitaufwändig. Kastrup sagte sich, dass er diesen Weg immer noch einschlagen konnte, wenn er wusste, dass er wirklich amtliche Informationen brauchte. Im Augenblick kam es ihm erst einmal darauf an, herauszufinden, was diese Julia Dachsteiger in Russland gemacht hatte. Und dafür reichte ein inoffizieller Kontakt mit Sicherheit aus. Julia Dachsteiger hatte gesagt, sie sei in Wolokolamsk gewesen. Bernd Kastrup hatte den Ort im Internet nachgeschlagen. Wikipedia verriet, dass die kleine Stadt im Moskauer Bezirk gut 23.000 Einwohner hatte. Das war nicht viel. In einem so kleinen Ort müsste eine Deutsche doch eigentlich aufgefallen sein. Eine Deutsche, die jahrelang dort gelebt hatte.

Das einzige Problem war, dass Kastrup nicht wusste, wie er mit den Herrschaften in Wolokolamsk in Verbindung treten sollte. Der Wikipedia-Eintrag verwies zwar auf eine, wie es hieß, inoffizielle Webseite der Stadt, aber deren wenige Einträge waren alle zehn Jahre alt, und eine Adresse für eventuelle Kontaktaufnahme war nicht angegeben.

Eine andere Webseite schien da schon verheißungsvoller. Der Titel dieser Seite hieß *Meine Stadt*, wie Bernd Kastrup herausfand, ohne erst den Schrebergärtner bemühen zu müssen. Hier gab es auch eine Tabelle, aus der hervorging, dass Wolokolamsk weiter geschrumpft war und jetzt nur noch 21.000 Einwohner hatte. Umso besser.

Aber was nun? Er klickte auf die URL *volok-tour.ru* und gelangte auf eine Seite, deren Text er zwar nicht verstand, aber deren Erscheinungsbild ihm das Gefühl vermittelte, der Ort habe die letzten 30 Jahre der Geschichte verschlafen. Auf einer Zeichnung gingen strahlende Schulkinder mit Blumensträußen und Glocken froh gestimmt in die Herbstferien. Überhaupt ging es auf dieser Seite offenbar nicht um Tourismus, sondern um Schule. Die Mitglieder der Schulverwaltung, die Kastrup durch einen weiteren Mausklick kennenlernte, sahen nicht so aus, als ob sie sehr erbaut sein würden, wenn ihnen irgendein Polizist aus Deutschland dumme Fragen stellte. Das ging aber auch sowieso nicht, denn es waren keine Mailadressen angegeben. Nach weiterer Suche fand sich schließlich ganz am unteren Rand einer Seite die Mail-Adresse der *Friedensschule* in der Straße *40 Jahre Oktoberrevolution*. Nein, das war wahrscheinlich auch nicht der richtige Ort für ihn.

Kastrup probierte noch verschiedene andere Webseiten aus. Er entschied sich schließlich für die Adresse *volokkreml@mail.ru*, von der er hoffte, dass man seine Nachricht an irgendeinen Menschen weiterleitete, der nicht mehr ausschließlich an die *Glorreiche Oktoberrevolution* dachte oder an den *Großen Vaterländischen Krieg*, sondern der bereit war, ihm in einer vergleichsweise unbedeutenden Angelegenheit weiterzuhelfen.

* * *

Von: hyena@styx.to
An: bernd.kastrup@polizei.hamburg.de

Da bin ich wieder. Sie haben mich doch nicht schon vermisst inzwischen? – Kleiner Scherz. Nein, Sie haben mich nicht vermisst. Sie haben gehofft, dass ich mich nie wieder melde, aber diese Hoffnung hat sich nicht erfüllt. Hier bin ich wieder. Ihre Hyäne.

Erlauben Sie mir, dass ich Ihnen zunächst etwas über mich erzähle. Oder erlauben Sie es mir nicht, das ist ganz gleich,

110

ich erzähle es Ihnen trotzdem. Es gibt verschiedene Arten von Hyänen. Einige sind aktive Jäger. Sie erbeuteten Antilopen oder gar Zebras. Andere sind dagegen reine Aasfresser. Und ich – ich bin beides. Einerseits jage ich, aber andererseits ist es auch Aas, was ich fresse. Meine Beute ist Aas. Lebendes Aas. Menschen, die so viele Drogen konsumiert haben, dass sie zwar noch nicht ganz tot sind, aber auch nicht mehr fähig zu leben. Sie kennen diese Gestalten. Sie haben sie oft genug gesehen. Wandelnde Leichen, die um den Hauptbahnhof herumstreichen, vollkommen unfähig, sich von ihrer Sucht zu befreien. Sie haben sie gesehen – und dann schnell wieder weggeguckt. Wir, die gesunden Menschen, wir sind nicht in der Lage, uns von ihnen zu trennen. Jeder weiß, dass sie dem Steuerzahler zur Last fallen. Jeder weiß, dass sie uns allen zur Last fallen. Jeder weiß, dass sie kriminell sind, dass sie stehlen, was sie nur stehlen können, um ihre Sucht zu befriedigen, und jeder weiß, dass ihnen das alles nichts nützt, dass sie am Ende doch an ihrer Sucht krepieren.

Wir alle sehen das, aber wir gucken schnell woanders hin. Ich nicht. Ich habe das gesehen, und ich habe mich entschieden: Ich greife ein. Ich beschleunige dieses Sterben ...

Bernd Kastrup starrte auf den Bildschirm. Nur einen Moment lang zögerte er, dann tippte er eine Antwort ein:

Von bernd.kastrup@polizei.hamburg.de
An: hyena@styx.to
Niemand hat das Recht, einen anderen zu töten. Niemand hat das Recht, zu entscheiden, ob ein anderes Menschenleben wertvoll oder wertlos ist.

Von: hyena@styx.to
An: bernd.kastrup@polizei.hamburg.de
Das haben Sie sehr schön gesagt, Herr Kommissar. Es sind wunderbare Worte, so schön, dass man sie in die Bibel schreiben könnte oder in das Grundgesetz oder mit goldenen Lettern auf irgendein Denkmal. Aber diese Worte sind leer. Sie bedeuten gar nichts. Niemand glaubt daran. Auch Sie nicht, Herr Kommissar, geben Sie es zu.

Von bernd.kastrup@polizei.hamburg.de
An: hyena@styx.to
Ich glaube daran. Und Sie – Sie kommen sich wahrscheinlich klug vor, aber Sie sind nichts als ein zynischer Mörder, ein Raubmörder, um genau zu sein. Sie töten, um sich zu bereichern. Und dafür werden Sie bezahlen.

Von: hyena@styx.to
An: bernd.kastrup@polizei.hamburg.de
Nein. Ich töte, um unser Land zu bereichern. Ja, ich verdiene ein bisschen an dieser Tätigkeit. Ich muss schließlich auch leben. Aber der Nutzen, den meine Tätigkeit mit sich bringt, der ist viel größer. Ich ersetze ausgediente, menschliche Wracks durch junge, leistungsfähige Menschen, die nur eine Chance brauchen, ihre Fähigkeiten zum Wohle der Allgemeinheit einzusetzen. Diese Chance gebe ich ihnen ...«

Von bernd.kastrup@polizei.hamburg.de
An: hyena@styx.to
Durch Mord.

Von: hyena@styx.to

An: bernd.kastrup@polizei.hamburg.de
Mord – was für ein bombastisches Wort! Die Junkies sind
Invaliden. Ich nehme an, Sie wissen, was diese Worte heißen:
Junk heißt Müll, und Invalid heißt wertlos. Wertloser Müll.
Ein harter Ausdruck, finden Sie? Im Falle der drogensüchti-
gen Wracks noch viel zu milde. Junkies sind nicht nur wert-
los, sondern obendrein noch schädlich. Und sie kosten Un-
summen, die der Staat dafür ausgibt, dass sie nicht auf der
Stelle tot umfallen. Dem helfe ich ab.

Von bernd.kastrup@polizei.hamburg.de
An: hyena@styx.to
Sie ermorden Kranke, bringen sich in den Besitz ihrer
Papiere und verkaufen diese an zahlungskräftige Aus-
länder, die sich so die deutsche Staatsbürgerschaft er-
schleichen.

Von: hyena@styx.to
An: bernd.kastrup@polizei.hamburg.de
Ich habe nicht gesagt, dass ich ein Heiliger bin. Ich mache
Geschäfte. Ich lasse mich für meine Leistung bezahlen. Das
ist normal, das ist das Gesetz der Wirtschaft. Und es ist das
Gesetz der Wirtschaft, nach dem dieses Land existiert. Nicht
etwa das Grundgesetz mit seinen vielen schönen Worten, son-
dern das Gesetz von Angebot und Nachfrage. Und ich kann
Ihnen versichern, Herr Kommissar, dass das Produkt, wel-
ches ich anzubieten habe, bisher immer auf eine rege Nach-
frage gestoßen ist.

Von bernd.kastrup@polizei.hamburg.de
An: hyena@styx.to

Dieses Angebot ist unmoralisch. Und es ist vollkommen überflüssig. Jeder, der die deutsche Staatsbürgerschaft erlangen will, der kann einen entsprechenden Antrag stellen.

Von: hyena@styx.to
An: bernd.kastrup@polizei.hamburg.de
Ja, natürlich. Jeder kann in dieses Land kommen und politisches Asyl beantragen. Vielleicht bekommt er es dann, vielleicht bekommt er es nicht. Wenn er aus Russland kommt, dann hilft es ihm gar nichts, wenn er dort auf der Todesliste der tschetschenischen Mafia steht. Unser Staat sagt: Soll er doch woanders hinziehen. Russland ist doch so groß. Es muss ja gar nicht gleich Moskau sein. Archangelsk ist doch auch eine schöne Stadt. Oder Wladiwostok. – Damit wir uns nicht missverstehen: Das muss nicht so sein. Es kann sein, dass der Antragsteller nach fünf Jahren die Genehmigung bekommt, hier zu bleiben. Aber dann hat er fünf Jahre vergeudet. Fünf Jahre seines Lebens. Etwa 10% des Lebens, das er noch vor sich hat.

Von bernd.kastrup@polizei.hamburg.de
An: hyena@styx.to
Wie viel?

Von: hyena@styx.to
An: bernd.kastrup@polizei.hamburg.de
Bitte?

Von bernd.kastrup@polizei.hamburg.de
An: hyena@styx.to

Wie viel nehmen Sie den Leuten dafür ab, dass Sie ihnen die Papiere irgendeines ermordeten jungen Menschen besorgen?

Von: hyena@styx.to
An: bernd.kastrup@polizei.hamburg.de
Was glauben Sie denn, was diese Dienstleistung wert ist? 10% des Lebens – was würden Sie ausgeben, Herr Kommissar? – Ja, ich weiß, gleich sagen Sie mir, Sie würden niemals auf ein solches Angebot eingehen. Aber Sie sitzen auch nicht in irgendeiner Bruchbude im Kaukasus und haben Angst, dass Ihnen jemand in der nächsten Nacht die Kehle durchschneidet. Oder morgen. Oder irgendwann, wenn Sie nicht damit rechnen. Und das Einzige, was Sie haben, was Ihnen aus dieser Klemme heraushelfen kann, das ist Geld. Ja, Sie haben Geld. Und das setzen Sie nicht ein? – Doch, das setzen Sie ein, Herr Kommissar.

Von bernd.kastrup@polizei.hamburg.de
An: hyena@styx.to
Wie viel?
Von: hyena@styx.to
An: bernd.kastrup@polizei.hamburg.de
50.000.

Von bernd.kastrup@polizei.hamburg.de An: hyena@styx.to
Rubel?

Von: hyena@styx.to
An: bernd.kastrup@polizei.hamburg.de
Euros.

In dem Augenblick kam Alexander ins Zimmer. Bernd Kastrup sagte: »Hier, guck dir das an! Ich korrespondiere mit der Hyäne!«

Alexander überflog den Text. »Sehr gut«, sagte er. »Das ist so gut wie ein schriftliches Geständnis. Wenn er das jetzt noch unterschreibt ...«

»Das wird er nicht tun. Aber das macht nicht viel. Wir sind jetzt einen großen Schritt weiter. Wir wissen, worum es geht. Er hat es uns bestätigt.«

»Mach weiter«, schlug Alexander vor. »Frag ihn noch mehr!«

Bernd Kastrup tippte: Und wie viele Kunden haben Sie bisher gehabt?

Keine Antwort. Bernd und Alexander starrten auf den Bildschirm, aber es tat sich nichts.

»Das gibt es manchmal«, sagte Kastrup, »dass die Täter am Ende anfangen, mit der Polizei zu spielen. Das mag sehr befriedigend für sie sein, aber es ist gleichzeitig äußerst riskant. Auch wenn die Hyäne auf die letzte Frage nicht geantwortet hat, so haben wir doch eine ganze Menge bestätigt bekommen, was wir bisher nur vermutet haben. Und darüber hinaus ...«

In diesem Moment ging die nächste Nachricht der Hyäne ein. Sie bestand nur aus einem einzigen Wort: Viele.

* * *

»Was ist das für eine merkwürdige Geschichte!« Vincent Weber hatte Dr. Beelitz in Eppendorf aufgesucht, und im Unterschied zu Kastrup hatte er sich nicht mit ihm im Café verabredet, sondern er war direkt durch den Nebeneingang in der Frickestraße zur Rechtsmedizin vorgestoßen.

»Daniel Schöller? – Ja, ich erinnere mich an den Fall«, sagte Beelitz. »Steht alles in meinem Bericht. Ich habe damals darauf hingewiesen, dass das alles nicht zusammenpasst, aber ob sich da jemand drum gekümmert hat, das weiß ich nicht. Keine Ahnung, wer das damals bearbeitet hat. Ist ja schon ein paar Jahre her. Keiner von euch, das würde ich wissen. Ihr seid also unschuldig.« Er lachte.

»Und die Leiche lag tatsächlich auf dem Gelände Feuerbergstraße?«

»Ja. Kinder- und Jugendnotdienst, Erstversorgung, Kinderschutzhaus – und inzwischen auch Flüchtlinge.«

»Aber das ist doch sicher abgesperrt?«

»Von vorne, ja. Und von der Seite kommst du auch nicht ran. Jedenfalls nicht mit 'ner Leiche. Nicht über die Gleise der S-Bahn und nicht über die U-Bahn. Aber es gibt ja noch die Güterumgehungsbahn. Das ist die dritte Seite des Dreiecks.«

»Und die Seite ist offen?«

»Offener geht's gar nicht. An der Brücke, wo das Gleis die Sengelmannstraße quert, da gibt es eine Treppe. Kein Zaun, kein Gitter – nichts. Da marschierst du hoch mit deiner Leiche, überquerst das Gleis, und schon bist du drin.«

»Trotzdem – ich kann mir nicht recht vorstellen, dass eine Leiche ein halbes Jahr lang irgendwo in Hamburg herumliegt, ohne dass sie gefunden wird. Sicher, das Gelände ist nicht gut zugänglich, aber ...«

»Alles Quatsch«, sagte Beelitz. »Du hast also meinen Bericht nicht gelesen?«

»Bis jetzt noch nicht«, gestand Vincent.

»Dann kannst du es also nicht wissen. Die Leiche hat gar nicht herumgelegen. Ich habe das damals ausführlich dargestellt. Die Geschichte mit dem Sand. Ich habe ganz eindeutig klargestellt, dass ich überall Sand gefunden habe.«

»Sand?«

»Ja natürlich, Sand. Das ist an sich nicht weiter verwunderlich, das ist einfach ein Sandgebiet, wo der Tote gelegen hat. Aber das Ungewöhnliche ist, wo dieser Sand gesteckt hat. In der Kleidung, in den Haaren, in den Ohren, im Mund – einfach überall. Ich weiß nicht, was eure Leute gedacht haben, wie der Sand dorthin gekommen sein könnte. Gefragt haben sie mich jedenfalls nicht. Aber ich habe für den Sand nur eine einzige Erklärung: Die Leiche war ein paar Monate lang eingegraben, und dann hat sie jemand wieder ausgegraben, damit sie gefunden werden sollte.«

»Was haben die Eltern dazu gesagt?«

»Das weiß ich nicht. Wahrscheinlich gar nichts. Die sind ja damals nicht draußen gewesen, die haben ihren Sohn ja erst hier in der Gerichtsmedizin zu sehen bekommen. Ohne Sand natürlich.«

»Und du glaubst also, jemand hat ihn erst eingegraben und dann wieder ausgegraben?«

»Ja, so sieht es aus. Das kann natürlich falsch sein. Ich bin nur der Arzt, ihr seid die Kriminalisten. Aber jedenfalls ist das die einfachste Lösung, die mir hierzu einfällt.«

* * *

Das Telefon läutete.

»Bernd Kastrup?«

Einen Augenblick lang geschah nichts, dann sagte jemand am anderen Ende: »Spreche ich mit dem Hauptkommissar Bernd Kastrup?«

Eine Männerstimme, wahrscheinlich verstellt.

»Am Apparat«, sagte Kastrup.

»Ich habe gehört, Sie möchten mich sprechen?«

Die Hyäne?

»Wer sind Sie denn? Könnten Sie mir bitte Ihren Namen sagen ...«

»Mein Name spielt keine Rolle. Es geht nicht darum, wer ich bin. Es geht einzig und allein darum, was ich Ihnen mitteilen kann.«

»Helfen Sie mir auf die Sprünge«, sagte Kastrup verärgert. Er mochte es nicht, wenn man ihn irgendwie an der Nase herumführte.

»Es ist interessant, dass Sie gar nicht wissen, wen Sie am Telefon haben. Erst haben Sie sich ein Bein ausgerissen, um mit mir in Kontakt zu treten – jedenfalls hat man mir das so berichtet, und nun wissen Sie gar nicht mehr, worum es geht!«

Bernd Kastrup ahnte jetzt, worum es ging. »Der V-Mann«, sagte er. »Ich habe mit dem Herrn ...«

»Keine Namen!«, fiel ihm der andere ins Wort.

»Gut, dass Sie anrufen. Ich bin gern bereit, mich mit Ihnen jederzeit und an jedem Ort, den Sie mir vorschlagen, zu treffen.«

»An jedem Ort? Und Sie zahlen die Flugkosten für uns beide? Dann schlage ich vor, dass wir uns in Hawaii treffen, so schnell wie möglich ...« Der Mann lachte.

»Nicht in Hawaii«, sagte Kastrup. Es klang ganz sanft, aber wer ihn näher kannte, der wusste, dass er nahe daran war, zu explodieren.

»Schade. – Dann vielleicht an einem anderen Ort, an dem es auch sehr viel Wasser gibt, wenn es auch nicht ganz so warm ist wie auf Hawaii. Ich denke an die *Wasserkunst*. Kaltehofe. Der Park, das Museum.«

»Wann?«, fragte Kastrup.

»Jetzt gleich«, sagte der andere. »Wichtige Termine sollte man nicht auf die lange Bank schieben.«

»Ich komme, so schnell ich kann.«

»Ja, tun Sie das, Herr Kommissar! Und denken Sie bitte daran, dass das Museum im Winter um 17:00 Uhr schließt!«

* * *

16:30 Uhr. Der Parkplatz des ehemaligen Wasserwerks Kaltehofe lag im Halbdunkel. Bernd Kastrup warf einen raschen Blick auf die abgestellten Wagen. Fünf Fahrzeuge. Wahrscheinlich gehörten vier davon den Mitarbeitern des Museums. Mit welchem Wagen der V-Mann gekommen war, ließ sich nicht abschätzen. Alle Motorhauben waren gleich kalt. Offenbar war der Mann schon vor längerer Zeit eingetroffen, hatte sich auf dem Gelände umgesehen, um ganz sicher zu sein, dass die Luft rein war. Oder war er noch gar nicht hier? Wie dem auch sei – Bernd Kastrup zückte sein Notizbuch und notierte die Kennzeichen.

Vor gut einer Stunde hatte es angefangen zu regnen. Auf den kiesbestreuten Wegen standen Pfützen. Der Hauptkommissar fluchte leise vor sich hin. Er brauchte neue Schuhe. Er hatte schon längst gewusst, dass diese nicht mehr wasserdicht waren. Warum hatten sie sich nicht in dem Café verabredet? Es sah warm und gemütlich aus. Und es war leer bis auf die junge Frau am Tresen.

Die Frau hatte ihn bemerkt; sie öffnete das Fenster: »Wir schließen gleich.«

Kastrup sah auf die Uhr.

»In einer halben Stunde«, sagte die Frau. »Passen Sie auf, dass Sie nicht eingeschlossen werden!«

»Ich werde aufpassen«, versprach Kastrup.

»Bei dem Wetter macht es sowieso keinen Spaß, im Freigelände herumzulaufen!«

»Ich bin ein großer Freund des Novemberregens«, behauptete der Kommissar.

Die Frau lachte.

Kastrup ging weiter. Er hörte, wie die Frau hinter ihm das Fenster schloss. Vor ihm lag der Naturpark. Er wirkte vollkommen verlassen. 22 Speicherbecken hatte es hier ursprünglich gegeben, als das Wasserwerk noch in Betrieb war. 18 davon existierten noch heute. Lediglich fünf waren in den Bereich des Naturparks aufgenommen worden. Der Rest blieb offenbar sich selbst überlassen.

Wo steckte der V-Mann? Im Park, hatte er gesagt. Wir treffen uns im Park. Kastrup ging außen um die Filterbecken herum. Die Wege waren schlecht beleuchtet. Es gab lediglich kleine, grüne Pfosten mit Mini-Lämpchen an den Wegkreuzungen. Nur gut, dass der Himmel in der Stadt nie völlig dunkel wurde.

Da war das Modellbootbecken. Ohne Modellboote natürlich, zu dieser Jahreszeit und obendrein noch so spät am Abend. Die Biotope in den nächsten Becken wirkten auf Kastrup wie verwilderte Gärten. Sein eigener Garten fiel ihm ein. Gut, dass er sich um den jetzt nicht mehr zu kümmern brauchte! Haus und Garten hatte Gabriele bei der Scheidung bekommen.

Hier war niemand. Kastrup hatte plötzlich das Gefühl, versetzt worden zu sein. Aber dem war nicht so. Als er zum zweiten Mal an dem Becken vorbeiging, das im ursprünglichen Zustand erhalten war, öffnete sich plötzlich die Tür des Schieberhäuschens, und ein Mann fasste Kastrup am Arm und zog ihn sanft aber bestimmt ins Innere.

»Willkommen in meinem Heim!«, sagte der Mann.

Aus einem Lautsprecher tönte es: ... *von der Decke herunterhing. Das war für mich das Schlimmste.*

»Wir hätten uns bei mir treffen sollen«, brummte Kastrup. »Da ist es jedenfalls wärmer, und da ist auch mehr Platz.«

»Den brauchen wir nicht.«

Der Mann mochte vielleicht 30 Jahre alt sein. Er war dunkel gekleidet und wirkte ungepflegt. Kastrup fragte sich, ob der faulige Geruch von dem stehenden Wasser kam, auf das er hinunterblickte, oder ob der Mann sich längere Zeit nicht gewaschen hatte.

Es war der Mann. Wahrscheinlich gehörte das dazu, wenn man in diesem finsteren Bereich als V-Mann tätig sein wollte.

1894 oder so, als das fertig wurde, haben sie ordentlich was geleistet. Sich Gedanken gemacht und so ...

»Ich habe gehört, Sie können uns weiterhelfen«, sagte Kastrup.

»Ein bisschen vielleicht«, erwiderte der Mann. »Ihr Thema ist nicht mein Thema. Ich habe ein paar Dinge aufgeschnappt. Vage Andeutungen, mehr nicht. Aber ich kann dem nicht wirklich auf den Grund gehen, um meinen Einsatz nicht zu gefährden.« Der Mann sprach sehr leise.

»Kann man dieses Ding da nicht abschalten?«, fragte Kastrup. Er wies auf den Lautsprecher.

»Es ist besser, wenn wir ihn nicht abschalten«, sagte der Mann. »Falls wir abgehört werden.«

Bernd Kastrup schüttelte den Kopf. Er konnte sich nicht vorstellen, wie jemand von ihrer Verabredung erfahren haben und dann obendrein noch an dieser Stelle irgendwelche Mikrophone versteckt haben könnte. Verfolgungswahn, dachte er. Alle, die als V-Leute eingesetzt waren, litten früher oder später an Verfolgungswahn.

Mir war's immer unheimlich, wenn ich hier raus musste. Im Winter, im Dunkel. Im Sommer ging es ...

»Es geht um sehr viel Geld«, sagte der Mann. »Millionen. Da muss man vorsichtig sein. Wer diese Geschäfte stört, der wird aus dem Weg geräumt.« Er lachte.

Kastrup starrte den Mann an. Er kannte dieses Lachen. Er kannte den Mann.

»Du störst diese Geschäfte, Bernd Kastrup!«

Kastrup tastete nach seiner Pistole. Er hatte geglaubt, dieser Mann säße für immer hinter Gittern. Er hatte gehofft, ihn niemals im Leben wiederzusehen.

»Lass die Knarre stecken! Mit dem Messer bin ich viel schneller als du. Und wenn ich wollte, hätte ich dir schon längst die Kehle durchgeschnitten.«

»Wer weiß«, sagte Kastrup. Seine Stimme klang belegt. Oder lag das an der merkwürdigen Akustik in diesem kuppelartigen Bau?

Der Mann im Lautsprecher sagte: *Ich hatte eine Phobie gegen Spinnen. Dann hab ich die Türklinke mit dem Fuß aufgemacht. Erstmal mit der Lampe geleuchtet, ob nichts von der Decke runterhing ...*

»Ich könnte es immer noch tun. Ich könnte dich hier in dieses Loch schmeißen und zusehen, wie du ersäufst. Ich könnte dir jedes Mal auf die Finger treten, wenn du den Versuch machst, dich wieder rauszuziehen. Das wäre ein Spaß, Kastrup. Ein Riesenspaß! – Aber das tue ich nicht. Keine Angst, das tue ich nicht.«

* * *

»Ich habe nicht gewusst, dass du dich mit solchen Ratten einlässt, Günter!« Der Drogenfahnder war noch in seinem Büro, als Kastrup zurückkam. Es war weit nach Feierabend.

Günter Flint blieb gelassen. »Ratten kannst du nur mit Ratten bekämpfen.«

Bernd Kastrup sah den Mann finster an. »Die junge Frau damals ...«

»Junge Frau? – Ach, die Prostituierte meinst du? – Das war ein Unfall.«

»Das war Mord, Günter!«

»Nein, das war kein Mord. Das kann gar kein Mord gewesen sein. Der Tod dieser Frau war nicht eingeplant. Das wäre ja völlig schwachsinnig, sie mit Absicht umzubringen. Tote Huren bringen nichts mehr ein!«

»Sie war keine Hure.«

»Das hör ich zum ersten Mal!« Günter lachte. »Dieser Mann ist ein Zuhälter. Die Frauen, mit denen er zu tun hat, das sind Huren. Das ist sein Geschäft, davon lebt er. Ja, ich weiß, jetzt kommst du mit der Moral und allen möglichen höheren Idealen. Aber die sind nichts wert. Die Prostitution ist ein Geschäft, sonst nichts. Es gibt einen Bedarf an dieser Ware, und Männer wie dieser sind bereit, sie zu verkaufen. Für billiges Geld übrigens, Wucher kannst du ihm nicht vorwerfen.«

»Die junge Frau, um die es hier geht, war 16 Jahre alt, und sie war Jungfrau. Der Mann hat sie irgendwo im Balkan eingekauft, zusammen mit anderen jungen Mädchen. Sie hat nicht so gewollt, wie er wollte. Da hat er sie umgebracht. Kaltblütig. Als Warnung für alle anderen.«

»Das ist reine Phantasie, was du mir da erzählst, Bernd. Der Richter hat das anders gesehen. Und was der Richter entschieden hat, das gilt. Das muss so sein. Wir leben nämlich in einem Rechtsstaat.«

Bernd Kastrup hatte mitunter Zweifel daran, dass er wirklich in einem Rechtsstaat lebte.

»Nimm es nicht so schwer, Bernd! Ihr bei den Tötungsdelikten, ihr lebt in einer heilen Welt. Opa schlägt Oma tot, weil sie den Fernseher ausgemacht hat. Das sind die Verbrechen, mit denen ihr zu tun habt. Wir – wir kämpfen gegen die Mafia. Und nicht nur gegen eine. Wir kämpfen gegen viele verschiedene Formen der organisierten Kriminalität. Und unsere Gegner sind nicht zimperlich. Sie greifen überall hin, wo sie hingreifen können. Die Politik ist nicht immun dagegen, und die Polizei auch nicht. Das hast du ja selbst gesehen. Aber ich bin auch nicht zimperlich. Ich bin noch nicht einmal fair. Mit Fairness erreichst du in diesem Kampf gar nichts. Ich will den Gegner an den Eiern packen, verstehst du, und dazu setze ich alle Ratten ein, die ich nur kriegen kann. Über kleine charakterliche Schwächen meiner Helfer sehe ich einfach hinweg.«

Damit war Bernd nicht einverstanden. »Günter, wir dürfen uns doch nicht mit diesen Leuten auf eine Stufe stellen. Niemals. Und der Mord an dieser jungen Frau damals ...«

»Du bist sentimental, Bernd. Ich sehe die Dinge nüchtern. Ohne Emotionen. Ich sehe die Zahlen. Das Abendblatt schreibt: Die Anzahl der Drogentoten unterliegt jährlichen Schwankungen und variiert seit 2004 in Hamburg zwischen rund 50 und 65 Todesfällen jährlich. Bei den 51 Drogentoten des letzten Jahres handelt es sich um 42 männliche und neun weibliche Opfer. Das Durchschnittsalter ...«

»Du lernst die Zeitung auswendig?«

»Ja, diesen Text habe ich auswendig gelernt. Das sind die Opfer. Diese Opfer darf es nicht geben. Darum kämpfen wir. Und dafür setzen wir Leute ein wie deine Ratte. Ich tue es nicht gern, das will ich zugeben, aber ich tue es, weil ich es tun muss. Und deine tote Prostituierte mag das entzückendste und unschuldigste und jüngste Mädchen gewesen sein, was je zu Tode gekommen ist. Aber es ist nur ein einziges Mädchen, und auf der anderen Seite stehen über 50 Tote.«

Bernd Kastrup schwieg. Er wusste, dass es sinnlos war, mit Günter über diese Dinge zu diskutieren.

»Es tut mir leid, Bernd, dass ich in dieser Geschichte nicht deiner Meinung sein kann. – Ja, ich würde sogar so weit gehen und behaupten, dass dieser unglückliche Todesfall, auf den du dich beziehst, für uns geradezu ein Geschenk Gottes war.«

»Lass bitte Gott aus dem Spiel«, sagte der Atheist Kastrup böse.

»Für uns war es ein Geschenk. Auf diese Weise haben wir jemand in die Hände bekommen, von dem jeder weiß, dass er kein kleiner Krimineller ist, sondern ein ziemlich großer. Und dass wir diesen Mann in die Mangel nehmen und umdrehen konnten, dass wir ihn für uns arbeiten lassen konnten, das ist ein sensationeller Erfolg.«

»Ich hätte Lust, den Herrschaften vom Abendblatt von diesem Erfolg zu erzählen. Oder den Leuten vom Fernsehen.«

Günter sah ihn mahnend an. Aber er wusste, dass dies eine leere Drohung war. Oder war es das nicht? Er sagte: »Bernd, lass gut sein. Du tust deine Arbeit, und ich tue meine. Du arbeitest mit deinen Methoden und ich mit meinen. Ich habe dir geholfen, und ich erwarte von dir, dass du mir auch hilfst. Wir sind Kollegen, Bernd. Wir stehen auf der gleichen Seite.«

* * *

Als Bernd Kastrup wieder in sein Büro zurückkam, musste er zur Kenntnis nehmen, dass nicht nur der Drogenermittler, sondern auch die EDV nicht auf seiner Seite stand. Es hatte länger gedauert, als Alexander Nachtweyh versprochen hatte, und nun war das Ergebnis so ausgefallen, dass Kastrup nichts damit anfangen konnte.

»Der Server, über den das Bekennerschreiben gelaufen ist, steht in Tonga.«

Kastrup meinte sich zu erinnern, dass Tonga irgendein Inselstaat im Pazifik sei.

Alexander wusste die Einzelheiten: »Das Königreich Tonga liegt nördlich von Neuseeland. Bis Anfang dieses Jahres bestand es aus 176 Inseln.«

»Jetzt nicht mehr?«, fragte Jennifer.

»Nein, jetzt nicht mehr. Im Januar hat es einen untermeerischen Vulkanausbruch gegeben, und dabei ist eine neue Insel entstanden, die inzwischen schon zwei Kilometer lang, einen Kilometer breit und 100 Meter hoch sein soll.«

Das interessierte Kastrup nicht. »Und wie komme ich jetzt an den Kerl, der uns das Bekennerschreiben geschickt hat?«

»Über die Registrierungsstelle *Tonic*. Die vergibt ihre Domains automatisch. Der Wohnsitz des Antragstellers spielt keine Rolle. *Tonic* operiert von den USA aus, über das Konsulat des Königreichs Tonga in San Francisco.«

»Und wie kann ich da anfragen?«

»Ich hab mir die Webseite angesehen. Da wird alles Mögliche erläutert, aber die Frage, wie man den Inhaber einer Domain, ermitteln kann, die ist nicht dabei.«

»Und wenn ich über Tonga gehe?«

»Über das Königreich? Das wird eine Weile dauern, fürchte ich. Die Bundesrepublik unterhält keine direkten diplomatischen Beziehungen zu Tonga. Zuständig ist unsere Vertretung in Neuseeland. Wenn du wirklich etwas bewegen willst, dann fliegst du am besten selbst hin. Der Flug dauert 50 Stunden, zweimal umsteigen, und für 1700 Euro bist du dabei.«

Kastrup schüttelte den Kopf.

»Effektiver ist es natürlich, wenn du mich schickst. Ich kenne mich in der EDV besser aus, ich weiß jedenfalls, wonach ich fragen muss.«

Kastrup machte klar, dass Alexander Nachtweyh auf keinen Fall nach Tonga fliegen würde, und er selbst auch nicht.

»Ich würde mir die Sache noch mal überlegen«, erwiderte Alexander. »Es ist eine nette Gegend. Nicht umsonst wurden diese Inseln früher als Freundschaftsinseln bezeichnet. Du wärest dort sehr willkommen – nicht zuletzt deshalb, weil bei den Insulanern schwergewichtige Menschen hoch im Kurs stehen.«

* * *

Sylvia konnte nicht schlafen. Sie hatte das Licht ausgemacht; es war dunkel im Zimmer, aber das half alles nichts, sie war hellwach. Schuld war ihre Mutter. Gesa hatte etwas gesagt, wovon Sylvia zutiefst erschrocken war. Wahrscheinlich war es eine unbedachte Äußerung gewesen, und wahrscheinlich hatte ihre Mutter es nicht ernst gemeint, aber das war kein Trost; man konnte bei den Eltern nie genau wissen, was ernst gemeint war und was nicht.

Es hatte damit angefangen, dass Sylvia ihrer Mutter erzählte, dass ihre Klassenlehrerin sie gerne sprechen würde. Sie hatte gehofft, dass Mama nicht weiter nachfragte. Die Lehrerin war eine ziemlich nette Frau, und warum sollte sie nicht mal mit ihrer Mutter reden? Aber natürlich gab es einen Grund, weswegen Gesa in die Schule kommen sollte. Sylvia hatte sich geprügelt.

Natürlich hatte ihre Mutter nachgefragt, und Sylvia hatte all ihren Mut zusammengenommen und geschildert, was sich abgespielt hatte. Es war im Sportunterricht passiert. Es sollten zwei Mannschaften gewählt werden. Sylvia blieb wie immer bis zum Schluss übrig, das kannte sie schon, und sie ging dann dorthin, wo das Schicksal sie hin verschlug. Aber diesmal kam es anders; Elke wollte sie nicht in der Mannschaft haben.

»Du schlägst immer«, hatte sie gesagt.

»Gar nicht wahr«, hatte Sylvia behauptet.

Der Streit war eskaliert, und am Ende hatte Sylvia zugeschlagen. Gar nicht besonders heftig, aber Elkes Nase hatte geblutet, die dumme Kuh konnte ja auch überhaupt nichts ab. Jedenfalls hatte es damit geendet, dass Sylvia nach Hause geschickt wurde und ihrer Mutter ausrichten sollte, dass die Lehrerin sie sprechen wolle.

Gesa hatte heftig reagiert. Sie hatte ihre Tochter angeschrien: »Mach nur so weiter, Sylvia! Mach nur so weiter! Es dauert nicht mehr lange, und dann landest du in der Klapsmühle!«

Sylvia war auf ihr Zimmer gerannt und hatte die Tür zugeknallt. Dann hatte sie sich auf ihr Bett geworfen und geheult. Warum gab es immer Streit, wo sie auch hinkam? Warum schaffte sie es einfach nicht, irgendwelche Beleidigungen einzustecken, ohne gleich zuzuschlagen? War sie am Ende wirklich verrückt?

Nein, sie war nicht verrückt. Als sie sich wieder gefangen hatte, setzte sie sich an den Computer und schlug die Geschichte nach. Es war so, wie sie gedacht hatte. Es gab gar keine Klapsmühle. Es hatte nie eine Klapsmühle gegeben, und infolgedessen konnten sie auch niemand in die Klapsmühle stecken.

Die Vernunft war mit diesem Ergebnis zufrieden. Aber die Angst kümmerte sich nicht um die Vernunft. Sylvia hatte Angst vor vielen Dingen, und jetzt hatte sie noch eine Angst mehr. Als sie schließlich einschlief, träumte sie von der Klapsmühle. Es war eine gewaltige Maschine mit drehenden Rädern, und Sylvia musste laufen und darauf achten, dass sie nicht zwischen die Räder geriet. Sie wollte umkehren, aber das ging nicht. Wenn sie nur stehen blieb, bekam sie sofort einen Klaps, dass sie weiterlief. Sie rannte immer schneller, und die Räder wurden größer und immer gefährlicher, riesige Mühlsteine waren es, und schließlich konnte sie nicht mehr. Noch ein letzter, heftiger Klaps und dann stürzte sie zwischen die Steine.

Sylvia wachte mit einem Schrei auf. Es gab keine Klapsmühle. Sie lag in ihrem Bett, und sie musste schlafen. Morgen kam wieder ein neuer, furchtbarer Tag. Sie würde zur Schule gehen, als wäre nichts geschehen. Und vielleicht ging alles gut, wenn sie sich ganz still auf ihren Platz setzte, vielleicht ließen sie dann alle in Ruhe, und vielleicht würde alles wieder gut.

* * *

Bernd Kastrup war mit sich selbst unzufrieden. »Ich habe einen Fehler gemacht«, gestand er seinem Kater. »Ich habe mich mit einem meiner Mitarbeiter angelegt.«

Kastrup hatte sich mit Alexander Nachtweyh gestritten. Ihm war natürlich klar, dass er ein kleines bisschen Übergewicht hatte, aber von den 205,9 kg des letzten Königs von Tonga war er jedenfalls weit entfernt. Bernd Kastrup hatte sich im Zuge der Diskussion dazu verleiten lassen, sich über den Sinn und Unsinn der elektronischen Datenverarbeitung auszulassen, und das ausgerechnet mit Alexander! Der hatte ihm daraufhin ganz unaufgeregt zu verstehen gegeben, dass er, Kastrup, von der EDV keine Ahnung habe. Das hatte Kastrup nicht auf sich sitzen lassen, und schließlich hatte Alexander gesagt, Bernd sei wirklich ein *Master of Disaster*, und der sei an irgendeiner Universität besser aufgehoben als im praktischen Leben. Bernd Kastrup hatte heftig protestiert.

»Das war ein Fehler, Watson!«

Dr. Watson schien sich nicht für Kastrups Fehler zu interessieren. Solange er sein Essen bekam, war aus seiner Sicht alles in Ordnung.

»Ich habe unfreundlich reagiert. – Ja, ich gebe es zu, mein Hobby ist ja etwas ungewöhnlich, und wenn andere darüber komische Bemerkungen machen, dann reagiere ich meistens gereizt. Ich sollte die Sache gelassen sehen. Ich muss ruhiger werden, Watson. Ich muss einfach ruhiger werden. So wie du.« Der Kater hatte es sich zu Füßen des Hauptkommissars bequem gemacht und rührte sich nicht. Er mochte es nicht, wenn Kastrup sich mit seinem Laptop beschäftigte und in rascher Folge Bilder mit unterschiedlicher Helligkeit und zum Teil mit grellen Farben aufrief, mit denen er als Kater nichts anfangen konnte. Am besten war es, wenn man das einfach ignorierte.

Bernd Kastrup hatte den *Master of Disaster* im Internet nachgeschlagen. Und es stimmte tatsächlich: Die Universität Kopenhagen bot einen entsprechenden Master-Studiengang an. Natürlich hieß das Studienziel nicht wirklich *Master of Disaster* sondern *Master of Disaster Management,* aber das blieb sich letzten Endes gleich. Man konnte also tatsächlich den Umgang mit Katastrophen studieren. Und zwar auf Englisch. Er konnte Englisch. Die Verhinderung von Katastrophen, das war es, was er am liebsten tun würde. Und wenn sie sich nicht verhindern ließen, dann wollte er wenigstens die Katastrophenhilfe so effektiv organisieren, dass der Schaden gering blieb. – Schade, dass er schon so alt war!

Allerdings war nirgendwo in der Beschreibung des Studienganges eine Altersbegrenzung angegeben. Es war nicht ausgeschlossen, dass man mit 52 Jahren noch einmal neu anfing. Zwei Jahre Berufserfahrung in einem für Fragen der Katastrophenhilfe relevanten Feld waren Voraussetzung. Die konnte er vorweisen, weiß Gott! Mehr als 20 Jahre!

Kastrup nahm noch einen Schluck Rotwein. Die Möglichkeit gefiel ihm: noch einmal ganz von vorn anfangen. Ein völlig neues Leben, sinnvoller als das, was er jetzt führte! Aber es war unklar, ob sie ihn in Kopen-

hagen nehmen würden. Da war ja nicht nur die Berufserfahrung, die verlangt wurde. Wie der Name schon
sagte – es war es ein Master-Studiengang. Das bedeutete, dass man einen Bachelor-Abschluss vorweisen
musste. Das konnte er nicht.

Natürlich könnte er darauf hinweisen, dass es vor
mehr als 30 Jahren, als er vor der Entscheidung stand,
ob er zur Universität gehen sollte, noch überhaupt keine Bachelor-Studiengänge gab. Das würde ihm nichts
helfen. Er hatte überhaupt nicht studiert. Anders als
Jennifer zum Beispiel. Jennifer Ladiges, seine junge Kollegin, hatte ihr dreijähriges Studium an der *Akademie der
Polizei Hamburg* mit Auszeichnung bestanden und war
jetzt *Bachelor of Arts*. Sie hätte keine Probleme, in Kopenhagen zu studieren. Aber sie interessierte sich nicht für
Katastrophen.

Das andere Hindernis war die englische Sprache.
Kastrup konnte gut Englisch, und es bereitete ihm keine Schwierigkeiten, englische Filme im Original anzusehen. Aber er konnte seine Sprachkompetenz nicht beweisen. Er hatte weder den *TOEFL-Test* gemacht, was
immer das sein mochte, noch den *IELTS-Test*, von dem
auf der Webseite die Rede war. Von einem *IELTS-Test*
hatte er überhaupt noch nie etwas gehört. Sollte er sich
wirklich darum bemühen? Er konnte Englisch. Er wusste, dass er Englisch konnte. Eine solche Prüfung kam
ihm lächerlich vor.

Nein, Bernd Kastrup setzte seine Hoffnung darauf,
dass die Zulassung von Bewerbern mit anderen Hinter-
gründen auch möglich war. Es hieß, jeder Fall würde
einzeln geprüft. Vielleicht sollte er ganz einfach nach

Kopenhagen fahren und direkt in der Universität vorsprechen. Ja, vielleicht sollte er das tun.

Blieb natürlich noch die Frage der Studiengebühren. Für ihn als EU-Mitglied galt der reduzierte Satz, aber der betrug immer noch 112.500 dänische Kronen. Laut Umrechnung waren das ungefähr 15.000 Euro. Die hatte er nicht. Ob Gabriele ihm das Geld leihen würde? Er hatte seine geschiedene Frau noch nie um Geld angebettelt. Sollte er es tun?

Dr. Watson blickte zu ihm auf, leicht verwundert, wie es Kastrup schien. Der Kater hatte selten gesehen, dass sein Mitbewohner eine Flasche Rotwein an einem Abend leerte.

Auch Kastrup wunderte sich, dass die Flasche schon leer war. Das letzte Mal, dass ihm das passiert war, das war gewesen, als Gesa nicht mehr gekommen war. Er wusste, dass es gut war, dass die Frau nicht mehr gekommen war. Es war gut für ihn, aber gleichzeitig auch schmerzlich. Er hatte für wenige Tage das Gefühl gehabt, dass er wirklich gebraucht wurde. Von einem Menschen. Jetzt hatte er nur noch den Kater. Dr. Watson – das war nicht dasselbe.

Da war noch etwas. Richtig, er musste Gesa anrufen. Er musste mit ihr über Sylvia sprechen. Aber nicht jetzt. Nachher. Nach diesem Anruf bei Gabriele.

Der Wein führte dazu, dass er die Zukunft in einem rosigen Licht sah. Er hatte keinen Zweifel mehr daran, dass die Universität ihn annehmen würde, und er hatte keinen Zweifel daran, dass Gabriele ihm das Geld geben würde. Kurz entschlossen griff er zum Handy und wählte ihre Nummer. Er fand sich großartig, weil er sie nicht nur auswendig konnte, sondern weil es ihm obendrein gelang, sie im Halbdunkel seines Speicherbodens ohne Fehler einzutippen.

Gabriele ging beinahe sofort ans Telefon. »Kastrup?«

»Gabriele, hier ist Bernd, und ich dachte ...«

Weiter kam er nicht.

»Du bist betrunken«, sagte seine geschiedene Frau.

Spurlos verschwunden

Mittwoch, 18. November

Guten Morgen«, sagte Kastrup. Er bemühte sich, nicht ganz so brummig zu klingen wie sonst.

»Guten Morgen, Bernd«, erwiderte Alexander. Er war wie immer als Erster an seinem Arbeitsplatz gewesen. Er zögerte einen Augenblick, dann sah er Bernd Kastrup an und murmelte: »Tut mir leid, was ich gestern gesagt habe.«

»Ach, Scheiße«, brummte Kastrup. Anschließend ließ er den ersten Euro in das Schwein fallen. Der Frieden war wiederhergestellt.

* * *

Der Tag begann mit einer gemeinsamen Besprechung der Mitarbeiter der Mordkommission und der Abteilung organisierte Kriminalität, die mit dem vorliegenden Fall befasst waren. Bernd Kastrup ging ohne große Erwartungen in diese Besprechung, aber es gab etwas Neues: Einer der Ermittler vom LKA 68 hatte endlich den Mann aufgetrieben, von dem es hieß, er sei der Freund des einen ermordeten Dealers gewesen. Er hieß Daniel Stolze und war 18 Jahre alt.

»Von welchem war er der Freund?«, fragte Bernd . »Sanchez oder Sundberg?«

»Kai Sundberg«

»Von dem Träumer also!«

»Ja, so hatten sie ihn genannt. Der Träumer! Stolze sagt: Er hatte ganz genaue Vorstellungen davon, wie sein Leben aussehen sollte, wenn er endlich genügend Geld hatte. Aber natürlich hatte er nie genügend Geld. Dennoch hat er seinen Traum nie aufgegeben. Und in der letzten Woche ist er geradezu euphorisch gewesen.« ›Ich schaffe es‹, hatte er angeblich gesagt. ›Ihr braucht gar nicht so dumm zu grinsen! Ich habe jetzt den Dreh gefunden, wie wir an das große Geld kommen. Ich habe etwas herausgefunden, das ist mit Geld gar nicht zu bezahlen.‹«

»Erpressung?«, fragte Kastrup.

»So sieht es aus. Sundberg hat nicht genau gesagt, worum es ging, aber es war offensichtlich eine ganz große Sache. Mehrfacher Mord. Er hat behauptet, er könne beweisen, wer der Mörder sei. Und wenn er mit diesem Wissen nicht unmittelbar zur Polizei laufen sollte, dann müsse der Mann dafür bezahlen.«

»Sowas ist immer gefährlich«, bemerkte Kastrup.

»Das hat Sundberg bestritten. Es könne gar nichts passieren, soll er gesagt haben. Er mache das mit Sanchez zusammen, und sie seien beide bewaffnet.«

»Das hat ihnen nichts genützt«, sagte Kastrup.

»Nein. – Sundbergs Freund hat nicht geglaubt, dass sie es überhaupt versuchen würden. Sanchez war ein ganz kleines Licht. Und dieser Sundberg, der hatte zwar immer wieder große Pläne, aber nichts davon hatte sich je als durchführbar erwiesen. Er war noch immer ein ganz kleiner Dealer, und es war abzusehen, dass er es nie zu etwas bringen würde. Aber er war felsenfest davon überzeugt, dass es diesmal klappen würde. Er hatte behauptet, mindestens 100.000 Euro seien drin. Für jeden von ihnen.«

»Woher wusste Sundberg von diesem – diesem Serienmörder?«

»Angeblich hat er einen Tipp bekommen.«

»Von wem?«

»Das wusste Stolze nicht.«

»War die Rede von einer Hyäne?«

»Nein.«

Schade, dachte Kastrup. Aber man konnte nicht immer Glück haben.

* * *

Sie waren ein deutliches Stück weitergekommen. Bernd Kastrup fasste den Stand der Ermittlungen zusammen: »Es ist jetzt ganz klar, dass noch eine weitere Person bei der nächtlichen Schießerei in Trauns Park dabei gewesen ist. Wer am Ende auf wen geschossen hat, das wissen wir noch nicht. Das wird sich aber herausstellen, sobald die Waffenexperten vom LKA 36 ihre Untersuchungen endlich abgeschlossen haben. Fest steht jedenfalls, dass die beiden Dealer nicht aufeinander geschossen haben. Fest steht außerdem, dass sie eine Erpressung versucht haben und dabei an den Falschen geraten sind. Meiner Meinung nach hat die Hyäne ihnen aufgelauert und sie einfach abgeschossen.«

»Wer ist die Hyäne?«, wollte Alexander wissen. »Die Dachsteiger?«

Bernd schüttelte den Kopf.

»Aber die Dachsteiger steckt mit drin?«

»Ja, ganz sicher. Zumindest ist sie eine Kundin der Hyäne. Wir werden sie auf jeden Fall im Auge behalten.«

»Diese verschwundenen Personen – hätten die nicht inzwischen längst für tot erklärt werden müssen?«, fragte Alexander.

Bernd Kastrup schüttelte den Kopf. »Das geht frühestens nach zehn Jahren. Und selbst dann muss es erst einmal jemand beantragen. Wenn jemand glaubt, dass sein Kind noch lebt, dann passiert gar nichts. – Was gibt es sonst Neues?«

Vincent berichtete, dass inzwischen der Wagen gefunden worden sei, mit dem die beiden Dealer nach Rothenburgsort gefahren waren.

»Warum hat das so lange gedauert?«, fragte Bernd.

»Der Wagen war auf dem Hof eines Mietshauses geparkt. Keiner wusste, wem die Karre gehörte, und als sie nach drei Tagen immer noch nicht weg war, da hat schließlich jemand die Polizei alarmiert.«

»Und? Irgendwelche besonderen Erkenntnisse?«

»Nein, keine besonderen Erkenntnisse. Ein 20 Jahre alter Opel, in St. Georg von der Straße weg geklaut.«

»Ich gehe noch einmal ins Krankenhaus«, sagte Jennifer. »Mal sehen, wie es unserer Patientin geht.«

»Sei vorsichtig«, sagte Bernd. »Setz die Dachsteiger nicht unter Druck. Mach keinerlei Andeutungen, dass wir ihr nicht glauben.«

»Jennifer weiß, was sie tut«, sagte Vincent. »Wenn sie ganz normal mit der Patientin redet, dann muss die doch denken, dass wir nichts gemerkt haben. Sie soll sich in Sicherheit wiegen. Nicht dass sie uns am Ende noch davonläuft.«

* * *

»Julia Dachsteiger? – Die ist nicht mehr bei uns.«

»Was?« Damit hatte Jennifer nicht gerechnet. Sie starrte die Krankenschwester an.

»Nein, sie ist heute Mittag entlassen worden. Ich hatte gedacht, Sie wüssten das. Sie haben doch vorgestern noch miteinander gesprochen.«

»Davon hat sie nichts gesagt.«

»Aber das war von Anfang an so vorgesehen. So eine Schussverletzung, das ist ja nichts weiter als ein Loch in der Schulter. Das muss desinfiziert und verbunden werden, und danach kann man eigentlich nur noch auf die Heilung warten. Und das kann man nun mal zu Hause genauso gut wie im Krankenhaus.«

»Ja, natürlich.«

»Ihr Freund hat sie abgeholt.«

»Ihr Freund?«

»Ja, wissen Sie das denn nicht? Ihr Freund, dieser große Dunkelhaarige, der sie immer besucht hat. Gleich am ersten Tag ist er doch hier gewesen. Sehr attraktiver Mann. Er hat ihr die hübschen Blumen gebracht und auch ihren kleinen Computer.«

Die Geschichte wurde immer mysteriöser. Die Frau hatte behauptet, die Blumen hätte eine Kollegin vorbeigebracht. Und von einem Computer hatte sie überhaupt nichts erzählt.

»Ja, und dann ist der Mann vorhin gekommen und hat sie abgeholt.«

»Und – wissen Sie, wohin die beiden gefahren sind?«

»Na, in ihre Wohnung, nehme ich an. Sie wohnt doch hier in Rothenburgsort, am Vierländer Damm, oder nicht?«

»Ja, das ist richtig. – Können Sie diesen Mann beschreiben?«

»Ja, was soll ich sagen? Er war groß, hatte dunkle Haare, fast schwarz, und er sah kräftig aus. Sonnengebräunt – aber nicht so, als ob er jeden Tag ins Fitnessstudio geht, sondern eher so, als ob er viel draußen arbeitet.«

* * *

Der Dienst der Mordbereitschaft dauerte offiziell von Montag bis Freitag jeweils von 7:30 Uhr bis 16:30 Uhr. Bernd Kastrup hatte diesmal tatsächlich um 16:30 Uhr Schluss gemacht. Er war an diesem Abend mit Gabriele verabredet. Sie hatte den Tisch am Fenster reserviert, von dem aus sie direkt auf die Alster blicken konnten, und sie hatte auch den Rotwein ausgesucht, den sie jetzt zusammen tranken.

Gabriele hatte ihn nach seinem Befinden gefragt, und er hatte behauptet, es gehe ihm gut. Er hatte ausschweifend von seiner Ausstellung erzählt, von all den Katastrophen, die er inzwischen dokumentiert hatte, und Gabriele hatte gelächelt, als er schließlich einräumte, dass er eine der Stellwände für die Katastrophe ihrer Ehe reserviert habe.

»Manchmal denke ich«, sagte sie, »dass du deinen Beruf verfehlt hast.«

»Manchmal denke ich das auch«, gab Kastrup zu.

»Aber könntest du dir wirklich vorstellen, deine ganze Arbeit im Präsidium liegen zu lassen und noch einmal irgendwo ganz von vorn anzufangen?«

»Ja, das könnte ich. – Natürlich nicht von heute auf morgen; ich müsste selbstverständlich erst den Fall abschließen, den wir gerade bearbeiten. Oder die Fälle, möglicherweise sind es zwei verschiedene Fälle, aber danach ...«

Gabriele lachte. »Entschuldige, Bernd, aber das ist einfach zu komisch. Du weißt ganz genau, dass nach dem Fall oder nach den beiden Fällen, an denen du jetzt arbeitest, nahtlos der nächste Fall losgehen wird, der genauso wichtig ist wie der, den du jetzt gerade bearbeitest. Und so wird es immer weitergehen, bis zur Pensionierung. Und selbst dann wirst du wahrscheinlich noch weiterhin für alle Arbeiten bereitstehen und dir am Wochenende Akten mit nach Hause nehmen, die du dann für die Kollegen bearbeitest. Das ist ja gerade der Punkt, der am Ende dazu geführt hat, dass unsere Ehe gescheitert ist. Du warst niemals da, weder am Feierabend noch am Wochenende, und unseren letzten gemeinsamen Urlaub, den haben wir erst verschoben und dann schließlich aufgegeben.«

»Ich könnte mich bessern, Gabriele!«

»Das glaube ich nicht.«

»Nein? – Und was ist mit heute? Du musst zugeben, dass ich heute nicht nur unsere Verabredung eingehalten habe, sondern dass ich obendrein pünktlich gewesen bin.«

»Ja, das bist du. – Aber glaubst du nicht, dass gleich jetzt oder jedenfalls in der nächsten Viertelstunde dein Handy losschrillen wird, und dass du dann in aller Eile zurück zum Präsidium musst?

»Ich schalte es einfach aus«, sagte Kastrup.

»Das kannst du nicht machen!«

»Doch, das kann ich. Wir haben keine Rufbereitschaft heute. Wenn etwas los ist, sind diesmal die anderen dran.«

»Ich muss zugeben, Bernd, du hast dich verändert. In den Jahren unserer Ehe, da hattest du immer Rufbereitschaft. Ich hab natürlich gewusst, dass es eigentlich nicht stimmte, aber ich habe auch gewusst, dass der Dienst für dich so wichtig war, dass du überhaupt niemals abschalten konntest. Du hast wirklich etwas dazugelernt.«

Bernd Kastrup nahm noch einen Schluck von dem köstlichen Rotwein. »Dies ist ein wunderschöner Abend«, sagte er.

Gabriele lächelte.

»Weißt du – ich lese ja nicht besonders viele Bücher ...« Während er das sagte, überlegte Bernd Kastrup, was er sagen sollte, falls seine Frau ihn fragte, welches er denn zuletzt gelesen habe. Es war lange her. Er konnte sich nicht daran erinnern.

»Du hast nicht viel Zeit zum Lesen«, sagte Gabriele sanft.

»Nein, das ist wahr. – Was ich sagen wollte – ich meine, ganz gleich, was du liest – ob das nun irgendein Liebesroman von Rosamunde Pilcher ist ...«

Gabrieles Lächeln wurde breiter. Sie las nichts von Pilcher.

»... oder irgendein blutrünstiger Krimi – ganz gleich, was es ist, am Ende geht es immer gut aus. Das letzte Kapitel, das bringt die Lösung aller Probleme. Das letzte Kapitel, das ist das Happy End. Und warum sollten wir nicht auch im wirklichen Leben ...«

»Nein.« Gabriele schüttelte den Kopf. »Das letzte Kapitel ist nicht das Happy End. Das letzte Kapitel ist der Tod. Ich habe Krebs, Bernd!«

* * *

Jennifer hatte plötzlich Angst, dass alles schiefgehen würde. Auf dem Weg nach Rothenburgsort rief sie im Präsidium an, aber Bernd Kastrup war nicht mehr da. Er war offenbar auch nicht zu Hause. Jedenfalls ging er nicht ans Telefon, und sein Handy hatte er wohl abgeschaltet. Jennifer wählte die Nummer von Vincenz. Ebenfalls Fehlanzeige.

Kurz entschlossen klingelte sie an der Haustür. Niemand öffnete. In der Wohnung brannte Licht, das konnte man von unten sehen, aber in die Fenster hineinsehen konnte man nicht. Die Frau hatte die Vorhänge zugezogen – jedenfalls auf dieser Seite des Hauses.

Jennifer ging um das Haus herum. Auch hier waren alle Räume von Julias Wohnung erleuchtet. Was ging dort vor sich? Etwas Gefährliches? Oder packte Julia Dachsteiger ihre Koffer, um heimlich zu verschwinden? Was sollte sie jetzt tun? Noch immer waren weder Bernd noch Vincent telefonisch erreichbar. Da fiel ihr der Mann ein, mit dem sie im letzten Jahr zusammengearbeitet hatten. Der Fassadenkletterer, so nannten sie ihn. Christian hieß er. Und mit Nachnamen? – Habbe. Christian Habbe.

* * *

Christian Habbe, der Mann, den sie im Präsidium allgemein den Fassadenkletterer nannten, war überrascht, als er die Tür öffnete und Jennifer dort draußen stand. »Mit dir habe ich nicht gerechnet«, sagte er.

Jennifer strahlte ihn an. »Ich brauche deine Hilfe.«

»Meine Hilfe? – Ist es etwas Dienstliches, oder ist es privat?« Im Hintergrund lief der Fernseher.

»Es ist dienstlich«, behauptete Jennifer. Sie schilderte dem Kollegen mit knappen Worten, worum es ging.

»Also diese Frau ist aus dem Krankenhaus verschwunden, und jetzt ist sie zu Hause und macht nicht die Tür auf?«

Jennifer nickte.

»Aber es gibt keinen Hinweis darauf, dass ihr irgendetwas passiert sein könnte? Verstehe ich das richtig?«

»Es ist nur so ein Gefühl.«

»Und für dieses Gefühl lässt dich keiner die Tür aufbrechen, ich verstehe. – Aber ich fürchte, da kann ich dir auch nicht helfen. Ich breche diese Tür nicht auf. Das darf ich genauso wenig wie du.«

»Das verlangt ja auch niemand. Es wäre nur gut, wenn du mal in die Wohnung hineinsehen würdest. Wenn es dort nichts Verdächtiges zu sehen gibt, dann brechen wir die Aktion ab.«

Der Fassadenkletterer warf einen sehnsüchtigen Blick zurück zu dem Sessel, in dem er gesessen hatte. Er hatte sich auf einen Fernsehabend gefreut. Das Fußball-Länderspiel nachher. Das Bier hatte er kaltgestellt, die Erdnüsse lagen auf dem Couchtisch bereit. »Warum guckst du nicht selbst in die Wohnung?«

»Weil ich keine Giraffe bin, Christian. Die Wohnung liegt im ersten Stock.«

»Ich bin auch keine Giraffe.«

»Ich bitte dich – können wir uns die Geschichte nicht einmal ansehen?«

Christian Habbe schwieg. Jennifer war eine attraktive Frau. Er war ledig. Es wäre ausgesprochen dumm, nicht auf Jennifers Vorschlag einzugehen, solange er nichts Illegales tun sollte. »Ansehen können wir es uns ja mal.« Er tippte auf die Fernbedienung. Der Fernseher verstummte.

* * *

»Das da drüben ist es.« Jennifer war mit Habbe nach Rothenburgsort gefahren.

Der Fassadenkletterer nickte. Sie standen im Vierländer Damm. Er studierte die Namen der Geschäfte. Ein Kiosk, eine türkische Bäckerei, ein ausgebrannter Imbiss. Nichts, wo man hinterher ein gemeinsames Bier trinken könnte.

Aber vielleicht interessierte sie sich ja auch für Fußball. Vielleicht würde sie mit zu ihm kommen. Hauptsache, sie kamen irgendwo ins Trockene. Es hatte Schauer gegeben, und es regnete noch immer.

Die fragliche Wohnung war zum Glück nicht in einem der alten Terrassenhäuser, die durch irgendeinen wundersamen Zufall den Bombenkrieg überlebt hatten, sondern in einem der neueren Wohnblocks. Sechzigerjahre, vermutete Christian. Eigentlich wäre es möglich gewesen, vom gegenüberliegenden Block in die fragliche Wohnung hineinzusehen, aber ausgerechnet vor dieser Wohnung stand eine ausgewachsene Lärche, die die Sicht versperrte. Und von unten, vom Rasen aus, wo sie standen, konnte man zwar sehen, dass oben Licht brannte, aber das war auch schon alles.

»Der Balkon«, sagte Jennifer hoffnungsvoll.

Christian nickte. Ja, es sollte möglich sein, von der Lärche aus auf dem Balkon zu kommen, und von dort würde man sehen, was in der Wohnung vorging. Wenn dort irgendetwas vorging. Wahrscheinlich ging dort gar nichts vor. Wahrscheinlich war die Frau einfach nicht zu Hause und hatte vergessen, das Licht auszuschalten. Wahrscheinlich kam er noch rechtzeitig zum Fußballspiel nach Hause. Mit oder ohne Jennifer. Spätestens zur zweiten Halbzeit. Deutschland gegen die Niederlande. Nur ein Testspiel – aber ein Treffen zwischen diesen beiden Teams war immer etwas Besonderes.

Die untersten Äste der Lärche waren zu hoch, als dass Christian sie ohne Hilfe erreichen konnte. »Räuberleiter«, schlug er vor. Jennifer biss die Zähne zusammen, als der Mann über ihre Hände auf die Schultern stieg. Er war deutlich schwerer, als sie gedacht hatte. Aber jedenfalls schaffte er es, den unteren Ast mit beiden Händen zu greifen und sich daran in die Höhe zu ziehen.

Jennifer sah sich um. Hatte jemand bemerkt, was sie hier machten? Nein, es sah nicht so aus. Zum Glück war in der Wohnung im Erdgeschoss niemand zu Hause. Jedenfalls brannte kein Licht. Drüben in den Terrassenhäusern waren fast alle Fenster erleuchtet, aber wahrscheinlich hockten jetzt alle vor dem Fernseher.

»Was siehst du?«, fragte Jennifer.

»Nichts.« Christian Habbe hatte Mühe, sich einen Weg durch die sperrigen Zweige zur anderen Seite des Baumes zu bahnen. Trockene Nadeln rieselten ihm in den Nacken.

Auf dem Vierländer Damm fuhr mit langsamer Geschwindigkeit ein Auto vorbei. Einen Augenblick lang fürchtete Jennifer, dass der Wagen anhalten würde, und dass die Insassen genau hierher wollten. Aber das war nicht der Fall. Als sie wieder aufblickte, war Christian verschwunden.

»Wo bist du?«, rief sie etwas lauter als es der Situation angemessen war.

»Ich bin auf dem Balkon.«

Ja, tatsächlich, Christian stand auf dem Balkon und spähte nach drinnen. »Was siehst du?«, fragte Jennifer.

Christian antwortete nicht.

»Was siehst du?«, fragte Jennifer noch einmal.

Keine Antwort. Die Balkontür war offenbar nur angelehnt. Jennifer sah, wie Christian die Tür öffnete und in die Wohnung hineinging.

»Christian!« Das war nicht abgemacht, das ging entschieden zu weit!

Habbe antwortete nicht. Er verschwand im Inneren der Wohnung und schloss die Tür hinter sich.

Jennifer biss sich auf die Lippen. Was jetzt? Vergeblich versuchte sie, ebenfalls den unteren Ast der Lärche zu erreichen. Schon bevor sie sprang, wusste sie, dass das nicht gelingen konnte. Sie trat weiter zurück, versuchte, an dem Baum vorbei in die Wohnung hineinzusehen, aber sie sah nichts. Das Licht brannte weiterhin. Christian war und blieb verschwunden.

Was sollte sie tun? Dieser Fassadenkletterer hatte erst so zögerlich gewirkt, aber jetzt war er viel waghalsiger, als Jennifer es für möglich gehalten hätte. Das war ein glatter Einbruch. War es am Ende doch wahr, was in Kollegenkreisen über den Mann erzählt wurde? Das konnte sie nicht glauben. Christian musste irgendetwas gesehen haben, was ihn veranlasst hatte, alle Vorsicht über Bord zu werfen und direkt in die Wohnung einzudringen. Gefahr im Verzug, dachte sie. Was ging in der Wohnung vor? War Julia erneut überfallen worden? War sie verletzt? War Christian in Gefahr?

Es gab nur eins: Sie musste sofort da rein. Da es über die Fassade unmöglich war, wählte sie den normalen Weg durch das Treppenhaus. Vorhin war die Haustür verschlossen gewesen; jetzt war sie nur angelehnt. Jennifer fand den Lichtknopf. Irgendjemand hatte es für sinnvoll gehalten, hier Energiespar-Lampen einzusetzen. Jennifer stolperte über einen leeren Farbeimer. Nur langsam wurde es hell im Treppenhaus. Die Polizistin eilte nach oben.

Die Wohnungstür war nur angelehnt. Wahrscheinlich hatte Christian sie geöffnet. Jennifer trat rasch ein.

In der Wohnung war es absolut still. »Christian?«, fragte Jennifer.

Keine Antwort. Nichts.

Vorsichtig öffnete sie die Tür zum Wohnzimmer. Da lag jemand. »Christian!«, schrie Jennifer. Sie stieß die Tür weit auf. »Mein Gott!« Alles war voller Blut. Und am Boden lag Christian mit durchgeschnittener Kehle. Ohne zu überlegen, sprang Jennifer in den Raum, kniete sich neben Christian Habbe, aber es gab keinen Zweifel, der Fassadenkletterer war tot.

In diesem Augenblick bemerkte Jennifer, dass sie nicht allein im Raum war.

* * *

»Wir haben einen Einbruch am Vierländer Damm«, sagte der Mann. Seine Stimme klang aufgeregt.

»Und was habe ich damit zu tun?«, fragte Vincent ungnädig. »Hier ist die Mordbereitschaft. Wenn Sie einen Einbruch melden wollen ...«

»Ja, natürlich. Die Mordbereitschaft. Hier ist alles voller Blut. Und wir haben einen Toten.«

»Wo genau ist das?«

Der Polizist gab ihm die Adresse. Die Anschrift kam Vincent bekannt vor. Wohnte dort nicht diese Julia Dachsteiger?

»Wir kommen.«

Alexander saß nebenan bei einer Tasse Kaffee. Auf den Bildschirm seines Computers flimmerte irgendeine Sondersendung des Fernsehens. »Das Fußballspiel ist abgesagt«, sagte Alexander, als Vincent eintrat. »Deutschland kneift.«

»Wo ist Jennifer?«

»Nach Hause gegangen, nehme ich an.«

»Verdammter Mist! – Hast du ihre Privatnummer? Ruf mal schnell an. Wir haben ein Tötungsdelikt. Am Vierländer Damm.«

Alexander tippte die Nummer in sein Handy. »Vierländer Damm?«, fragte er. »Wohnt da nicht ...«

»Ja, genau.«

»Was bedeutet das?«, fragte Alexander.

»Keine Ahnung. Jedenfalls scheint diese Julia nicht da zu sein. Wahrscheinlich liegt sie noch immer im Krankenhaus. Aber wenn ich den Mann von der Funkstreife richtig verstanden habe, dann liegt da ein Toter in ihrer Wohnung.«

»Ein toter Mann? Weiß man, wer das ist?«

»Nein.«

»Jennifer meldet sich nicht«, sagte Alexander.

* * *

»Kastrup?« Er hatte Mühe, den Hörer in der Hand zu halten. Er war betrunken.

Bernd Kastrup hatte versucht, seine geschiedene Frau umzustimmen. Krebs – was hieß das schon? Es gab inzwischen Behandlungsmöglichkeiten für beinahe jede Art von Krebs, und es war überhaupt nicht ausgemacht, dass man daran sterben musste. Zumindest konnte man das Leben verlängern. Wenigstens konnte man es versuchen.

Gabriele hatte zu all dem nur den Kopf geschüttelt. Ihre Entscheidung stand fest. Sie würde sich nicht auf eine langwierige Behandlung einlassen, sie würde sich nicht von einem Operationssaal in den nächsten schicken lassen. Sie war Privatpatientin, aber an ihr würden sich die Spezialisten keine goldene Nase verdienen. Wenn die Schmerzen nicht mehr kontrollierbar waren, dann würde sie einfach ihr Leben beenden.

»Keine Angst, Bernd«, hatte sie gescherzt. »Ich werde dich nicht bitten, mich mit deiner Dienstwaffe zu erschießen. Ich werde auch nicht von irgendeinem Hochhaus springen oder vielleicht von der Köhlbrandbrücke. Und ich werde mich nicht vor den ICE schmeißen. Denk nur, wie dumm das wäre, da auf dem Bahndamm herumzustehen, und dann hat der Zug anderthalb Stunden Verspätung. – Nein, ich habe vorgesorgt. Ich habe mir damals in den USA ein kleines Buch gekauft, das heißt *Final Exit*. Da steht alles drin, was man wissen muss. Das erforderliche Mittel habe ich mir längst beschafft. Und wenn es soweit ist, dann werde ich es einsetzen.«

Sie hatten eine Weile diskutiert. Kastrup erregt, Gabriele ruhig und gelassen. Schließlich hatte sie gesagt: »Bernd, noch ist ja nicht soweit. Wir können noch viele schöne Ausflüge zusammen unternehmen, und wir können auch noch manches Mal zusammen essen gehen. Wenn es dein Dienst erlaubt.«

Schließlich hatten sie sich für das nächste Wochenende verabredet. Bernd Kastrup war völlig aufgewühlt nach Hause gegangen. Gabriele hatte immer gewusst, was sie wollte. Und sie hatte sich letzten Endes immer durchgesetzt. Er glaubte nicht, dass er sie von ihrem Vorhaben abbringen könnte. Es war zum Heulen.

Geheult hatte er nicht, aber er hatte eine Flasche Rotwein geleert. Er hätte auch noch eine zweite Flasche geleert, aber er hatte keine, und er hatte es als unter seiner Würde empfunden, betrunken, wie er war, noch einmal loszuwanken, um von irgendeiner Tankstelle noch mehr Wein zu holen. Sein Kater hatte sich verzogen, als er gemerkt hatte, in was für einer Stimmung sein Herrchen war. Jetzt war er vermutlich draußen und machte Jagd auf Mäuse. Bernd Kastrup war eingeschlafen, bis ihn schließlich das Telefon weckte.

Vincent war dran, und was er zu melden hatte, war fast so schockierend, wie das, was seine Exfrau ihm eröffnet hatte. Ein Toter in der Wohnung der Dachsteiger!

»Ich komme!«, rief er. Zumindest würde er es versuchen.

Die Toilette war eine halbe Treppe tiefer. Bernd Kastrup drehte den Wasserhahn auf und ließ sich das kalte Wasser über den Kopf laufen. Es lief nicht nur über den Kopf, es lief auch in den Kragen, und schließlich war er komplett durchnässt. Der ganze Raum war patschnass. Gut, dass es hier einen Betonfußboden gab, und dass das Wasser nicht bis nach unten in das Teppichlager laufen konnte. Er würde alles aufwischen. Später. Jetzt hastete er zurück auf seinen Speicherboden, trocknete sich ab, zog sich um und machte sich auf den Weg nach Rothenburgsort.

* * *

Dr. Beelitz empfing ihn an der Tür. »Herzliches Beileid«, sagte der Mediziner.

Bernd Kastrup starrte ihn an. »Beileid? Was soll das heißen? Was ist hier los?«

»Das weißt du noch gar nicht? Christian Habbe ist tot. Kehle durchgeschnitten.« Er ging zur Seite.

Kastrup warf einen Blick auf den Toten und auf die riesige Blutlache. »Scheiße«, sagte er.

Kurt Beelitz zog die Augenbrauen hoch. »Hast du getrunken, Bernd?«

»Ja«, erwiderte Kastrup knapp.

»Bist du überhaupt einsatzfähig?«

»Ja, natürlich. – Was hat denn Christian in dieser Wohnung zu suchen gehabt?«

»Woher soll ich das wissen? – War er denn nicht in deinem Auftrag unterwegs?«

Kastrup schüttelte den Kopf. »Allein?«

»Ja, das ist die Frage. Allein? – Die Polizisten, die die Tür aufgebrochen haben, die sind von den Nachbarn in dem Haus da drüben alarmiert worden. Die haben gesehen, wie ein Mann auf den Baum geklettert und dann über den Balkon in die Wohnung eingedrungen ist.«

»Das klingt in der Tat nach Christian.«

»Ja, gut möglich. Aber da war noch jemand bei ihm. Ein zweiter Mann.«

»Ein zweiter Mann?« Die Geschichte wurde immer verrückter. »Wisst ihr was davon?«

Alexander und Vincent schüttelten die Köpfe.

* * *

Bernd Kastrup tigerte im Flur auf und ab. Diesen Teil der Wohnung hatte die Spurensicherung schon freigegeben. Zehn Schritte hin, zehn Schritte her. Kleine Schritte. Die Drehung am Ende des Weges bereitete ihm

Schwierigkeiten. Er musste sich an der Wand abstützen. Er war keineswegs voll einsatzfähig. Es fiel ihm schwer, klar zu denken.

Es war lange her, dass einer der unmittelbaren Kollegen im Dienst ums Leben gekommen war. Natürlich wurde theoretisch jeder Todesfall mit gleicher Intensität bearbeitet, aber es ließ sich gar nicht vermeiden, dass beim Tod eines Kollegen besonders eifrig ermittelt wurde. Kastrup hasste das. Besonders eifrig, das war meistens gleichbedeutend mit übereifrig, und es wurden vorschnell Schlüsse gezogen und unschuldige Personen als Verdächtige festgenommen. Es würde Ärger geben.

Noch mehr Ärger würde es geben, weil offenbar niemand informiert worden war, dass Christian Habbe vorhatte, in diese Wohnung einzudringen. Sicher hatte er gute Gründe gehabt, aber er hatte auf eigene Faust gehandelt, was man niemals tun durfte. Und jetzt sah man, wozu das führte!

Was für ein Blödsinn, dachte Bernd Kastrup. Er lief hier auf und ab und machte sich Gedanken darüber, was für Schwierigkeiten das geben könnte. Das war völlig nebensächlich. Christian Habbe war tot. Der legendäre Fassadenkletterer war tot. Dieser lebenslustige, junge Mensch. Einfach ausgelöscht. Warum zum Teufel war er auf eigene Faust in diese Wohnung eingedrungen? Ihm war zum Heulen zumute, aber Bernd Kastrup heulte nicht.

Vincent stellte sich ihm in den Weg: »Bernd?«

»Was gibt es?«

»Bernd, ich muss dir etwas sagen.«

»Dann sag es.«

»Ich habe das Gefühl, dass Jennifer in diese Geschichte verwickelt ist.«

»Was?«

»Wir haben neulich über den Fall gesprochen. Sie hat angedeutet, dass sie mit deiner Führung der Untersuchungen nicht – nicht voll zufrieden ist.«

»Was sagst du da? – Mein Gott, Vincent, das kann doch nicht sein! Das darf es doch nicht geben! Ich bin für Kritik offen, hast du ihr das nicht gesagt? Man kann mir alles sagen, einfach alles! Man muss nicht um den heißen Brei herumreden. Wenn man sagt, dass das, was ich tue – dass das Scheiße ist, dann kann man das doch sagen!«

Vincent erwiderte nichts.

»Na gut, ich bin manchmal etwas unwirsch, das gebe ich zu. Ich poltere herum. Aber das ist doch nur – das ist doch nur äußerlich, das ist doch völlig unwichtig ...«

»Du bist für Kritik nicht besonders empfänglich, Bernd. Und empfindliche Menschen überlegen es sich zweimal, bevor sie dir mit Kritik kommen. Und Jennifer ist ein empfindlicher Mensch.«

Bernd Kastrup schüttelte den Kopf. So ein Unsinn! Er sagte: »Da müssen wir drüber sprechen. Gleich morgen. Das kann so nicht im Raum stehen bleiben. – Aber das ist jetzt zweitrangig. Was ist das für eine Geschichte mit Jennifer?«

»Da gibt es verschiedene Punkte. Alle haben etwas damit zu tun, wie du mit uns umgehst. Wie du deine eigenen Wege gehst, ohne uns einzubeziehen. Da ist zum Beispiel diese Sache mit deiner E-Mail nach Russland ...«

»Ich habe es euch hinterher genau erzählt.«

»Ja, hinterher.«

»Vincent, ich hasse es, über Dinge zu reden, von denen ich gar nicht weiß, ob sie funktionieren können. Ich habe im Internet gesucht, ob ich irgendwo einen Ansprechpartner finden kann, und dann habe ich den Schrebergärtner gefragt. Der kann Russisch, und er hat mir dann diesen Text übersetzt – das weißt du ja.«

»Jennifer spricht fließend Russisch«, sagte Vincent.

»Das habe ich nicht gewusst.«

»Ich habe es gewusst, und Alexander wahrscheinlich auch. Wenn du wenigstens uns vorher ins Vertrauen gezogen hättest, dann hätten wir das gemeinsam angehen können und nicht ausgerechnet den Schrebergärtner mit einbeziehen müssen.«

»Der Schrebergärtner ist kein schlechter Polizist«, behauptete Kastrup.

»Bernd, du brauchst mir nichts zu erzählen. Wir wissen beide sehr gut, was für ein Polizist der Schrebergärtner ist. – Aber darüber wollte ich jetzt gar nicht diskutieren. Der entscheidende Punkt ist, dass du falsche Zeichen setzt. Wenn du diese Dinge so machst, dann muss doch Jennifer zwangsläufig den Eindruck gewinnen, dass man am besten erst einmal nichts sagt und auf eigene Faust ermittelt, bevor man sich dem Urteil der anderen stellt.«

»Blödsinn!«

»Kurz gesagt: Ich habe Angst, dass sie versucht hat, irgendetwas auf eigene Faust zu unternehmen.«

»Zusammen mit Habbe?«

»Möglicherweise.«

»Darf ich euch mal kurz stören?« Dr. Beelitz stand in der Tür. »Ich möchte euch etwas zeigen.«

Der Mediziner führte sie ins Badezimmer. Auch hier war reichlich Blut auf dem Fußboden, an den Wänden und im Waschbecken verteilt. »Was sagt ihr dazu?«

»Hier stimmt etwas nicht«, sagte Kastrup. »Das ist zu viel Blut. – Ja, natürlich, wenn man jemandem die Kehle durchschneidet, dann fließt jede Menge Blut, aber das trifft nicht den Mann, der hinter seinem Opfer steht. Seine Hände sind blutig, und die will er sich natürlich waschen, aber die übrigen Blutspuren hier, die sind zu viel.«

»Du meinst, hier sind zwei Personen umgebracht worden?«, fragte Alexander.

Bernd Kastrup schüttelte den Kopf. »Hier sind zwei Personen brutal überfallen worden, aber nur eine davon ist jetzt mit Sicherheit tot. Was aus der zweiten Person geworden ist, wissen wir nicht. Und wer diese zweite Person ist, das wissen wir auch nicht.«

»Julia«, sagt Alexander.

»Oder Jennifer«, sagte Bernd Kastrup.

»Unsinn!«

»Aber ausschließen können wir es nicht.«

»Die Zeugen haben gesagt: Zwei Männer!«, beharrte Alexander. »Ich versuche noch mal, sie am Telefon zu erreichen.«

* * *

Als die Spurensicherung endlich Küche und Arbeitszimmer freigab, waren Bernd Kastrup und seine Mitarbeiter an der Reihe.

»Wonach suchen wir?«, erkundigte sich Alexander.

»Nach allem«, erwiderte Bernd. Jeder Gegenstand konnte wichtig sein. Was hatte es zu bedeuten, dass er gerade hier und nicht irgendwo anders lag?

Bernd Kastrup ging in die Küche. Dort stand die Kaffeemaschine. Das war es, was er jetzt brauchte: einen richtig starken Kaffee! Im Küchenschrank lag ein angebrochenes Paket. Wo waren die Filtertüten?

»Haben die Nachbarn irgendetwas gesehen?«, fragte er.

»Hier im Haus? Wir haben alle befragt. Niemandem ist etwas Besonderes aufgefallen. Es muss alles sehr schnell gegangen sein. Kein Lärm, kein Geschrei – nichts.«

»Und wie ist der Täter aus dem Haus gekommen?«

»Das hat keiner gesehen.«

»Das gibt es doch gar nicht! Wenn jemand Jennifer und möglicherweise auch die Julia aus dem Haus geschleppt hat, das muss doch jemand gesehen haben!«

Im Hintergrund röhrte die Kaffeemaschine.

»Nicht, wenn der Täter mit dem Wagen direkt vor die Haustür gefahren ist«, rief Alexander aus dem Arbeitszimmer.

»Das geht nicht. Man kann mit dem Wagen nicht bis vor die Haustür fahren. Da liegen Findlinge im Weg, und außerdem ist da noch eine kleine Treppe. Das Auto muss an der Straße geparkt haben.«

»Das werden wir alles herausfinden.«

»Ja.«

Verblüfft stellte Kastrup fest, dass es keine Tassen

gab. Er schlürfte schließlich den heißen Kaffee aus der Glaskanne.

Alexander durchsuchte das Arbeitszimmer. Eine staubfreie Fläche auf dem Schreibtisch verriet, wo der Laptop gestanden hatte. Ein Stapel von Briefen war zurückgeblieben. Ein Schreiben der Gaswerke, eine Zahnarztrechnung, abgehakt, also wahrscheinlich bezahlt. Ein Reklameschreiben eines Weinguts, die Werbebroschüre eines Supermarkts. Der Ausdruck einer E-Mail schien am interessantesten. Es war die Einladung zu einer Geburtstagsparty. Sie stammte weder von der Hyäne, noch war sie an die Hyäne gerichtet.

Alexander zog eine Schreibtischschublade auf, schüttete den Inhalt auf den Tisch. Zuoberst lag jetzt, was vorher ganz unten gelegen hatte. Ein zusammengefalteter Zettel, die Kopie eines ausgefüllten Formulars.

»Damit hätte ich nun nicht gerechnet«, sagte Alexander. Vincent guckte ihm über die Schulter. Es war ein gewissenhaft ausgefülltes Formular des Finanzamts für Verkehrssteuern und Grundbesitz in Hamburg. Eine Hundesteuererklärung. Den Hund gab es also wirklich! Oder zumindest hatte es ihn irgendwann einmal gegeben.

»Und das hier?«, fragte Vincent.

Ein kleines, rotes Heft mit der Aufschrift Паспорт. Ein russischer Pass. Alexander schlug ihn auf. Das Passbild zeigte ein sehr junges Mädchen.

»Guck mal!«

Bernd kam. »Was hast du denn da gefunden?«

Gemeinsam betrachteten sie das Dokument. Das Mädchen auf dem Bild hatte lange, blonde Haare. Es war am 3. Oktober 1987 geboren. Der Pass war 2001 ausgestellt; auf dem Foto war das Kind also 14 Jahre alt.

»Das Mädchen auf dem Foto – ist das Julia Dachsteiger?«, fragte Alexander.

»Das könnte sie sein.« Kastrup war sich nicht sicher.

»Was ist das für ein Dokument? Das kann doch nicht mehr gültig sein. Damit kann sie doch nicht eingereist sein, oder?« Bernd Kastrup zuckte mit den Achseln. »Kannst du rauskriegen, was es damit auf sich hat?«

»Ich werde es versuchen.«

Sie suchten weiter, aber der übrige Inhalt des Schreibtisches brachte keine neuen Erkenntnisse.

»Das führt alles zu nichts«, sagte Alexander schließlich. »Ich fahre jetzt nach Eimsbüttel und gucke nach, was da los ist.«

»Eimsbüttel?«

»Jennifers Wohnung«, erklärte Vincent. »Sie wohnt in Eimsbüttel.«

* * *

So spät abends war es immer schwierig, einen Parkplatz zu finden. Alexander legte sein Polizeischild hinter die Windschutzscheibe und stieg aus. Es nieselte leicht. Alexander ging auf die gegenüberliegende Straßenseite und zählte die Fenster aus. Jennifers Wohnung lag im dritten Stock. Die Fenster waren dunkel. Entweder schlief sie, oder sie war nicht zu Hause. Alexander hoffte, dass sie schlief.

Ein neuer Versuch, bei ihr anzurufen, führte zu nichts. Die Haustür war natürlich abgeschlossen. Alexander klingelte im Erdgeschoss, und als das nichts brachte, in allen anderen Stockwerken. Schließlich meldete sich eine verschlafene Stimme:

»Wer ist da bitte?«

»Polizei«, sagte Alexander.

»Das kann ja jeder sagen!«, kam die Antwort. Aber immerhin wurde die Tür geöffnet. Alexander stieg die Treppe hinauf. Im zweiten Stock stand eine Wohnungstür offen, und ein älterer Mann starrte ihn misstrauisch an.

»Alexander Nachtweyh«, sagte Alexander. »Ich möchte zu Frau Ladiges.«

»Und warum klingeln Sie dann nicht bei ihr?«

Alexander versicherte, dass er das versucht habe, aber es hatte sich niemand gemeldet. Inzwischen wurden auch andere Türen geöffnet. Alexander verabschiedete sich von dem älteren Herrn und ging in den dritten Stock. Auch hier war kein Licht in Jennifers Wohnung sichtbar. Alexander fragte sich, ob er versuchen sollte, mit Gewalt in die Wohnung einzudringen.

Jetzt stellte sich heraus, dass die Bewohner dieses Hauses sehr wohl bereit waren, der Polizei zu helfen. Nachdem Alexander sich ausgewiesen hatte, gab ihm die Frau von gegenüber Jennifers Wohnungsschlüssel. Jennifer hatte ihr eine Kopie gegeben, damit sie die Blumen gießen konnte, wenn sie selbst im Urlaub war.

Alexander schloss auf, und gemeinsam mit der Frau ging er nach drinnen. Die Frau machte Licht. Die Wohnung war leer.

Alexander fühlte sich gehemmt. Er war noch nie in Jennifers Wohnung gewesen.

»Die Frau Ladiges ist nicht zu Hause«, sagte die Frau, jetzt doch eine Spur misstrauisch.

»Wissen Sie, wann Frau Ladiges aus dem Haus gegangen ist?«

»Ja, sie ist heute Abend nochmal raus. Das muss so gegen 19:00 Uhr gewesen sein. 19:30 Uhr vielleicht, so genau weiß ich das nicht.«

»Und Sie haben keine Ahnung, wo sie hin wollte?« Die Frau schüttelte den Kopf.

Es konnte kaum noch ein Zweifel bestehen, dass Jennifer zusammen mit dem Fassadenkletterer unterwegs gewesen war. Alexander zückte das Handy und wählte Kastrups Nummer. »Ich bin jetzt in Jennifers Wohnung«, sagte er. »Die Nachbarin sagt, Jennifer sei so gegen 19:00 Uhr oder 19:30 Uhr aus dem Haus gegangen.«

»Verdammter Mist. – Durchsuch die Wohnung, sieh nach, ob du irgendetwas findest, irgendeinen Hinweis, warum sie das gemacht hat.«

»Mache ich.« Alexander hatte wenig Hoffnung, hier irgendwelche brauchbaren Hinweise zu finden. »Wo seid ihr jetzt?«

»Vincent und ich sind in der Wohnung von Habbe. Es ist ganz offensichtlich, dass er überraschend aufgebrochen ist. Erdnüsse stehen auf dem Couchtisch. Die Programmzeitung ist aufgeschlagen, Seite von heute. Er wollte fernsehen. Das Länderspiel vermutlich. Der Fernseher war nicht ausgeschaltet, nur auf Stand-by.«

Alexander beendete das Gespräch. Der Nachbarin erzählte er: »Jennifer Ladiges ist überraschend verreist. Wir können sie nicht erreichen. Offenbar hat sie die Unterlagen über einen aktuellen Fall hier in der Wohnung liegen lassen. Ich muss danach suchen.«

»Ich helfe Ihnen gern«, sagte die Nachbarin. »Wie sehen diese Unterlagen denn aus?«

* * *

Es zeigte sich sehr rasch, dass sowohl Christian Habbe als auch Jennifer versucht hatten, im Präsidium anzurufen. Sie hatten Kastrup nicht erreicht und dann, als er nicht ans Telefon ging, keine Nachricht hinterlassen. Offenbar hatten sie ihren Ausflug nicht für besonders gefährlich gehalten. Sie hatten sich geirrt.

Sonderkommission

Sie trafen sich am nächsten Morgen in Kastrups Zimmer. Bernd Kastrup sah verkatert aus. »Nach Lage der Dinge müssen wir davon ausgehen, dass der Mann, der Christian umgebracht hat, anschließend Jennifer überwältigt und entführt hat«, sagte er.

»Wenn sie nicht tot ist«, sagte Vincent düster.

Kastrup schüttelte den Kopf. »Wenn sie tot wäre, dann hätte er sie da liegen lassen, genau wie Christian Habbe. Ich gehe davon aus, dass Jennifer noch lebt.«

»Und wie hat er sie aus dem Haus gekriegt, ohne dass das jemand gemerkt hat?«

»Das weiß ich nicht. Das ist im Augenblick auch egal. Das können wir alles klären, wenn wir den Kerl haben.«

»Und nachdem er sie aus dem Haus geschleppt hat – wohin dann mit ihr? Es ist nicht so einfach, das Opfer einer Entführung in einer Stadt wie Hamburg längere Zeit zu verstecken«, behauptete Vincent.

»Glaubst du?« Alexander Nachtweyh war nicht überzeugt. »Und wie war das in Wien? Mit diesem Mädchen, das jemand jahrelang im Keller versteckt gehalten hat?«

»Das war ein Kind, keine erwachsene Frau.«

»Keller«, sagte Bernd. »Das ist das Stichwort. Was ist mit dem Keller dieses Hauses am Vierländer Damm?«

»Irgendjemand ist unten gewesen«, sagte Alexander.
»Da war niemand. Keine Menschenseele. Dort wird niemand gefangen gehalten.«
»Was ist mit verborgenen Räumlichkeiten?«
»Wie meinst du das?«
»Wie war das in Belgien bei diesem Dutroux? Hatte der nicht irgendwelche Kinder eingemauert, und keiner hat es gemerkt?«
»Ja, mag sein.« Vincent erinnerte sich dunkel.
Alexander schüttelte den Kopf. »Hier ist niemand eingemauert worden. Dazu war keine Zeit. So schnell geht das nicht.«
Bernd Kastrup sah von einem zum anderen. War der Keller wirklich gründlich abgesucht worden? »Kommt mit, wir sehen es uns an!«, sagte er.

* * *

Bernd Kastrup biss sich auf die Lippen. Der Lokaltermin hatte sich als Fehlschlag erwiesen. Der Keller roch nach Farbe. Die eine Wand war freigeräumt und ganz offensichtlich frisch gestrichen, aber es gab keinen Hinweis darauf, dass irgendwo frisch gemauert worden war. Sie hatten darüber hinaus im gesamten Keller jeden einzelnen Verschlag geöffnet, alle größeren Gegenstände zur Seite geräumt – vergebens.
Bernd war unruhig. Er wusste, dass es nur noch eine Frage der Zeit war, bis man ihnen diesen Fall wegnehmen würde. Bei einem so dramatischen Ereignis wie der Entführung einer Polizeibeamtin würde auf jeden Fall eine Sonderkommission eingesetzt werden. Es war klar,

dass die Leitung dieser Kommission nicht Bernd Kastrup bekommen würde. Er war zwar ein erfolgreicher Kriminalist, aber es war ein offenes Geheimnis, dass er sich mit der Führung einer größeren Gruppe von Menschen ziemlich schwertat. Insofern sollte er eigentlich froh sein, wenn diese Aufgabe an ihm vorbeiging. Aber er hasste er es auch, jede Kleinigkeit mit irgendeinem Vorgesetzten abstimmen zu müssen. Und darauf würde es hinauslaufen. Er hoffte, dass es ihnen gelänge, Jennifer zu finden, bevor die SOKO eingerichtet wurde.

»Wie alt ist das Haus?«, fragte Vincent.

»Das weiß ich nicht. Sechzigerjahre vielleicht, oder frühe Siebziger.«

»Aber jedenfalls ist es nach dem Krieg gebaut.«

»Ja, natürlich.«

»Mir kommt da gerade eine Idee.« Vincent zögerte.

»Was für eine Idee?«

»Wir sind hier in Rothenburgsort. Rothenburgsort ist einer der Stadtteile, die im Krieg stark zerbombt worden sind. Es hieß damals, der gesamte Stadtteil sollte zugemauert werden.«

»Das war in Hammerbrook«, widersprach Kastrup. »Es gab ein Betretungsverbot, und es gab Sperrmauern rings um das Gelände.«

»Aber auch hier in Rothenburgsort sind fast alle alten Häuser zerstört worden. Hier in der Nachbarschaft sind noch ein paar von den sogenannten Terrassenhäusern übriggeblieben. Diese Terrassen, das waren Häuserzeilen auf dem Hinterhof. Etwas schäbiger als der Rest. Noch etwas schäbiger, denn Rothenburgsort war ohnehin nicht gerade der nobelste Stadtteil.«

»Ja. – Worauf willst du hinaus?«

»Du musst dir die Bebauung so vorstellen, dass es an der Straße eine Häuserzeile gegeben hat, und hinter diesen Häusern lagen die Terrassen. Das Ganze sah ungefähr so aus wie ein Kamm mit vielen Zinken. Und hier ist der Kamm heute weg, aber ein paar von den Zinken sind stehen geblieben.«

»Ja.« Bernd Kastrup hatte eine ziemlich genaue Vorstellung davon, wie es hier bei Ende des Krieges ausgesehen hatte.

»Nach den Bombenangriffen kam natürlich das große Aufräumen. Man hat die Trümmer eingesammelt und das, was an Wänden noch stand, das hat man abgebrochen. Da konnte man kein Haus mehr draus machen. Aber die Keller, die hat man nicht abgebrochen.«

»Du meinst – es gibt da noch alte Kellerräume, die keiner mehr kennt?«

»Mit ziemlicher Sicherheit. – Ich erinnere mich, dass wir einmal gerufen worden sind, als irgendeine Baufirma auf solch einen Keller gestoßen ist. Das war nicht hier, das war in Hammerbrook, aber die Situation ist im Prinzip dieselbe. Sie hatten damals Angst, dass da unten womöglich alles voller Leichen lag. Deswegen haben sie uns gerufen.«

»Und?«, wollte Alexander wissen.

»Nichts«, sagte Vincent. »Der Keller war leer.«

* * *

Wo hatten die alten Häuser gestanden? Wer konnte das wissen? Die Suche danach gestaltete sich schwieriger, als die Polizisten gedacht hatten. »Ruf beim Kampfmittelräumdienst an«, hatte Bernd Kastrup vorgeschlagen.

Vincent nahm sein *Mit Hamburg verbunden* aus dem Schrank. Aber das Behördenhandbuch war schon mehrere Jahre alt. Die Telefonnummer galt nicht mehr. Alexander erinnerte sich, dass die Dienststelle weitgehend privatisiert worden war. Was noch bei der Stadt verblieben war, gehörte jetzt zur Feuerwehr. Bernd ging nervös im Zimmer auf und ab, während Vincent mit der Feuerwehr telefonierte.

»Was sagen sie?«, fragte er schließlich ungeduldig.

Vincent ließ sich nicht aus der Ruhe bringen. Endlich beendete er das Gespräch: »Es ist, wie Alexander gesagt hat. Die haben zwar alle möglichen Karten mit Altlasten-Verdachtsflächen, aber das ist dann auch schon alles.«

»Früher hatten sie Luftbilder«, sagte Bernd.

»Haben sie nicht mehr. Sie haben mich an das Vermessungsamt verwiesen.«

»Hast du die Nummer?«

»Gleich.« Vincent blätterte im *Mit Hamburg verbunden*. Vergeblich. Unter dem Buchstaben V fand sich kein Vermessungsamt.

Alexander nahm ihm das Buch aus der Hand. Er runzelte die Stirn. »Das ist ja von 2012.« Er blätterte in dem Buch. »Na bitte, hier ist es ja. Auf Seite zwei! *Haben Sie Fragen zu ... Öffnungszeiten? Kita? Gewerbeanmeldung? Kfz-Zulassung? Personalausweis? Heiraten?* – und so weiter. *Die Antworten erhalten Sie unter 115. Die einheitliche Behördennummer 115 erreichen Sie von Montag bis Freitag von 8 bis 18 Uhr. – Wir lieben Fragen!*«

Die Frau, die schließlich ans Telefon ging, hörte sich an, als ob sie Fragen nicht besonders liebte. Aber sie wusste immerhin, dass das, was früher das Vermessungsamt gewesen war, heutzutage *Landesbetrieb Geoinformation und Vermessung* hieß.

»Schönen Dank!«

Alexander wählte die Nummer, die die Dame ihm gesagt hatte. Es war nicht die richtige Nummer, aber er wurde sofort weiterverbunden und konnte nun mit dem Mann sprechen, der für Fernerkundung zuständig war.

»Nein, die alten Luftbilder haben wir nicht mehr. – Ja, ich weiß, früher war das alles bei uns zentriert, aber das geht heute nicht mehr. Wir haben ja gar nicht den Platz, das alles unterzubringen.«

Alexander fragte, ob sie die alten Bilder etwa weggeschmissen hätten.

»Nein, natürlich nicht. Wir haben das gesamte Material an das Staatsarchiv übergeben. – Ich sage Ihnen gern die Nummer.«

Bernd Kastrup hielt es nicht länger aus. Er ging aus dem Zimmer, holte sich einen Kaffee.

Als er mit dem Becher zurückkam, beendete Alexander gerade das Gespräch. Er berichtete: »Also, das Staatsarchiv hat tatsächlich die alten Luftbilder. Aber nur die Negative; was an Abzügen vorhanden gewesen ist, das haben sie nicht archiviert. Wenn wir sagen, von welchen Bildern wir Abzüge brauchen, würden sie die gern für uns anfertigen. Nein, auch innerhalb der Behörden ist dieser Service nicht kostenfrei. Und sie machen die Bilder auch nicht selbst, sondern sie vergeben den Auftrag an eine private Firma. Und wenn wir es ganz, ganz dringlich machen, dann bestünde wahrscheinlich die Möglichkeit, dass wir die Bilder in einer guten Woche haben. Aber zunächst einmal müsste ich vorbeikommen, und die entsprechenden Aufnahmen heraussuchen lassen ...«

Bernd Kastrup sagte gar nichts. Was sollte er sagen? Vincent räusperte sich. Er sagte: »Wir brauchen die Luftbilder gar nicht. Wir nehmen einfach die alten Landkarten von vor dem Krieg. Deutsche Grundkarte 1:5000. Da ist jedes einzelne Haus drauf.«

»Vor dem Krieg?«, fragte Kastrup.

»Ja, seit den Zwanziger Jahren.«

Alexander wählte erneut die Nummer vom *Landesbetrieb Geoinformation und Vermessung*. Aber auch diesmal hatte er kein Glück. Die älteren Ausgaben der topographischen Karten wurden nicht mehr in der Dienststelle vorgehalten.

»Sind die auch im Staatsarchiv?«, fragte Alexander.

Das wusste die Dame nicht. Aber sie glaubte zu wissen, dass irgendwo in der Umweltbehörde ein annähernd vollständiger Kartensatz vorhanden sei. Und außerdem wusste sie, dass die fragliche Behörde jetzt nicht mehr *Umweltbehörde* oder *Behörde für Stadtentwicklung und Umwelt* hieß, wie die meisten glaubten, sondern seit der letzten Wahl *Behörde für Umwelt und Energie*. »Soll ich Sie durchstellen?«

»Was denn, das geht?«, wunderte sich Alexander.

Ja, das ging. Allerdings wusste die Dame in der Umweltbehörde nicht, in welcher Abteilung es möglicherweise die Karten gab. Vielleicht im Vermessungsamt?

Alexander erklärte, dass er soeben mit dem Vermessungsamt gesprochen habe, und dass man ihn an die Umweltbehörde verwiesen habe.

»Dann vielleicht bei *Boden und Altlasten*?«

Nein, da auch nicht. Aber dort wusste man immerhin, dass das *Geologische Landesamt* diese Karten früher einmal gescannt hatte. Wieder wurde Alexander durchgestellt, und diesmal war er an der richtigen Adresse. Die junge Frau am anderen Ende versprach ihm, die gewünschte Karte sofort per E-Mail-Anhang loszuschicken.

Alexander legte den Hörer auf. »Na bitte, geht doch!«, sagte er.

* * *

Wenig später starrten die drei Polizisten auf Alexanders Großbildschirm. Mit der Mail war nicht nur die Karte von 1938 gekommen, sondern auch – in schlechterer Qualität – der Nachdruck von 1944, auf dem die Bombenschäden noch nicht eingetragen waren, und obendrein die neueste Ausgabe, so dass man die heutige Bebauung mit der Vorkriegsbebauung vergleichen konnte.

»Und jetzt?«, fragte Vincent.

Alexander legte die beiden Kartenblätter übereinander. Er stellte die neue Karte auf transparent, so dass man beide Kartenbilder gleichzeitig sehen konnte. Die Lage der heutigen Gebäude deckte sich nicht mit der ursprünglichen Bebauung. Aber die Genauigkeit der Karten reichte nicht aus, um festzulegen, an welcher

Stelle man möglicherweise auf einen alten Kellerraum treffen könnte.

»Am besten wäre es, wenn wir mit einem Bagger rangehen würden und rings um das Haus alles aufgraben«, sagte Alexander. »Aber das lassen sie uns nicht machen, jedenfalls nicht auf einen so vagen Verdacht hin. Und das dauert auch viel zu lange. Wir machen das anders. Wir gehen in den Keller und bohren ein paar Löcher in die Wand. Und dann sehen wir, ob da ein verborgener Keller hinter sitzt oder nicht.«

»Wer genehmigt uns das?«

»Keiner.«

Vincent schüttelte den Kopf. »Das ist alles Unsinn.«

»Das ist überhaupt kein Unsinn.« Alexander war von seinem Plan überzeugt. »Ihr habt doch die Karten gesehen. Daran gibt es überhaupt nichts zu deuteln.«

Vincent widersprach. »Da ist ein Denkfehler. Ja, es ist richtig, dass hier früher Häuser gestanden haben, die im Krieg zerstört worden sind. Ja, es ist möglich, dass einige der Keller dieser alten Häuser nicht vollständig verfüllt worden sind. Aber selbst wenn wir herausfinden sollten, dass direkt neben unserem Haus ein vollständig erhaltener Keller im Untergrund vergessen worden ist, dann nützt uns das gar nichts. Es gibt keinen Zugang von Dachsteigers Haus zu diesem Keller. Es gibt keine Möglichkeit, eine Geisel in diesen Keller zu bringen – selbst wenn er existiert.«

Bernd Kastrup nickte. »Vincent hat Recht. Wir müssen neu nachdenken. – Aber erst einmal muss ich jetzt zum Chef.«

* * *

»Setz dich«, sagte Thomas Brüggmann. »Ich muss mit dir sprechen.«

Bernd Kastrup setzte sich.

»Der Mord an Christian und die Entführung von Jennifer – ich weiß, ihr leistet großartige Arbeit, aber das reicht nicht aus. Wir müssen die Sache größer aufziehen. Dieser Fall geht über das hinaus, was du mit deinen paar Leuten allein erledigen kannst. – Nein, Bernd, widersprich mir jetzt bitte nicht, wir brauchen eine Sonderkommission. Ich habe mit Fleischhauer gesprochen; der macht das. Er leitet die Kommission. Er hat mir zugesichert, dass du nach wie vor große Freiheiten hast und in alle Richtungen ermitteln kannst, aber er verlangt natürlich, dass du ihn andererseits stets und ständig ins Bild setzt, damit es keine unangenehmen Überraschungen gibt.«

»Fleischhauer«, murmelte Bernd. Es klang nicht sehr enthusiastisch.

»Ist was?«

»Nein, nein.« Konrad Fleischhauer war ein fähiger Beamter, daran gab es überhaupt keinen Zweifel. Das Dumme war nur, dass Fleischhauer ein ausgesprochen ordentlicher Mensch war, korrekt vom Scheitel bis zur Sohle – eine Eigenschaft, die man bei Bernd Kastrup vergeblich suchte. Es war ja kein Zufall, dass er sich für Katastrophenforschung interessierte. Und die Ordnung in seinem Dienstzimmer war eine Katastrophe. Jedenfalls sah es für Außenstehende so aus. Und es half nichts, dass Kastrup immer genau wusste, was wo lag, stand oder steckte, und er hatte bis jetzt immer noch alles in kürzester Zeit wiedergefunden. Fast immer.

»Bernd, ihr werdet blendend miteinander auskommen. Du kennst Konrad noch nicht so genau. Er ist ja erst vor drei Jahren aus Hannover zu uns gekommen. Aber ich versichere dir, es ist jemand, mit dem man über alles reden kann, der für alles Verständnis hat, und dass man mit dem Mann großartig zusammenarbeiten kann.«

»Ja«, sagte Kastrup.

»Und Zusammenarbeit – das ist das, worauf es jetzt ankommt. Das ist der Punkt, auf den du bitte achten musst. Am besten gehen wir gleich einmal zu Fleischhauer rüber, und ich mache euch bekannt.« Natürlich wusste Brüggmann, dass Kastrup und Fleischhauer sich kannten, aber er wollte beiden noch einmal einschärfen, dass sie auf jeden Fall konstruktiv zusammenarbeiten mussten.

Kastrup nickte: »Auf Gedeih und Verderb.« Es klang bitter.

»Auf Gedeih, Bernd, Verderb kommt überhaupt nicht in Frage.«

* * *

Als Vincent nach Hause kam, empfing ihn Lana mit einem spitzbübischen Lächeln. »Guck mal«, sagte sie. Sie öffnete die Tür zum Kinderzimmer.

Da lag Sylvia Schröder neben Lukas auf dem Bett; die beiden spielten ein Computerspiel.

»Oh«, sagte Vincent erschrocken.

Die Kinder hatten nicht bemerkt, dass er hereingekommen war. Beide hatten ihre Headsets auf und waren in das Spiel vertieft.

»Ist das nicht süß?«

»Das ist Sylvia. Sie ist erst 15, Lana!«

»Sie spielen doch nur!«

Ja, in der Tat, sie spielten nur. Beide waren vollständig angezogen, und beide hatten keinen Blick füreinander, sondern nur für das, was gerade auf dem Bildschirm geschah.

»Sie hat eigentlich zu dir gewollt«, sagte Lana. »Lukas hat sie reingelassen.«

»Hallo, Sylvia!«, rief Vincent etwas lauter.

»Hallo.« Sylvia streifte sich die Kopfhörer ab.

»Was macht ihr?«

»Wir spielen *World of Warcraft*.« Auch Lukas hatte inzwischen sein Headset abgesetzt. »Sylvia hat mir gezeigt, wie das geht. Das ist ein ganz tolles Spiel.«

Als Sylvia sich erhob und Vincent schüchtern die Hand gab, sah er, dass sie deutlich reifer geworden war. Sie wirkte selbstbewusster als vor einem Jahr, und einen Moment lang glaubte er, sie habe ihre persönlichen Probleme überwunden.

»Du wolltest mich sprechen?«

Sylvia nickte. »Ich bin in Schwierigkeiten. Kannst du – können Sie mir helfen?«

»Du kannst mich ruhig duzen, das haben wir vor einem Jahr doch auch gemacht. Und dir helfen – worum geht es denn?«

»Ich kann nicht nach Hause zurück!«

Sie hatte ihre Schwierigkeiten nicht überwunden!

»Wie kommt das?«

»Es ist wegen der Schule. Sie sagen, dass ich nicht länger in der Klasse bleiben kann. Sie haben einen Brief geschrieben an Mama, und sie ist böse geworden. Da bin ich weggelaufen.«

»Das klären wir alles«, sagte Vincent so sanft wie möglich. Eigentlich hatte er sich auf eine ruhige Auszeit zu Hause gefreut; darauf würde er für heute verzichten müssen. »Als Erstes rufe ich jetzt mal bei deiner Mutter an ...«

Sylvia erschrak. »Nein, bitte nicht!«

»Sylvia, ich muss deine Mutter anrufen. Sie macht sich doch Sorgen, wenn du nicht nach Hause kommst.«

»Ich will nicht nach Hause!«

»Du kannst von mir aus bei uns übernachten. Aber das geht nur, wenn ich vorher mit deiner Mutter gesprochen habe, und wenn sie damit einverstanden ist. Und ich möchte auch mit ihr sprechen, damit sie mir erzählen kann, was genau mit der Schule los ist. Vielleicht kann ich helfen.«

Sylvia sagte nichts. Jedenfalls widersprach sie nicht, das war schon mal ein gutes Zeichen. Aber Vincent war sich darüber im Klaren, dass er jetzt anfing, in einer Liga zu spielen, in der er nichts zu suchen hatte. Er wollte helfen, aber er wusste sehr gut, dass alles, was er jetzt tat, nur die Symptome behandeln konnte, nicht das Problem, mit dem Sylvia sich herumschlug.

* * *

Es war alles gutgegangen. Vincent hatte bei Gesa Schröder angerufen. Die hatte nichts dagegen, dass ihre Tochter bei den Webers übernachtete – wenn es sein musste, auch für mehrere Tage. Vincent war anschließend nach Wilhelmsburg gefahren, hatte das Schlafzeug eingesammelt, ihre Schulsachen und was das Mädchen sonst noch brauchte, und war dann zurück in die Semperstraße gefahren. Lukas musste ins elterliche Schlafzimmer umziehen, Sylvia bekam sein Zimmer. Gesa hatte Vincent die Telefonnummer von Sylvias Klassenlehrerin gegeben. Sie hatte ihm auch den Brief gezeigt, den die Schule geschrieben hatte. Der Befund war eindeutig. Niemand konnte sagen, dass die Lehrer sich nicht bemüht hätten. Im Grunde gab es keine andere Möglichkeit, als dass Sylvia die Schule verließ.

Vincent rief die Lehrerin an. Er redete mit Engelszungen. Er deutete an, dass Sylvia eine extrem schwierige Kindheit gehabt habe, aber das wusste die Lehrerin schon. Diese Karte stach nicht mehr; die hatte Gesa schon vor längerer Zeit ausgespielt. Aber Vincent gab nicht auf. Seine Kollegen nannten ihn den Zauberer, nicht nur, weil er einmal als Illusionist gearbeitet hatte. Er erklärte der Lehrerin, dass es jetzt eine veränderte Situation gebe, dadurch, dass Sylvia nicht länger zu Hause wohne. Und wenn der Stress zu Hause wegfiele, dann könne das Mädchen ein ganz anderer Mensch werden. Aber natürlich sei es wichtig, dass auch ihre Lehrer und Mitschüler sie unterstützten und bereit seien, dafür zu sorgen, dass sie noch einmal ganz von vorn anfangen konnte. Schließlich gelang es ihm, die Lehrerin zu überreden, noch einen letzten Versuch zu wagen. Nein, er brauche nicht bei der Schulleitung anzurufen, das wolle sie selbst mit ihren Vorgesetzten klären.

Eine sehr selbstbewusste Frau mit einer netten Stimme. Vincent war nicht wohl dabei, ihr ein so schwieriges Problem aufzuhalsen. Aber schließlich ging es um Sylvias Zukunft. Wenn es nicht gelang, dass sie ihre Ausbrüche von Gewalt unter Kontrolle bekam, dann wäre das Ende vom Lied, dass man sie irgendwann für immer wegsperren würde, und das hatte sie nicht verdient.

»Es ist dir doch recht, Aisha?«, hatte er seine Frau gefragt. Er nannte Lana immer Aisha, wenn es darum ging, zu betonen, wie viel sie ihm bedeutete. Aisha war die Lieblingsfrau des Propheten gewesen.

Aisha lächelte. »Du hast ein gutes Herz«, sagte sie.

Vincent sah sie forschend an. Wollte sie damit sagen, dass er zu nachgiebig sei? Er traute sich nicht nachzufragen, und Aisha schwieg.

* * *

Bernd Kastrup saß indessen allein in seinem Zimmer im Präsidium. Er war verzweifelt. Christian Habbe war tot, und Jennifer war seit mehr als 24 Stunden verschwunden. Sie hatten keine einzige heiße Spur. Die Hyäne hatte sich seit mehr als zwei Tagen nicht gemeldet. Das war kein gutes Zeichen. Eine Entführung hatte nur Sinn, wenn man damit irgendeine Gegenleistung erzwingen wollte. Aber wenn ein Entführer sich nicht meldete, dann konnte das eigentlich nur bedeuten, dass er keine konkreten Forderungen hatte. Oder dass er keine Forderungen mehr stellen konnte, weil die Geisel tot war.

Nein, Jennifer war nicht tot. Jennifer durfte einfach nicht tot sein! Wenn der Entführer sich nicht meldete, dann musste Bernd eben von sich aus mit ihm in Kontakt treten.

Bernd Kastrup ging noch einmal die inzwischen eingegangenen E-Mails durch. Ein unbekannter Absender beglückwünschte ihn: Er habe eine Million Dollar gewonnen, ein verstorbener Scheich habe ihn als Erben eingesetzt. Keine Nachricht von der Hyäne. Kurz entschlossen schrieb er selbst eine Botschaft:

Von bernd.kastrup@polizei.hamburg.de
An: hyena@styx.to
Warum meldest du dich nicht?

Er schickte die Mail ab und wartete. Die Antwort kam umgehend:

This is an automatically generated Delivery Status Notification. Delivery to the following recipients failed.
hyena@styx.to

Die Hyäne war über ihre E-Mail-Adresse nicht erreichbar.

Die Stunde der Ratte

Kriminaloberrat Thomas Brüggmann war der Leiter des Fachkommissariats LKA 41 Tötungsdelikte. Kastrup und er waren befreundet. Das bedeutete aber nicht, dass sie immer und in allen Punkten einer Meinung waren. Und Bernd Kastrup hatte ein ungutes Gefühl, als sein Chef ihn jetzt zu sich bat. Brüggmann bot ihm einen Kaffee an und erkundigte sich nach dem Stand der Ermittlungen. Bernd berichtete, aber er hatte den Eindruck, dass sein Freund nicht ganz bei der Sache war, und dass es ihm eigentlich um etwas anderes ging.

»Ihr tretet also auf der Stelle.«

»Ich wäre froh, wenn wir wenigstens auf der Stelle treten würden«, erwiderte Kastrup. Im Augenblick hatte er das Gefühl, dass sie sich ständig weiter vom Ziel entfernten.

»Christian Habbes Verwandte sind informiert?«

»Ja, natürlich.«

»Gut.« Brüggmann nahm einen Schluck von seinem Kaffee. Der war noch immer zu heiß. Er goss Milch nach. Er sah Bernd Kastrup prüfend an.

Kastrup wich seinem Blick nicht aus. »Du siehst aus, als hättest du noch weitere schlechte Nachrichten«, sagte er schließlich.

»Ja, die habe ich. Und die betreffen dich persönlich. – Du bist fotografiert worden.«

Bevor Bernd Kastrup auch nur darüber nachdenken konnte, um was für kompromittierende Aufnahmen es sich möglicherweise handeln könnte, schlug Brüggmann die Mappe auf, die vor ihm auf dem Tisch lag. Darin lagen drei Abzüge 24 mal 36 Zentimeter auf Hochglanzpapier. Sie alle zeigten Bernd Kastrup in angeregtem Gespräch mit dem Albaner.

»Ich habe erst geglaubt, dass es sich um Fälschungen handelt, aber ich habe das überprüfen lassen: Die Bilder sind echt.«

Kastrup nickte. Er hatte nicht bemerkt, dass sie fotografiert worden waren.

»Wie ist es zu den Aufnahmen gekommen?«

Bernd berichtete, dass der Albaner ihn privat angerufen und einen gemeinsamen Gedankenaustausch im Rahmen eines Arbeitsessens vorgeschlagen habe. Er sei darauf eingegangen, weil er sich davon Erkenntnisse über die Hintergründe des Doppelmordes von Rothenburgsort versprach.

»Und – haben sich neue Erkenntnisse ergeben?«

Kastrup nickte. Er berichtete von den drei Namen, die der Albaner ihm gegeben hatte, und er stellte dar, was bei den Ermittlungen herausgekommen war.

»Interessant«, sagte Brüggmann.

»Ja.«

»Wie dem auch sei – Bernd, ich brauche dir nicht zu erzählen, dass der Kontakt zu Leuten vom Schlage dieses Albaners für unsere Mitarbeiter nicht akzeptabel ist. Du weißt das natürlich, aber du setzt dich darüber hinweg. Und dann lässt du dich außerdem noch mit diesem Mann zusammen in einem vornehmen Lokal fotografieren. In Blankenese ist das, habe ich recht?«

Bernd nickte.

»Ich habe diese Bilder zugeschickt bekommen. Anonym natürlich. Ich bin mir nicht sicher, was ich davon halten soll. Möglicherweise ist das eine Drohung. Möglicherweise will der Absender damit sagen, dass er diese Aufnahmen auch an die Presse geben könnte. Und die würde sich freuen: Mordermittler trifft sich mit Mafiaboss zum Lunch oder so ähnlich. Du weißt natürlich, dass euer Treffen völlig harmlos war. Und ich weiß es auch. Ich glaube es zumindest. Aber wer dieses Foto in der Zeitung sieht, der muss doch denken: Unsere Kripo steckt mit diesen Verbrechern unter einer Decke!«

»Es tut mir leid«, sagte Kastrup. Er hatte die Brisanz dieses Treffens unterschätzt.

»Bernd, du musst vorsichtiger sein! Dieser Mann, den sie alle nur den Albaner nennen, ist ein äußerst gefährlicher Mensch. Und wenn er den Eindruck erweckt hat, dass er mit der Polizei zusammenarbeitet, dann ist das einfach gelogen. Er hat dir diese drei Namen hingeschmissen, damit du seine schmutzige Arbeit für ihn erledigst.«

»Einer der drei ist sowieso tot«, sagte Bernd.

»Ich habe nicht gesagt, dass du die anderen beiden für ihn erschießen sollst. Das ist nicht sein Stil. Und deiner natürlich auch nicht. Aber hier läuft irgendetwas, was ihn bei seinen Geschäften stört. Und dazu gehört die versuchte Erpressung und die Schießerei in Rothenburgsort. Dazu gehören aber auch diese Männer, deren

Namen er dir gegeben hat. Und er stellt sich vor, dass du diese Leute – warum auch immer – aus dem Verkehr ziehst.«

»Ich hatte die ganze Zeit das Gefühl, mich mit einem Gentleman zu unterhalten«, sagte Bernd.

Thomas lachte leise. »Wie hieß damals diese Serie über die englischen Posträuber? *Die Gentlemen bitten zur Kasse.* Die Posträuber waren aber keine Gentlemen, Bernd, und der Albaner ist leider auch keiner. In unserem jetzigen Fall musst du ganz stark aufpassen, dass dieser ›Gentleman‹ nicht am Ende dich zur Kasse bittet.«

* * *

»Was ist mit dem Pass?«, wollte Kastrup wissen.

Alexander hatte sich schlau gemacht. »Es ist kein richtiger Pass, sondern ein sogenannter Inlandpass, der nur innerhalb Russlands gültig ist.«

»Damit kann man nicht nach Deutschland einreisen?«

»Nein. Dazu braucht man einen richtigen Reisepass und außerdem natürlich ein Visum. – Einen solchen Inlandpass bekommt man ab dem 14. Lebensjahr. Der muss dann erneuert werden, wenn man 20 ist und ein zweites Mal, wenn man 45 ist. Die Inhaberin dieses Passes ist im Oktober 2007 20 geworden. Dieses Dokument wäre also auch innerhalb Russlands nicht mehr gültig.«

»Kann es sein, dass sie den Pass erneuert und den alten Pass einfach behalten hat?«

»Theoretisch nein.«

»Und praktisch?«

»Wenn sie angibt, dass sie ihn verloren hat oder dass er ihr gestohlen worden ist, dann würde sie wohl einen neuen bekommen. Aber so genau weiß ich das nicht.«

»Und wer ist nun der Eigentümer dieses Passes?«

»Ausgestellt ist er auf den Namen Alix Bolschakowa, geboren am 3. Oktober 1987 in Wolokolamsk.«

»Also jedenfalls nicht Dachsteiger?«

»Nein.«

»Und das Foto? Ist das die Dachsteiger?«

Alexander zuckte mit den Achseln. »Ich weiß nicht. Ich habe das Bild genommen und im *Ontario Science Center* künstlich altern lassen.« Er schaltete den Rechner ein. »Das hier, das ist das aktuelle Passbild von Julia Dachsteiger. Und rechts daneben, das Bild, das habe ich durch Alterung aus dem alten Passbild bekommen.«

Auf dem Bildschirm sah man zwei sehr unterschiedliche Gesichter.

»Nicht identisch«, sagte Kastrup.

»Glaubst du? – Ich habe die Bilder anschließend ein bisschen manipuliert, um die rein technisch bedingten Unterschiede auszugleichen. Also Helligkeit, Kontrast, Farbintensität und dergleichen. Und ich habe dem Mädchen nachträglich die Haare gekürzt. Und dann sieht das Ergebnis etwas anders aus.«

Der Unterschied war verblüffend. »Doch identisch?«

»Wenn ihr meine Meinung hören wollt: Es ist gut möglich, dass die abgebildete Person die junge Julia Dachsteiger ist, aber sicher ist es nicht. Dazu ist das Vergleichsmaterial zu ungünstig. *Ageing* funktioniert ganz gut, wenn man es mit erwachsenen Menschen macht.

Wie ich in 20 oder 30 Jahren aussehen werde, das lässt sich recht genau voraussagen. Aber wenn wir von einem Kind ausgehen, dann sind die Fehlermöglichkeiten sehr groß.«

»*Ontario Science Center* – ist das eine wissenschaftliche Institution?«

»Nein. Ein Museum. Bei dem Altern der Bilder geht es denen um Spaß, nicht um wissenschaftliche Ergebnisse.«

»Warum hast du keine Profis gefragt?«

»Das dauert länger. Dies ist die schnelle Lösung. Nicht perfekt, aber wir können ungefähr abschätzen, was möglich ist und was nicht. Die wissenschaftliche Bildanalyse werden die Kollegen vom LKA 38 veranlassen.«

»Bekommst du ein besseres Resultat, wenn du mehr investierst?«, fragte Vincent.

Alexander schüttelte den Kopf. »Wahrscheinlich nicht. Die Probleme bleiben dieselben. Du kannst dir im Internet angucken, wie zum Beispiel die Tochter von Tom Cruise als junge Frau aussehen wird oder wie Anne Frank heute aussehen würde, wenn sie noch leben würde, aber ob das stimmt, weiß keiner. Es gibt immer erhebliche Unsicherheiten.«

»Dieser Ausweis – ist der denn überhaupt echt?«, fragte Vincent.

»Er sieht zumindest echt aus. An dem Bild hat keiner herummanipuliert. Der Sicherheitsstreifen ist nicht beschädigt. Was sonst normalerweise bei falschen russischen Ausweisen vorkommt, das sind alles Dinge, die man zwar versuchen kann, wenn man irgendeinem gutgläubigen Möchtegern-Bräutigam eine Kopie des Ausweises zuschickt. Das Internet ist voll von solchen Beispielen. Mit dem Original geht das nicht. – Aber ich habe den Pass natürlich weitergeleitet. Wenn er falsch ist, werden wir das sehr bald erfahren.«

Ein mageres Ergebnis. Aber Bernd Kastrup war nicht unzufrieden. Dieser Ausweis bestätigte, dass es eine Spur nach Wolokolamsk gab. Dieser Teil der Geschichte, die Julias Dachsteiger ihnen aufgetischt hatte, schien also korrekt zu sein.

* * *

»Dies hier ist natürlich alles mit dem Kollegen Kastrup abgestimmt«, sagte Konrad Fleischhauer.

Brüggmann nickte. Abgestimmt mochte es sein, aber dennoch gefiel es ihm nicht, dass Bernd hier nicht anwesend war. Sie hatten sein Telefon angezapft, und sie würden alles mithören, ohne dass er selbst das unmittelbar kommentieren konnte.

»Bernd Kastrup hat bisher versucht, die Verbindung zu dem Entführer per E-Mail herzustellen. Das ist natürlich eine sehr unpraktische Methode. Ich habe ihn gebeten, damit aufzuhören. Normalerweise läuft der Kontakt bei Entführungen über das Telefon – schon allein, um jeweils schnell auf rasch wechselnde Situationen reagieren zu können.«

»Und was machen Sie, wenn der Entführer nun nicht anruft?«

»Er wird anrufen, davon bin ich überzeugt. Er hat die junge Kollegin entführt, weil er irgendetwas von uns will. Wir wissen nicht, was das ist. Das heißt, wenn er es haben will, dann muss er zunächst einmal mit uns in Kontakt treten, und dann ...«

Alle hörten, dass das Telefon klingelte.

»Kastrups Telefon!«, sagte Fleischhauer. »Warum geht er nicht ran?«

Kastrup schien nicht in seinem Zimmer zu sein. Nach dem zehnten Läuten schaltete sich der Anrufbeantworter ein:

Hier ist der Anrufbeantworter von Bernd Kastrup. Ich bin zur Zeit nicht in meinem Zimmer. Falls Sie mir eine Nachricht hinterlassen wollen, sprechen Sie bitte nach dem Signalton.

»Normalerweise würde das Gespräch natürlich umgeleitet«, erläuterte Fleischhauer. »Wir haben das jetzt ausgeschaltet, um nicht unnötig viele Telefone anzapfen zu müssen.«

Brüggmann sagte nichts. Wie er Kastrup kannte, würde der sicher nicht die Gesprächsumleitung eingeschaltet haben, wenn er mal kurz aus dem Zimmer ging. Und wenn er länger weg war wahrscheinlich auch nicht.

Nach dem Signalton geschah nichts. Man hörte jemand atmen, und dann wurde schließlich der Hörer aufgelegt.

»Das war er!«, rief Fleischhauer. »Jetzt haben wir seine Nummer. Und in wenigen Augenblicken werden wir wissen ...«

Das Telefon klingelte erneut.

Wieder ging niemand ran, wieder meldete sich der Anrufbeantworter. Nach dem Signalton hörten sie eine

Frauenstimme: »Bernd, du weißt, ich rede nicht gerne mit dieser Maschine. Ich wollte es dir eigentlich persönlich sagen, aber du bist ja nicht da. Aus unserer Verabredung morgen wird wahrscheinlich nichts. Ich muss am Freitag noch mal ins Krankenhaus. Eine Routineuntersuchung, sagen sie, aber ich habe den Verdacht, dass es länger dauern könnte. Ich melde mich, sobald ich Näheres weiß.«

»Das war nicht der Entführer«, sagte Brüggmann.

»Nein.« Das hatte Fleischhauer auch begriffen.

Aus dem Hintergrund rief jemand: »Wir haben die Nummer! Der Anschluss gehört einer gewissen Gabriele Kastrup.«

»Danke«, sagte Fleischhauer. Und zu Brüggmann: »Es wäre hilfreich, wenn unsere Kollegen in der Dienstzeit wirklich nur dienstliche Telefongespräche führen.«

»Ja, das wäre hilfreich«, bestätigte Brüggmann.

»Was da alles für Aktivitäten nebenher laufen, und wie viel wertvolle Arbeitszeit mit allem möglichen Unsinn verschwendet wird, das ist eine Katastrophe.«

»Ja.«

»Vorhin hatten wir schon solch einen merkwürdigen Anruf. Aus Russland! Wir überprüfen noch, wem der Anschluss gehört. Großraum Moskau jedenfalls.«

Bevor Brüggmann darauf antworten konnte, läutete Kastrups Telefon erneut. Diesmal war Bernd Kastrup im Zimmer. Er hob sofort ab.

»Bernd Kastrup.«

»Hier ist die Universität Kopenhagen. Sie haben uns angeschrieben wegen unseres Studienganges *Master of Disaster* ...«

»Ja, das ist richtig.«

»Mein Gott«, murmelte Fleischhauer.

* * *

»Jetzt ist die Kacke am Dampfen!« Der Drogenfahnder lachte. »Jetzt siehst du einmal, wie es zugeht in unserem Milieu!« Bernd Kastrup lachte nicht mit. Er hatte Günter Flint aufgesucht, weil sie einfach nicht weiterkamen. Die Zeit lief ihnen davon, und sie hatten keinen Kontakt zur Gegenseite. Kein Anruf, keine Mail, nichts. Wenn Jennifer noch lebte, dann wurde es höchste Zeit, dass sie mit den Entführern ins Gespräch kamen. Und wenn die sich nicht meldeten, dann musste Günter helfen. Bernd hatte um ein erneutes Treffen mit der Ratte gebeten.

Günter Flint schüttelte den Kopf. »Es wird immer gefährlicher, Bernd. Die Ratte hat gesagt, dass es Leute gibt, die den hiesigen Drogenhandel empfindlich stören. Das können die Bosse nicht einfach hinnehmen. Deswegen die Schießerei neulich in Trauns Park. Deswegen möglicherweise auch der Mord an unserem Kollegen Christian.«

»Du weißt vermutlich, dass es für uns inzwischen nicht nur darum geht, sondern dass obendrein Jennifer Ladiges verschwunden ist. Wir gehen davon aus, dass sie entführt worden ist.«

»Ja, davon habe ich gehört, obwohl ihr es klugerweise nicht an die Presse weitergegeben habt. Eine üble Geschichte. Wenn ich dir helfen kann, dann helfe ich dir. Aber ich weiß nicht, ob ich dir helfen kann. Ich weiß nicht, ob die Ratte dir helfen kann. Und wenn sie dir

191

helfen kann, ob sie dir helfen will. Warum sollte sie? Wenn ich dich neulich richtig verstanden habe, dann seid ihr nicht gerade befreundet. – Aber vielleicht sehe ich die Gegensätze zwischen euch auch etwas übertrieben. Vielleicht hast du der Ratte ja nicht dasselbe an den Kopf geworfen wie mir.«

»Kannst du den Kontakt herstellen?«

Günter schüttelte den Kopf. »Das kommt nicht in Frage. Ich halte den Mann natürlich über unseren Verbindungsbeamten auf dem Laufenden, aber was er dann tut, muss er selbst entscheiden.«

»Die Zeit drängt, Günter!«

»Das weiß ich. Aber ich will dir nichts vormachen: Ich habe der Ratte ausrichten lassen, dass sie sich in Gefahr begibt, wenn sie Kontakt mit dir aufnimmt. Ich habe ihr sagen lassen, dass ich ihr eindeutig davon abrate. Sie hat dich trotzdem kontaktiert. Ich bin sehr unzufrieden damit.«

* * *

Sie hatten sich die Protokolle noch einmal vorgenommen.

»Die beiden Frauen können sich doch nicht einfach in Luft aufgelöst haben«, sagte Kastrup.

Alexander zuckte mit den Achseln. Genauso sah es aus. Sie hatten alle Nachbarn befragt, und dabei war so gut wie gar nichts herausbekommen. Einige hatten schon geschlafen, trotz der frühen Stunde, zum Beispiel der Mann, der auf derselben Etage gegenüber von Julia Dachsteiger wohnte. Andere hatten vor dem Fernseher

gehockt und die Sondersendung wegen des Terror-
alarms in Hannover gesehen. Die beiden jungen Leute aus dem Terrassenhaus, die den Einbruch gemeldet
hatten, hatten sonst nichts bemerkt. Sie hatten ja nicht
einmal unterscheiden können, ob der Einbruch nun von
zwei Männern verübt worden war oder nicht.

Am meisten hatte eine ältere Dame gesehen, die im
Eckhaus auf der anderen Straßenseite wohnte, und die
offenbar kein Freund des Fernsehens war. Sie hatte am
Fenster gesessen, ein Glas Portwein getrunken und dabei die Leute beobachtet, die auf der Straße vorbeigin-
gen. Hier gab es immer einiges zu sehen; direkt vor dem
Haus war die Bushaltestelle. Der 120er hielt hier, und
der 124er und der 130er, und der 3er, der von der U-
Bahn Burgstraße bis zur U-Bahn Billstedt fuhr. Und der
Nachtbus Linie 602. Aber natürlich noch nicht so früh
am Abend.

Die Frau hatte eine Menge erzählt, und der Kollege,
der das alles zu Protokoll genommen hatte, der hatte
alles brav mitgeschrieben. So erfuhren sie einiges über
eine nächtliche Schlägerei, die sich ein paar Tage zuvor
abgespielt hatte, und bei der einer der Jugendlichen
eine blutige Nase davongetragen hatte, aber das gehörte natürlich nicht zum Thema.

Dass Christian Habbe auf die Lärche gestiegen war,
das hatte sie nicht bemerkt. Dazu stand ihr Haus ein kleines bisschen zu weit östlich. Aber dafür hatte sie alles
gesehen, was sich auf der anderen Seite von Julia Dachsteigers Haus abgespielt hatte. Jedenfalls behauptete sie
das. Sie sagte, da habe sich nichts abgespielt. Niemand
habe irgendeinen verdächtigen Sack oder sonst eine

schwere Last aus dem Haus getragen. Es sei auch kein Auto vorgefahren, um irgendetwas abzutransportieren. Alexander fragte sich, wie viele Gläser Portwein die Frau in Wirklichkeit getrunken haben mochte. Darüber stand nichts im Protokoll.

Außer den verschiedenen Fahrgästen, die an der Haltestelle ein- und ausgestiegen waren, war da nur ein einzelner Mann gewesen. Wann der genau aus dem Haus gekommen sei, konnte sie nicht mehr sagen, aber jedenfalls sei er nicht in ein Auto gestiegen, sondern nach links weggegangen. Etwa zehn Minuten später sei er dann zurückgekommen. Er habe etwas mitgebracht, das wie eine große, dunkle Tasche ausgesehen habe, und das offenbar ziemlich schwer gewesen sei, und damit sei er in dem Haus verschwunden. Danach sei dann schließlich die Polizei gekommen, und alles, was dann passiert sei, das wüssten sie ja selber.

Der Polizist hatte vorsichtshalber noch einmal nachgefragt, ob denn Leute das Haus verlassen hätten, nachdem die Polizei angekommen war. Nein, da war sie sich ganz sicher, auch danach hatte an dem Abend niemand das Haus verlassen. Außer den Polizisten natürlich.

»Was hältst du davon?«, fragte Alexander.

»Eine typische Zeugenaussage«, sagte Bernd. »Einiges stimmt, anderes wahrscheinlich nicht. Das Dumme bei diesen Sachen ist immer, dass man nicht weiß, was denn nun die Tatsachen sind, und was frei erfunden ist.«

»Sollen wir die Frau noch einmal befragen?«

»Das bringt nichts.«

Bernd Kastrup war nicht ganz bei der Sache. Er dachte darüber nach, dass Jennifer jetzt schon seit zwei Tagen verschwunden war, und sie hatten noch immer keine Nachricht von ihrem Entführer.

»Aber es könnte doch sein ...«

In dem Augenblick klingelte das Telefon.

* * *

Die Ratte hatte sich gemeldet. »Kennst du den alten Lokschuppen in Wilhelmsburg?«

Bernd Kastrup kannte ihn. »Den Ringlokschuppen? Steht der denn noch?«, hatte er gefragt.

Die Ratte hatte nur gelacht und dann aufgelegt.

Kastrup hatte zunächst einmal den Wagen auf der Thielenstraße geparkt, war zu Fuß auf die Brücke gegangen, die das gesamte Bahngelände überspannte, und hatte hinuntergeblickt auf die Baustelle. Was er sah, war eine riesige Sandwüste, in der als einsame Insel ein altes, langgestrecktes Gebäude stand, das davon zeugte, dass hier früher einmal ein Güterbahnhof gewesen war. Aus dem Dach wuchsen Birken.

In einiger Entfernung wurde gearbeitet. Kastrup sah mehrere Bagger und Männer in orangefarbenen Westen, die offenbar damit beschäftigt waren, Ordnung in das Chaos zu bringen. Ein großer Teil der Baustelle stand unter Wasser. Und der Lokschuppen – der Lokschuppen war nirgends zu sehen. Bernd Kastrup hatte das Gefühl, dass die Ratte ihn an der Nase herumgeführt hatte.

Kastrup fuhr weiter. Sein Weg führte durch das Gewerbegebiet. *Transgourmet* las er auf dem Lastwagen, der vor ihm aus einer Einfahrt kam. Ein Mädchen ging in dieselbe Richtung, in die er fuhr. Es hätte Sylvia sein können, jedenfalls vom Alter her. Rechts im Straßengraben lag ein alter Kühlschrank, und fünfzig Meter weiter ein schwarzes Ledersofa. Kastrup hielt kurz an, aber das Teil war zu stark beschädigt. Er fuhr weiter.

Den Lokschuppen sah er erst, als er die Rubbertstraße entlangfuhr. Viel war nicht davon übriggeblieben. Der Zugang erfolgte über die Baustelleneinfahrt vom Vogelhüttendeich her. Ein Schild wies darauf hin, dass hier bei Eis und Schnee nicht gestreut würde. Entweder hatte das ein Witzbold aufgestellt, oder es stand schon lange hier und stammte noch aus der Zeit, als das Gelände hier wirklich von der Bahn genutzt wurde.

Nach der Stilllegung des Rangierbahnhofes Wilhelmsburg hatte auch das alte Bahnbetriebswerk seine Funktion verloren. Die Gleise waren inzwischen abgebaut, die Gebäude mehr oder weniger verfallen. Am stärksten hatte es den Lokschuppen erwischt. Eigentlich hatte er einmal das Kernstück eines Hamburger Eisenbahnmuseums werden sollen. Das war gescheitert. Der Schuppen war er 1994 mitsamt der darin abgestellten historischen Waggons und Lokomotiven abgebrannt.

»Brandstiftung«, sagte die Ratte.

Bernd Kastrup zuckte zusammen. Er hatte den Mann nicht kommen hören. Jetzt lehnte er an einer der übrig gebliebenen Säulen und rauchte eine Zigarette.

»Vor ein paar Jahren hat es geheißen, der ganze Kram müsste weg, die Wilhelmsburger Reichsstraße sollte verlegt werden, und zwar hierhin.« Die Ratte lachte. »Und 2013, zur großen Gartenbauausstellung, da sollte alles fertig sein. Aber als sie gemerkt haben, wie teuer das würde, die Schnellstraße zu verlegen, da haben sie die Entscheidung erst einmal vertagt. Und die Ruinen sind stehengeblieben.«

»Aber jetzt ist die Straße im Bau«, sagte Kastrup.

»Ja, jetzt ist sie im Bau.«

Es wurde allmählich dunkel. Es war Kastrup bewusst, dass sein Gesprächspartner sich diese Tageszeit ausgesucht hatte, um im Bedarfsfall rasch und unauffällig verschwinden zu können. Er war dunkel gekleidet, und auf diesem unbeleuchteten Trümmergrundstück war er nur schwer zu erkennen.

Die Ratte beobachtete Kastrup. »Du bist schweigsam geworden«, stellte sie fest. »Das letzte Mal warst du bedeutend redseliger.«

»Du weißt, warum ich im Augenblick so schweigsam bin.«

»Du brauchst mich.«

»Ja, ich brauche dich.«

»Ich weiß. Es ist ein schönes Gefühl, Bernd, wenn die Polizei einen braucht! – Aber ich mache mir keine Illusionen. Wir werden niemals Freunde werden, aber das macht nichts, ich will dich auch gar nicht als Freund haben. Du bist die Sorte Mensch, mit der ich nichts zu tun haben will. Ein Bürger. Ein fetter, satter Bürger, der sich einen Scheiß darum kümmert, wie es anderen Leuten geht, solange er nur sein feines Leben führen kann. Dass es auch Leute geben muss, die solche Aufgaben übernehmen, die euresgleichen nicht anfassen wollen, das ignoriert ihr. Du hast das letzte Mal die Prostitution erwähnt. Ihr Bürger findet es vollkommen normal, wenn ihr eine Hure haben wollt, dass ihr sie auch kriegt. Ihr glaubt, dazu reicht es aus, ein paar Scheine mitzubringen, und dann stimmt alles.« Er schüttelte den Kopf. »Das ist nicht so, Bernd Kastrup. Man muss eine ganze Menge Dinge machen, damit die Hure, die du haben willst, auch wirklich hier in Hamburg ist, und damit sie am Ende das tut, was du willst. Und es muss jemanden geben, der das alles organisiert.«

»Du redest Unsinn«, sagte Kastrup. Es klang milder, als er beabsichtigt hatte.

Die Ratte sah sich um. Sie lauschte.

Nichts rührte sich. Zumindest schien es Bernd Kastrup so, als ob sich hier nichts rührte. Sie waren allein zwischen all diesen Ruinen.

»Dies ist ein schlechter Ort«, sagte die Ratte. »Es gibt eine ganze Menge Dinge, die ich dir gern erzählen würde. Aber jetzt ist nicht die Zeit dafür. Du brauchst Hilfe, und also helfe ich dir. Kann sein, dass ich irgendwann mal deine Hilfe brauche. Wirst du mir dann auch helfen?«

Das klang sentimental. Kastrup nickte.

»Das ist jetzt gelogen, oder? – Ach, egal. Die Zeit drängt, ich muss weg. Ich weiß nicht alles, aber ein paar Dinge weiß ich, und die will ich dir sagen. Was glaubst du, warum die Zahl der Drogentoten in Hamburg zurückgegangen ist? Liegt das an dem wunderbaren Hilfsprogramm? – Nein, daran liegt es nicht. Es liegt daran, dass es eine ganze Reihe von Toten gibt, die ihr einfach niemals findet. Und die tauchen auch gar nicht in irgendeiner Statistik auf, etwa als Vermisste, weil sie nicht vermisst werden. Diese Leute, die sind nämlich inzwischen ganz woanders ...«

Die Ratte hielt inne, und jetzt hatte auch Bernd Kastrup ein Geräusch gehört. Es kam von drüben, von dort, wo noch eine der Trennwände stehen geblieben war. Dass die Ratte plötzlich eine Pistole in der Hand hielt, bemerkte Kastrup erst, als der Mann schoss. Auch Bernd Kastrup zog seine Waffe und sah sich nach einer Deckung um. Er trat rasch hinter einen der Pfeiler. Die Ratte gab zehn Schüsse in rascher Folge ab. Kastrup fragte sich, was der Mann gesehen haben mochte. Er selbst hatte nichts bemerkt. Vielleicht hatte die Ratte aber einfach nur in Richtung des unerklärlichen Geräusches geschossen.

Jetzt herrschte wieder Stille.

»Ich muss weg«, sagte die Ratte. »Ich habe gesagt, was ich dir sagen kann. Mehr weiß ich nicht ...«

Bernd hielt ihn am Ärmel: »Wo ist Jennifer Ladiges?«

»An einem sicheren Ort. Die Hyäne hat sie. Sie braucht sie als Geisel, bis sie hier in Hamburg fertig ist und sich absetzen kann.«

»Und Julia Dachsteiger?«

»Steckt mit drin.« Die Ratte riss sich los und rannte davon. Bernd Kastrup sah dem Mann einen Moment lang nach. Es war sinnlos, ihn zu verfolgen. Der andere war jünger und eindeutig schneller als er. Kastrup behielt die Waffe in der Hand und ging ein paar Schritte in Richtung der alten Wand. Nichts rührte sich. Als Kastrup über die Reste eines alten Gleises stolperte, wurde ihm bewusst, wie töricht es war, in diesem unübersichtlichen Gelände einem unbekannten Feind nachzuspüren. Er steckte die Waffe ein und machte sich auf den Weg zurück zu seinem Dienstwagen.

* * *

Sylvia zitterte noch immer. Sie hatte den Schrecken noch nicht überwunden. Sie war beschossen worden! Sie hatte sich flach auf den Boden geworfen, und die Kugeln waren über sie hinweggepfiffen. Eine war als Querschläger zurückgekommen und hatte sich in ein Brett gebohrt, ganz dicht neben ihrem Kopf. Und dann war plötzlich wieder alles still gewesen.

Sylvia hatte abgewartet. Sie hatte sich nicht getraut, sich zu rühren. Auf dem Bauch hatte sie gelegen und das Unkraut vor ihrem Gesicht angestarrt. Sie hatte damit gerechnet, dass jeden Moment jemand kommen und sie endgültig erledigen würde. Aber das war nicht passiert. Es war gar nichts passiert. Schließlich hatte sie sich ganz vorsichtig aufgerichtet und war davongelaufen.

Welch eine Erleichterung, als sie in der Semperstraße ankam, und alle waren da. Lana und Lukas, und auch Vincent war zu Hause. Er hatte telefoniert, wahrscheinlich wieder mit ihrer Schule, aber das war alles unwichtig. Er war da, er war für sie da, und nachdem er schließlich den Hörer aufgelegt hatte, kam er zu ihnen ins Zimmer.

»Kannst du uns nicht etwas zaubern?« Sylvia starrte den Hauptkommissar erwartungsvoll an.

»Zaubern?« Vincent legte seine Stirn in sorgenvolle Falten. »Ich kann nicht zaubern.«

Sylvia schüttelte den Kopf. »Letztes Jahr konntest du es noch«, sagte sie.

»Ich kann nicht wirklich zaubern. Was du gesehen

hast, das ist ein Trick, den ich schlicht und ergreifend gekauft habe. Zaubern ist teuer. Und ich – ich bin völlig abgebrannt.« Zum Beweis zückte Vincent seine Brieftasche. Sylvia schrie auf, als er sie öffnete und helle Flammen herausloderten. Sichtlich erschrocken klappte Vincent die Brieftasche wieder zu. Die Flammen erstickten. Jetzt war da nur noch eine ganz normale lederne Brieftasche.

»Noch mal!«

Vincent schüttelte den Kopf.

»Doch, bitte, noch ein einziges Mal!«

Vincent ließ sich breitschlagen. Er öffnete die Brieftasche, aber diesmal schlugen keine Flammen empor. Stattdessen sah man einige angekokelte Geldscheine. »20 Euro waren das«, sagte Vincent. Er legte die Banknote auf den Tisch. Es bestand kein Zweifel: Es war ein angebrannter, echter Zwanzig-Euro-Schein.

»Das gibt's doch nicht!« Sylvia war genauso fassungslos wie damals, als er im Krankenhaus den Kartentrick vorgeführt hatte.

»Ihr seht, Zaubern ist ziemlich teuer. Mal sehen, ob ich den bei der Landeszentralbank noch umtauschen kann!« Vincent steckte den Zwanziger wieder ein.

Lukas lachte.

Leider war es wirklich ziemlich kostspielig, zu zaubern. Vincent hatte die *Brennende Brieftasche* für 85 Euro bei der Zauberzentrale gekauft. Natürlich war ihm bewusst, dass sie mit ihrem Geld haushalten mussten, aber als er diesen Trick gesehen hatte, konnte er nicht widerstehen.

»Darf ich es auch einmal versuchen?«, fragte Sylvia.

Vincent schüttelte den Kopf. »Du interessierst dich für Feuer«, sagte er. »Das habe ich schon ...« Er hielt inne. Genau wie damals im Krankenhaus, als er ein Thema angeschnitten hatte, über das Sylvia nicht reden wollte, hatte sich auch jetzt ihr Gesichtsausdruck schlagartig verändert. Aus Sylvia war eine Maus geworden, die sich in ihr Mauseloch zurückgezogen hatte.

* * *

Die Ratte war zu Fuß unterwegs. Der Mann hatte zunächst gewartet, bis Bernd Kastrup davongefahren war, dann hatte er sich selbst auf den Rückweg zum Bahnhof Wilhelmsburg gemacht. Unterwegs sah er sich immer wieder um. Vorhin auf dem Gelände des Bahnbetriebswerkes war er sich sicher gewesen, dass ihn jemand belauert hatte. Fast sicher. Seine Schüsse hatten keine Reaktion hervorgerufen. Jetzt, wo er allein durch die Straßen Wilhelmsburgs lief, wurde ihm plötzlich bewusst, wie einsam er war. Es war ein Fehler gewesen, sich von Kastrup zu trennen. Der Mann war bewaffnet. Zu zweit konnte ihnen nichts passieren. Aber jetzt, wo er allein unterwegs war, kam er sich verwundbar vor.

Seine Sicherheit kehrte erst wieder zurück, als er den S-Bahnhof erreicht hatte, und ihm war nichts passiert. Er brauchte nicht lange auf den nächsten Zug zu warten. Richtung Pinneberg. Er würde bis zum Hauptbahnhof fahren. Er setzte sich nicht hin, obwohl genügend Plätze frei waren. Stattdessen blieb er gleich neben dem Eingang stehen und sah sich um. Die Bahn war ziemlich leer. Niemand fuhr mit, den er kannte.

Umsteigen am Hauptbahnhof. Großes Gedränge in der Wandelhalle. Offenbar waren wieder neue Flüchtlinge angekommen. Er bahnte sich einen Weg durch die Menge, kaufte sich beim Bäcker zwei Laugenbrötchen. Dann wieder zurück, runter zum Gleis vier. Diesmal hatte er kein Glück. Er sah seine S-Bahn gerade noch abfahren. Er begann, ein Laugenbrötchen zu essen.

Als sein Zug kam, steckte er das Brötchen zurück in die Papiertüte und stieg rasch ein. Es waren nur zwei Stationen bis Rothenburgsort. Die Ratte stieg aus, lief die Treppe hinunter und wandte sich nach links. Da war die Brücke über das ungenutzte Bahngelände. Wieder hatte er das Gefühl, verfolgt zu werden. Rasch sah er sich um. Zu spät!

»Hallo, mein Freund«, hörte er eine ihm wohlbekannte, grobe Stimme.

»Hallo.« War der Kerl ihm von Wilhelmsburg her gefolgt? Er tastete nach seiner Pistole. Er spürte, wie sich ihm etwas Hartes in die Seite bohrte.

»Es ist schön, wenn man eine Pistole hat«, sagte die grobe Stimme. »Es gibt einem eine ungeheure Sicherheit. Man kann damit schießen: Peng – Peng – Peng! Alle Feinde verkriechen sich in ihren Löchern. Ist es nicht so?«

Die Ratte antwortete nicht. Sie überlegte fieberhaft, was sie tun könnte.

»Warum antwortest du nicht? – Ich will es dir sagen: Du antwortest nicht, weil du auf einmal festgestellt hast, dass deine Pistole nicht so gut ist, wie du gedacht hast. Sie taugt nichts, wenn du sie in der Tasche hast, während gleichzeitig jemand anderes eine Waffe auf dich richtet. Im Gegenteil: Sie ist auf einmal eher eine Belastung. Der andere könnte dich fragen, warum du mit einem Schießeisen durch die Gegend läufst. Das ist niemals gut. Man kann so leicht auffallen mit einem Schießeisen. Besonders, wenn man auch noch die Dummheit besitzt und damit schießt!« Der Mann lachte.

Die Ratte antwortete nicht. Sie saß in der Falle.

»Es war keine gute Idee, in dem alten Lokschuppen herumzuballern! Du hättest leicht jemand verletzen können. Nicht mich, ich habe auf der anderen Seite gestanden, hinter der Tür, und dich beobachtet. Ich war nicht in Gefahr. Du hast auf ein Kind geschossen. Auf ein spielendes Kind!«

»Du lügst!«

»Ich lüge nicht. Zum Glück hast du nicht getroffen. Das Mädchen ist davongerannt.«

»Was willst du?«

»Was glaubst du, was ich will? – Ich meine, diese Frage kannst du dir eigentlich selbst beantworten. Du hast dich mit einem Bullen getroffen. Das war sehr dumm von dir. Nun muss ich glauben, dass du gar nicht auf unserer Seite stehst. Dass du mit den anderen zusammenarbeitest.«

»Ich arbeite nicht mit den anderen zusammen.« Seine Stimme klang nicht ganz so fest, wie er gewünscht hatte.

Der Mann lachte. »Wir werden sehen«, sagte er. »Lieber Freund, das werden wir sehen. Wir werden jetzt einen kleinen Spaziergang zusammen machen, und dann werden wir miteinander reden, von Mann zu Mann, ganz offen.« Wieder lachte der Mann.

»Hör zu«, bat die Ratte. »Ich kann dir alles erklären. Dieser Kerl, dieser Bulle, der hat irgendwie herausgefunden, dass ich etwas mit Drogen zu tun habe, und er hat wissen wollen, was das ist ...«

»Und – hat er es herausgefunden?«

»Nein, natürlich nicht.«

»Ich glaube, mein Freund, bevor wir uns ernsthaft unterhalten, solltest du noch mal ein kleines bisschen über deine Geschichte nachdenken. Zum Beispiel kann ich mir gar nicht vorstellen, wenn dieser Bulle glaubt, dass du was mit Drogen zu tun hast, warum er dich dann nicht einfach festnimmt. Aber darauf hast du sicher eine gute Antwort.«

Ich muss weg, dachte die Ratte. Ich renne einfach los, und er – er wird es doch nicht wagen, hier zu schießen!

Aber er wusste, dass der Mann mit der groben Stimme im Zweifelsfall schießen würde. Aber galt das auch, wenn er sich in den Eingang von *Hamburg Wasser* retten würde? Dort gab es eine Wache, dorthin konnte der Mann ihm doch nicht folgen, oder?

»Geh auf die andere Straßenseite«, sagte der Mann. »Es wäre schlecht, wenn man uns zusammen sieht. Sehr, sehr schlecht!« Er lachte.

Die Ratte dachte nicht daran. Sie hatten jetzt die endlos lange Brücke überquert. Da waren die Wasserrohre. Zwei dicke und ein dünnes Rohr. Die Ratte sprang über den Zaun, schwang sich auf das mittlere Rohr und lief in Richtung Bahn zurück.

»Wo willst du denn hin?«, fragte die grobe Stimme.

Die Ratte steckte im Gebüsch. Weidengesträuch hatte die Rohre überwuchert, und er versuchte verzweifelt, sich loszureißen. Ein großer Ast schrammte ihm quer durch das Gesicht. Aber das machte nichts, jetzt war er frei, er konnte rennen. Und der andere – der andere kam nicht hinterher. Er hatte sich durch das Gebüsch gekämpft, und nun balancierte er auf dem linken Rohr so schnell er konnte in Richtung Norden. Etwa nach der Hälfte der Strecke gab es eine Art Gerüst, über das man auf das ehemalige Bahngelände hinuntersteigen konnte.

Der andere war ihm zwar nicht auf die Rohrbrücke gefolgt, aber die Ratte registrierte, dass der Mann jetzt in aller Ruhe auf der Straßenbrücke neben ihm herging. Wenn er wollte, konnte er ihn bequem abschießen. Wollte er das? Die Ratte sah zu ihm hinüber. Der Mann hatte seine Pistole in der Hand. Er zielte damit auf die Ratte. Der Abstand betrug keine zehn Meter. Die Ratte wechselte auf das äußere Rohr. Der Mann auf der Brücke lachte laut, aber er schoss nicht.

Die Ratte hatte keinen Zweifel, dass er schießen würde, wenn er selbst seine Waffe zöge. Und sein Problem war, dass er zwar eine Waffe hatte, aber die war nicht geladen. Er hatte sie in Wilhelmsburg leergeschossen. Die Pistole war nichts wert.

Jetzt hatte er zu sehr auf den Mann auf der Brücke geachtet und nicht auf den Weg! Das Rohr war bemoost, und es war schwierig, die Balance zu halten. Es wurde immer schwieriger. Unter ihm die Gleise der Fernbahn. Wenn er hier abstürzte, würde er direkt in der Stromleitung landen. Weiter, nichts wie weiter! Er beschleunigte seine Schritte. Wenn er das Gerüst erreichte, dann hatte er eine Chance. Der andere würde auf ihn schießen, das war klar, aber ein bewegliches Ziel im Dunkeln zu treffen, das war nicht so einfach.

Wieder war er abgerutscht! Diesmal nach links. Zwischen den beiden großen Rohren konnte er nicht hindurchrutschen. Aber gehen konnte er dort auch nicht. Er musste wieder hinauf auf das Rohr und weiter. Aus den Augenwinkeln sah er, dass sein Verfolger jetzt stehen blieb und seine Waffe hob. Im nächsten Moment krachte ein Schuss. Die Kugel schlug unmittelbar vor ihm gegen das Rohr und sirrte als Querschläger ins Dunkel. Und jetzt war da noch eine zweite Gestalt auf der Brücke. Eine Frau.

»Die nächste Kugel trifft!«, sagte der Mann.

Die Ratte hatte keinen Zweifel daran, dass das so war. Wie hoch stand er über dem Bahngelände? Mindestens sechs Meter. Vielleicht hatte er Glück. Als der Mann die Waffe hob, sprang die Ratte.

Aufgespießt

Bernd Kastrup war am nächsten Morgen der Erste im Büro. Noch bevor er dazu kam, sich den morgendlichen Kaffee zu kochen, schrillte das Telefon.

»Kastrup.«

Einen Augenblick lang hörte er nur, wie am anderen Ende der Leitung jemand schwer atmete.

»Wer spricht dort bitte?«

»Der Rabe«, flüsterte eine Stimme.

»Was?«

»Es ist furchtbar. Der Rabe. Sie haben ... Nein, es ist zu furchtbar.«

»Was für ein Rabe? Und wer spricht dort bitte?«

»Raskowiak. Wir haben neulich miteinander gesprochen.« Bernd Kastrup kannte keinen Raskowiak. Aber diese Stimme ... und plötzlich fiel es ihm ein: der Rentner, mit dem er sich in Trauns Park unterhalten hatte! Er hatte ihm seine Karte gegeben. Daher hatte der Mann die Telefonnummer.

»Von wo sprechen Sie?«

»Ich bin in Trauns Park. Und der Rabe – der eine Rabe – und der Tote ...« Der Mann schneuzte sich.

»Was für ein Toter?«

Der Alte setzte erneut an, aber die Worte kamen

nicht heraus. Schließlich murmelte er: »Es ist das Entsetzlichste, was ich je gesehen habe.«

* * *

Bernd Kastrup hatte im Rahmen seiner Tätigkeit im LKA 41 schon viele entsetzliche Dinge gesehen, aber dies gehörte eindeutig zu den grausigsten Mordszenen, zu denen er jemals gerufen wurde. Der Tote war die Ratte. Jemand hatte mit großer Gewalt versucht, seinen Körper auf dem Schnabel des nördlichen der beiden Raben in Trauns Park aufzuspießen. Dabei war die Skulptur umgestürzt, und der Tote lag jetzt auf dem steinernen Vogel, wobei dessen Schnabelspitze knapp unterhalb des Brustkorbs den gesamten Körper durchbohrt hatte.

»Interessant«, sagte Dr. Beelitz.

»Interessant?« Bernd Kastrup zog die Augenbrauen hoch. Dieses Wort wäre ihm beim Anblick dieser Leiche nicht als Erstes in den Sinn gekommen.

»Eine solche Todesart haben wir noch nie gehabt. Ich jedenfalls nicht. Und meine Kollegen auch nicht.«

Kastrup dachte: Die Ratte hat recht gehabt. Sie war in Lebensgefahr gewesen. Die Schüsse in Wilhelmsburg waren nicht nur reine Schau. Auf dem Rückweg hatte jemand dem Mann aufgelauert, mehrere Täter vermutlich, denn einer allein hätte es nicht schaffen können, das Opfer in dieser Weise aufzuspießen. Dies war eine Abrechnung. Eine Abrechnung und gleichzeitig eine Demonstration für alle diejenigen, die es vielleicht sonst noch wagen könnten, mit der Polizei zusammenzuarbeiten.

»Das Interessante ist«, sagte Beelitz. Er unterbrach sich, denn in diesem Augenblick übergab sich einer der Polizisten an der Absperrung. Der Mediziner wartete ab, bis dieser Vorgang abgeschlossen war. Dann fuhr er fort: »Das Interessante ist, dass die Täter jedenfalls auf Nummer sicher gegangen sind. Sie haben den Mann erst einmal niedergestochen, bevor sie ihn auf den Vogel aufgespießt haben.«

»Willst du damit sagen, dass er noch gelebt hat?«

Beelitz nickte. »Ja, natürlich. Das sieht man doch, wie hier das Blut geflossen ist. Der Mann hat noch gelebt, als er auf den Vogel gespießt wurde.«

Alexander Nachtweyh fröstelte. Über Nacht hatte es einen Temperatursturz gegeben. Das milde Herbstwetter war zu Ende. Ein Kaffee wäre jetzt nicht schlecht, dachte er. Da meldete sich sein Handy.

Oh du fröhliche ...

Bernd sagte: »Alexander, ich verstehe ja, dass du eine neue Freundin hast und dass das alles wichtig ist. Und ich verstehe auch, dass man manchmal unbedingt miteinander reden muss, ganz gleich, was sonst noch in der Welt passiert ...«

»Ich habe ihr schon gesagt, dass das bei den Kollegen nicht so gut ankommt. Deswegen ruft sie ja auch nicht mehr an, sondern schickt mir nur noch eine SMS.«

»Gut. – Aber was ich eigentlich sagen wollte: Könntest du nicht vielleicht einen anderen Signalton verwenden? Ich finde, dass *Oh du fröhliche* im Augenblick einfach nicht so gut passt.«

»Ja, natürlich, das – daran habe ich nicht gedacht.«

»Und – wie du weißt, verstehe ich nicht viel von Handys, aber wenn ich richtig informiert bin, dann kann man das Ding auch so einstellen, dass es nicht jedes Mal losschrillt, wenn irgendeine SMS ankommt.«

Alexander versprach, das Handy auf »stumm« zu schalten. Einer der Schutzpolizisten trat auf Kastrup zu: »Entschuldigen Sie, Herr Kommissar, da ist ein gewisser Herr Flint, der Sie sprechen möchte.«

* * *

»Ich habe es dir gesagt!« Günter war wütend. »Ich habe es dir gesagt: Was wir hier machen, das ist eine riskante Operation. Die kleinste Störung, und alles geht den Bach runter! Aber du – du wolltest ja unbedingt deinen Kopf durchsetzen, und jetzt haben wir den Salat. Unser bester Mann ist tot, und wir können wieder ganz von vorn anfangen.«

»Tut mir leid.« Auch Kastrup hatte nicht gewollt, dass der Mann ums Leben kam. Schon gar nicht auf diese Weise. Ins Gefängnis hätte er ihn gern gebracht, das war alles. »Ihr habt natürlich seine Wohnung durchsucht?«

»Ja, natürlich. Aber natürlich sind wir zu spät gekommen; die anderen waren zuerst da, und die haben alles mitgenommen, was für uns hätte von Wert sein können. Den Computer zum Beispiel.«

»Günter, so schmerzlich dieses Ereignis für dich auch sein mag: Jetzt kannst du jedenfalls darüber reden, was eigentlich die Aufgabe dieses Mannes war.«

»Die Aufgabe dieses Mannes war es, den Drogenhandel zu unterwandern ...«

»Ich bin kein Politiker, Günter. Ich will keine schönen Worte hören, sondern ich will konkret wissen, was Sache ist. Vor wenigen Tagen sind zwei Dealer erschossen worden, und heute ist dieser V-Mann getötet worden, beinahe genau an derselben Stelle. Das ist kein Zufall. Was wird hier gespielt?«

Günter zögerte. Schließlich sagte er: »Das hat dir der Albaner doch gesagt.«

»Wenn ich dich richtig verstehe, dann hast du schon seit längerer Zeit das Gefühl, dass irgendjemand die unheilbar Kranken ermordet.«

»Du verstehst mich völlig richtig. Und das ist natürlich ein Punkt, bei dem die professionellen Drogenhändler eingreifen. Tote Junkies zahlen nicht. Und die Dealer sind zwar nicht besonders an der Gesundheit ihrer Kunden interessiert, aber eigentlich sollten sie schon am Leben bleiben. Und natürlich soll keine Unruhe aufkommen, verstehst du? Wenn die Polizei der Sache auf den Grund geht, oder gar die Presse aufmerksam wird, dann ist es vorbei mit dem geruhsamen Leben unserer großen Drogenhändler.«

»Und du glaubst nicht, dass die Herren mit der ach so weißen Weste selbst Hand angelegt haben?«

»Nein, das glaube ich nicht. Unser Mann sollte versuchen, herauszufinden, was hier abgeht. Er hat sich umgehört. Er hat die kleinen Dealer befragt. Dabei hat sich gezeigt, dass sich ein Unbekannter sehr stark für die hoffnungslosen Fälle interessiert hat. Dieser Unbekannte hat Geld dafür gezahlt, dass ein entsprechender Kontakt hergestellt wurde, und anschließend hat man die Leute nie wieder gesehen.«

»Wer ist dieser Unbekannte?«

»Das weiß ich nicht. Unser Mann hatte zwei Leute ein bisschen unter Druck gesetzt, um mehr zu erfahren. Zwei Leute, mit denen er gearbeitet hat. Leider haben die dann geglaubt, ihrerseits ihren Auftraggeber unter Druck setzen zu können. Sie haben eine kleine Erpressung versucht. Das Ergebnis kennst du: Die Sache ist schiefgegangen, und der Unbekannte hat diese beiden kleinen Lichter ausgeblasen.«

»Und wer hat deinen V-Mann ausgeschaltet?«

»Wahrscheinlich derselbe Täter.«

»Die Hyäne?«

Günter schüttelte den Kopf. »Ich weiß nichts von deiner Hyäne.«

* * *

»Nehmt es mir nicht übel«, sagte Vincent, »aber ich würde heute Mittag gerne zu Hause essen.«

»So richtig gut passt das eigentlich nicht«, sagte Bernd Kastrup.

»Ich weiß.«

Bernd sah seinen Freund sorgenvoll an. »Da hast du dir was Schönes aufgeladen«, sagte er. Vincent hatte ihm erzählt, dass Sylvia Schröder bei ihm aufgetaucht war, dass sie ihn um Hilfe gebeten hatte, und dass er versprochen hatte, sich um sie zu kümmern.

»Geht es oder geht es nicht?«

»Alles geht, wenn man nur will.«

»Danke.«

»Vincent, ich weiß, dass das wahrscheinlich komisch klingt, wenn ausgerechnet ich davon anfange«, sagte Bernd, »aber in unserem Beruf ist es zwangsläufig so, dass wir immer wieder mit Leuten zu tun haben, denen auf die eine oder andere Weise übel mitgespielt worden ist. Wenn du dir jeden dieser Fälle zu Herzen nimmst, und wenn du versuchst, all diesen Menschen zu helfen, dann gehst du daran zu Grunde.«

»Ich weiß, dass ich nicht allen helfen kann.«

»Ich weiß, dass du es am liebsten tun würdest.«

»Dies ist ein besonderer Fall, Bernd. Wir können die Verantwortung für dieses Mädchen nicht einfach auf irgendjemand anders schieben. In dem Moment, wo wir angefangen haben, uns in ihr Leben einzumischen, in dem Moment, wo wir angefangen haben, sie vor ihrem Vater zu beschützen, da haben wir uns festgelegt.«

»Er hat sie bedroht. Da hatten wir gar keine Wahl.«

»Wir haben jetzt auch keine Wahl.«

»Was ist aus dieser Geschichte mit ihrem Vater geworden? Hat sie ihn tatsächlich im Gefängnis besucht?«

»So schnell geht das nicht. Sie hat den Antrag gestellt. – Ja, ich denke, sie wird ihn am Ende im Gefängnis besuchen. Ich weiß nicht, was dabei herauskommt.«

»Vincent, übernimm dich nicht!«

Vincent schüttelte den Kopf. Er war sich bewusst, dass er sich auf eine kaum lösbare Aufgabe eingelassen hatte. Er würde kämpfen müssen, gegen ihre Mutter, gegen ihren Vater, gegen die Schulbehörde, gegen die Sozialbehörde und auch gegen Sylvia, denn wenn er ihr helfen wollte, dann durfte er sie nicht einfach nur tun lassen, was sie wollte.

»Was sagt Lana dazu?«

»Sie ist einverstanden.« Zumindest hatte sie nicht widersprochen.

»Deine Frau ist ein Engel«, sagte Kastrup. »Ja, geh nach Hause. Aber komm bitte so schnell zurück, wie du kannst.«

* * *

Als Bernd Kastrup an seinen Rechner zurückkehrte, stellte er fest, dass er in der Zwischenzeit eine neue E-Mail von einem unbekannten Absender erhalten hatte. Hoffentlich nicht wieder von der Hyäne, dachte er. Aber das war nicht der Fall. Die Mail kam aus Wolokolamsk.

Sehr geehrter Herr Kastrup,
ein Kollege hat mir Ihre Mail weitergeleitet. Entschuldigen, wenn mein Deutsch nicht so gut. Ich habe das Foto, das Sie mir geschickt haben, genau angesehen und auch meine Kollegen dazu befragt. Wir sein uns einig, dass wir diese Frau kennen. Sie heißen nicht Julia Dachsteiger.
Mit freundlichem Gruß Anatol.

Einen Augenblick lang starrte Kastrup auf den Bildschirm. Er hatte tatsächlich Erfolg gehabt. Die Russen hatten geantwortet. Und jetzt? Sollte er den Schrebergärtner zur Hilfe holen? Nein, besser nicht. Das Deutsch dieses Anatol war gut genug, und der direkte Kontakt brachte jedenfalls mehr, als wenn sich Anatol mit dem Schrebergärtner auf Russisch unterhielt.

Vincent war nicht da, aber Alexander. Bernd Kastrup zeigte ihm die Nachricht. »Soll ich antworten?«

Alexander nickte.

Kastrup schrieb: Sehr geehrter Herr Anatol ...

»Er heißt Nowikow.« Alexander deutete auf die Kopfzeile der Mail.

> *Sehr geehrter Herr Nowikow,*
> *vielen Dank für Ihre freundliche Hilfe. Sie sagen, die Frau heißt nicht Julia Dachsteiger. Wissen Sie, wie Sie wirklich heißt? Herzliche Grüße, Bernd Kastrup.*

Jetzt ging alles sehr schnell. Offenbar saß dieser Anatol direkt vor dem Terminal, jedenfalls schrieb er nach einer knappen Minute zurück:

> *Die Frau heißt Alix Bolschakowa. Sie ist hier in Wolokolamsk geboren. War Kopf einer Jugendbande.*

Alix?

> *Ja, ist Frauenname. Nach dem Sturz der alten Regierung sind alte Namen wieder in Mode gekommen. Alix war Zarin. Ist Frau.*

Und diese Alix lebt nicht mehr in Wolokolamsk?

> *Nein.*

Seit wann?

> *Lastwagenfahrer hat sie mitgenommen.*

Was?

Lastwagenfahrer aus Deutschland. Hatte Panne, Auto musste repariert werden. Eine Woche. Hat eine Woche gedauert. Da hat er Alix kennengelernt.

Heißt der Mann Igor?

Nein.

Wann ist das gewesen?

Ist lange her. Zehn Jahre. Vielleicht 15 Jahre. Ich weiß nicht genau.

Und dann ist sie mit ihm nach Deutschland gefahren? Konnte sie denn Deutsch?

Nein, ist nicht mit nach Deutschland gefahren. Nein, konnte kein Deutsch.

»Wie haben die beiden sich denn verständigt?«, fragte Alexander verwundert.

Wie haben sie sich verständigt?, tippte Kastrup in den Computer.

Auf Russisch. Mann konnte ein bisschen Russisch.

Und wie hieß der Mann?

Weiß nicht.

Das wäre ja auch zu schön gewesen!

Und sie ist nicht mit nach Deutschland gefahren?

Nein, nicht mitgefahren. Nicht gleich.

Was heißt das?

*Er hat sie abgeholt. Später. Erst hat sie Deutsch ge-
lernt, dann er hat sie abgeholt.*

Und wann war das?

Weiß nicht. Ist lange her.

»Die Hyäne!«, sagte Alexander. »Frag ihn nach der
Hyäne!

Ist der Lastwagenfahrer die Hyäne?, tippte Bernd Kastrup.

Was ist Hyäne?

Bernd sah Alexander an: »Was ist Hyäne auf Russisch?«
»Google Übersetzer«, schlug Alexander vor. Da
stand es: Гиена. Hyäne war гиена.

Ist der Lastwagenfahrer die гиена?, fragte Bernd.
Davon wusste Anatol nichts.

Die rote Alix. Jugendbande. Kriminell.

Die rote Alix. – Heißt das, dass sie eine besonders linientreue Kommunistin war, oder hatte sie rote Haare?

Ja, rote Haare.

Das half ihnen nicht viel weiter. Julia Dachsteiger hatte keine roten Haare, aber natürlich war es gut möglich, dass sie sie gefärbt hatte.

Na schön. Sie waren einen Schritt weiter. Julia Dachsteiger war eine Russin – daher ihr leichter Akzent. Ein deutscher Lastwagenfahrer hatte sie aus Russland mitgebracht. Herausgeschmuggelt wahrscheinlich, und dann hatte er ihr deutsche Papiere besorgt. Und von da an war Alix eine Deutsche.

»So hat es angefangen«, sagte Bernd Kastrup. »Vielleicht war es wirklich Liebe, und dieser LKW-Fahrer hat einfach nur nach einer Möglichkeit gesucht, wie er seine Freundin ins Land kriegen kann und wie er es bewerkstelligen kann, dass sie auch in Deutschland bleiben kann. So kam es dann zum ersten Mord. Und dann haben die beiden festgestellt, dass dies vielleicht eine gute Möglichkeit ist, viel Geld zu verdienen. Es gibt eine ganze Reihe von Menschen in Russland, die gern ihr Land verlassen und in Deutschland leben würden. Deren einziges Problem darin besteht, die nötigen Papiere zu bekommen. Und hier war jemand, der ihnen diese Papiere beschaffen konnte – für einen gewissen Preis.«

* * *

Lana hörte den Schrei. Dann klang es, als ob schwere

Gegenstände zu Boden stürzten. Sie riss die Tür auf. Aber als sie ins Zimmer kam, war bereits alles vorüber. Vincent hielt sich den Kopf. Sylvia lag am Boden; Lukas kniete auf ihr und hielt ihre Hände fest. Sie wehrte sich wie eine Wildkatze, aber es half ihr nichts.

»Was ist denn hier los?« Niemand antwortete.

»Vincent, was ist passiert? – Oh, Vincent, du blutest ja!«

Ja, Vincent blutete. Sylvia hatte unvermittelt zugeschlagen, mit der geballten Faust, und Vincent am linken Auge erwischt. Seine Augenbraue war aufgeplatzt, und Blut tropfte ihm zwischen den Fingern auf den Boden. »Es ist nicht schlimm«, murmelte er. »Es ist überhaupt nicht schlimm.«

Lana sah von einem zum anderen.

Sylvia gab ihren Widerstand auf. Während sie eben noch wild und aggressiv ausgesehen hatte, wirkte sie jetzt wie ein armes, kleines Mädchen. »Lass mich los«, bat sie.

Lukas sah seinen Vater an. Der nickte: »Lass sie los.«

Lukas ließ Sylvia los. Beide erhoben sich, ganz offensichtlich verlegen.

»Was ist passiert?«, wiederholte Lana.

»Ich habe etwas Falsches gesagt«, brummte Vincent. »Aber das ist unwichtig. – Der Teppich. Das Blut tropft ja alles auf den Teppich.«

»Was hast du gesagt?«

»Unwichtig. Kannst du mal bitte ein Pflaster holen?«

Lana seufzte. Sie warf Sylvia einen bösen Blick zu, dann ging sie ins Bad und holte den Kasten mit dem Verbandszeug.

Sylvia sagte leise: »Das tut mir leid. Ich wollte das nicht. Ich bin irgendwie – ausgeflippt. Ich möchte mich entschuldigen.« Sie konnte Vincent dabei nicht ins Gesicht sehen, sondern starrte auf den Fußboden knapp vor ihm.

Vincent reagierte nicht. Er war zu erschüttert von dem, was passiert war. Wenn Lukas nicht eingegriffen hätte – wer weiß, was dann noch geschehen wäre. Sylvia hatte wie eine Wahnsinnige auf ihn eingeschlagen.

»So, jetzt nimm mal die Hand da weg!« Lana klebte Vincent ein großes Pflaster über die Augenbraue. »Das ist nicht nur die Augenbraue«, stellte sie fest, »das gibt auch ein schönes Veilchen!«

»Ja.« Das war alles unwichtig. Und jetzt? Was sollte er jetzt machen? Er hatte versagt. Er hatte gewusst, dass Sylvia schwierig war. Er hatte gewusst, dass man sie nicht provozieren durfte. Und doch war es geschehen.

»Was ist es gewesen, was Vincent gesagt hat?«, wollte Lana wissen.

Sylvia schwieg.

Lukas sagte: »Papa hat gesagt, dass sie eine psychologische Behandlung braucht. Mehr nicht. Da ist sie völlig ausgeflippt.« Auch er war noch immer erregt.

Sylvia schluchzte.

Lukas packte sie wieder bei den Händen, hielt sie fest. »Es ist wahr, was Papa gesagt hat. Du brauchst eine Behandlung. Du bist krank, Sylvia. Wenn du dich nicht behandeln lässt, kannst du nicht mehr mit uns zusammen sein. Wenn du dich nicht behandeln lässt, dann – dann gehst du zu Grunde. Dann frisst diese Krankheit dich auf.«

* * *

»Bernd?«

»Was gibt's denn, Alexander?«

»Ich hab eine Frage: Weißt du, ob Jennifer ihr Handy dabei hat?«

»Ihr Handy? – Ja, vermutlich. Das trägt sie doch normalerweise bei sich.«

»Ja, das tut sie. – Bernd, mir ist etwas eingefallen. Ich weiß nicht, ob es uns weiterhilft, aber wir sollten es auf jeden Fall probieren. Wir sollten versuchen, Jennifers Handy zu orten.«

»Das haben wir doch gemacht. Ohne Ergebnis. – Ich habe auch nichts anderes erwartet. Sie schaltet das Ding normalerweise aus, das weiß ich zufällig. Ich habe das schon oft genug gesehen.«

»Das macht nichts.«

»Was meinst du damit?«

»Du kannst feststellen, wo es ausgeschaltet wurde.«

»Was?«

»Du kannst feststellen, wo sich das Handy in dem Augenblick befunden hat, in dem es ausgeschaltet wurde. Und zwar kannst du diesen Ort ziemlich genau ermitteln. Das geht über die GPS-Funktion. Normalerweise ist das Handy ja ständig mit mehreren Satelliten verbunden. Und diese Daten werden bis zu dem Moment gespeichert, wo das Handy ausgeschaltet wird.«

»Mein Gott, Alexander, das sagst du erst jetzt?«

»Ich hab nicht an das verdammte Handy gedacht.«

»Schon gut. – Wahrscheinlich hat Jennifer das Ding

ausgeschaltet, als sie das Präsidium verlassen hat. Oder sie hat es zu Hause zuletzt benutzt und dann ausgeschaltet. – Was muss ich tun, um das Handy zu orten?«

* * *

Vincent dachte über den wilden Ringkampf nach, den sie sich geliefert hatten, und vor allem über das, was gesagt worden war. Sylvia war außer sich gewesen. Und er, er war vollkommen erschrocken gewesen und hatte nichts tun können, während Lukas die Rasende bändigte. Die Ausdrücke, die sie gebraucht hatte, waren an ihm abgeprallt. Das galt nicht, was sie in ihrer Wut von sich gegeben hatte. Aber ein Satz war hängen geblieben, und der hatte ihn noch stärker erschreckt als die junge Furie. Als sein Sohn sie gepackt hatte, hatte sie geschrien: »Lass mich los, du blöder *Jihadi*!«

Lukas hatte nicht darauf reagiert, aber jetzt stellte sein Vater ihn zur Rede: »Warum hat sie das gesagt?«

»Ich habe keine Ahnung.«

Das nahm Vincent ihm nicht ab.

»Ja gut, wir haben über alles Mögliche geredet. Auch über Politik. Sie weiß ziemlich gut Bescheid, was in der Welt geschieht. Und sie glaubt nicht alles, was in den Nachrichten gesagt wird.«

»Wieso hat sie gesagt, du bist ein *Jihadi*?«

»Weiß ich nicht.«

»Lukas!«

»Wir haben über ISIS geredet. Ich habe gesagt, dass diese Leute die einzigen sind, die sich offen gegen die Weltherrschaft der Amerikaner auflehnen.«

»Es sind Terroristen, Lukas. Es sind Mörder. Das hast du in Paris gesehen. Das hast du überall gesehen, wo sie in Aktion getreten sind.«

»Mörder sind die anderen auch. Aber über die Toten, die sie mit ihren Bomben umbringen, darüber redet keiner.«

»Mörder sind Mörder«, beharrte Vincent.

»Du musst es ja wissen! – In diesem Punkt sind wir verschiedener Ansicht, Papa. Daran lässt sich nichts ändern. Ich fühle mich als Moslem, das musst du respektieren. Als ernsthafter Moslem, anders als du. Und ich heiße Mohammed.«

»Du heißt auch Lukas«, korrigierte ihn Vincent.

»Ja, ich habe zwei Vornamen. Aber ich will Mohammed genannt werden. Bitte respektiere das.«

* * *

»Ich verstehe das nicht«, sagte Bernd Kastrup. »Wenn wir uns den Zeitplan vornehmen, dann ist das alles so wahnsinnig eng, dass ich überhaupt gar nicht glauben kann, dass das funktioniert haben kann.«

»Wovon sprichst du?« Alexander war genauso übermüdet wie die anderen.

Bernd nahm sich ein Blatt Papier und zeichnete auf, wovon die Rede war. »Ich stelle mir den Ablauf der Ereignisse ungefähr so vor: Am frühen Abend hat Jennifer herausgefunden, dass Julia Dachsteiger nicht mehr im Krankenhaus ist. Wir wissen auch, wann das gewesen ist. Die Schwester hat gesagt, die Polizistin sei um 18:00 Uhr da gewesen. Weiter. Danach fährt Jennifer nach Rothenburgsort, um Julia in der Wohnung aufzusuchen. Julia ist da, aber sie macht nicht auf. Uhrzeit vielleicht 19:00 Uhr.«

»Das könnte auch später gewesen sein«, sagte Alexander. »Wenn der Habbe schon die Erdnüsse bereitstehen hatte, dann war das später. 20:00 Uhr vielleicht.«

»Das glaube ich nicht. War zu der Zeit das Spiel nicht schon abgesagt? Wenn das Länderspiel abgesagt war, dann hätte er den Kram bestimmt weggeräumt. Oder das Bier ausgetrunken.«

Alexander gab die Suchbegriffe Fußballspiel, Hannover und abgesagt in den Computer ein. »19:15 Uhr«, sagte er. »Das Spiel ist um 19:15 Uhr abgesagt worden.«

»Gut. Jennifer und Habbe sind also kurz nach 19:00 Uhr nach Rothenburgsort gefahren. Der Fassadenkletterer ist über den Baum und den Balkon in die Wohnung eingedrungen. Wir haben die entsprechenden Spuren am Baum gefunden. Und Lärchennadeln auf dem Balkon. Und wer immer in der Wohnung gewesen ist, der hat unseren Christian sofort getötet.«

»Und Jennifer?«

»Möglicherweise auch Jennifer.«

»Ich glaube nicht, dass sie beide über den Baum und den Balkon in die Wohnung eingedrungen sind. Ich hab mir die Sache angesehen. Der Abstand zwischen Baum und Balkon ist doch ziemlich groß. Der Fassadenkletterer war ein Künstler auf seinem Gebiet. Jennifer hätte das nicht gekonnt. Und ich natürlich sowieso nicht. – Also wird Jennifer ganz normal durch die Tür gegangen sein.«

»Weiter. Um 20:05 Uhr ist die Polizei wegen des Einbruchs alarmiert worden. Um 20:15 Uhr war der erste Streifenwagen am Tatort. Das war wenige Minuten nachdem Jennifer und Habbe in die Wohnung eingedrungen waren. Diese wenigen Minuten haben ausgereicht, um den Fassadenkletterer zu ermorden, um Jennifer auszuschalten und mit ihr unbemerkt aus der Wohnung zu verschwinden. Unbemerkt! – Wie ist das möglich?«

»Keine Ahnung«, brummte Alexander.

»Gar nicht«, sagte Bernd Kastrup. »Es ist gar nicht möglich. Wenn das alle stimmt, was die Zeugen ausgesagt haben, dann war der Täter noch im Haus.«

»Aber das kann nicht sein.«

»Vielleicht doch. Den Keller, den habt ihr abgesucht. Aber was ist mit den anderen Wohnungen? Das Haus hat vier Geschosse zu je vier Wohnungen. 16 Wohnungen insgesamt. Habt ihr die alle durchsucht?«

»Wir haben die Bewohner befragt. Und wir haben Glück gehabt. Es war ja Abend. Alle waren zu Hause. Der Mann in der Wohnung gegenüber von Julia Dachsteiger, der hatte sogar schon geschlafen. Alle sind an die Tür gekommen und haben uns Rede und Antwort gestanden.«

»Aber ihr wart nicht in den Wohnungen!«

»In einigen schon. Da war nichts Verdächtiges.«

»Ihr habt die Wohnungen nicht systematisch durchsucht, Alexander! Wenn dort irgendjemand gefesselt und geknebelt hinter dem Bett gelegen haben sollte, dann habt ihr das nicht bemerkt.«

Jetzt klingelte das Telefon.

»Lasst mich mal ran«, sagte Alexander.

Es war das Ergebnis der Handy-Ortung.

Alexander sagte: »Die Koordinaten sind wunderbar, aber da darf jetzt kein Fehler passieren. Ich möchte euch bitten, dass ihr den Lagepunkt auf der Karte eintragt und mir zumailt. Maßstab 1:1000 am besten. – Ja, ich weiß auch, dass das Ergebnis nicht so genau sein kann. Wenn ihr nur eine Fünftausender Karte habt, dann nehmt eben die!« Er legte den Hörer auf.

»Und?«, fragte Kastrup.

»Rothenburgsort. So viel wissen wir schon.«

»Wenn wir die Koordinaten haben – können wir den Punkt dann nicht selbst in unser Navigationssystem einladen?«

»Ja, können wir. Das Problem ist die Umstellung auf die neuen Koordinaten. Da gibt es immer wieder Fehler und Missverständnisse.«

»Ist das diese Umstellung von Gauß-Krüger auf UTM?« Alexander schüttelte den Kopf. »Schlimmer ist die Umstellung von DHDN auf ETRS89. Du kennst doch sicher die Stelle auf der Kennedybrücke, wo der zehnte Längengrad markiert ist? Die Markierung stimmt nicht mehr. Der zehnte Längengrad liegt neuerdings rund 70 Meter weiter östlich.«

»Das verstehe ich nicht.« Bernd Kastrup hatte geglaubt, das Gradnetz der Erde sei unveränderlich.

Alexander Nachtweyh versprach, ihm die Geschichte bei Gelegenheit zu erläutern. Sie sei aber zu kompliziert, um das mal eben nebenbei zu machen. In dem Augenblick kam die E-Mail mit der Lagekarte.

»Und? Ist es das Haus, in dem die Dachsteiger gewohnt hat?« Alexander schüttelte den Kopf. »Der Lagepunkt liegt 70 Meter weiter östlich.«

»Also haben sie das falsch umgerechnet? Und das Handy ist zuletzt in der Wohnung gegenüber von der Dachsteigerschen Wohnung genutzt worden?«

»Ja«, behauptete Alexander. Er wusste, dass es bei der Umstellung der Koordinaten auch eine Nord-Süd-Verschiebung gegeben hatte, und wenn Sie ganz sicher gehen wollten, dann hätten sie das Vermessungsamt einschalten müssen, aber jetzt kam es darauf an, schnell zu reagieren.

»Ich informiere die Staatsanwaltschaft«, sagte Kastrup. »Und Fleischhauer«, fügte er hinzu. »Aber den rufe ich erst an, wenn wir in der Wohnung sind.«

* * *

»Vincent, kann ich dich mal bitte einen Augenblick sprechen?«

»Du kannst mich immer sprechen, Lana«, sagte Vincent. Er ahnte schon, was kommen würde. Und es kam.

»Vincent, so können wir nicht weitermachen. Dieses Mädchen, diese Sylvia, die muss aus dem Haus. – Nein, lass mich bitte ausreden, Vincent! Sie mag ein armes, misshandeltes Kind sein und eine rabenschwarze Kindheit gehabt haben, aber das ist mir alles egal: Ich will nicht, dass sie uns etwas antut.«

»Sylvia wird uns nichts antun, Aisha!«

»Nicht? – Guck mal in den Spiegel, dann weißt du, wovon ich rede. Und du bist ein kräftiger, großer Mann. Trotzdem hat sie dich geschlagen. Ich bin nicht so stark wie du. Ich habe einfach Angst vor ihr.«

Vincent seufzte. »Sie hat mich überrascht, sonst wäre das nicht passiert. Und du hast doch gesehen, wie leicht Lukas mit ihr fertig geworden ist.«

»Lukas ist die meiste Zeit des Tages in der Schule. Und du bist bei der Polizei. Ich bin allein mit diesem Mädchen, Vincent!«

»In der Zeit, wo Lukas in der Schule ist, ist sie auch in der Schule.«

»Glaubst du das, ja? – Gestern war sie nur ganz kurz in der Schule. Dann ist sie wieder zurückgekommen. Sie hat gesagt, sie hat es einfach nicht länger ausgehalten.«

»Ich werde mit ihr reden.«

»Vincent, das reicht mir nicht. Es ist schon schlimm genug, dass du tagein, tagaus mit Mördern und Verbrechern umgehst, dich mit ihnen prügelst und herumschießt, was weiß ich nicht alles, aber hier, bei uns zu Hause, da muss Frieden sein. Darauf bestehe ich. Und wer den Frieden verletzt, der hat in unserer Wohnung nichts zu suchen.«

»Aisha, bitte ...«

»Nein, da bin ich unerbittlich. Dieses Mädchen hat doch ein Zuhause. Sylvia hat eine Mutter, die für sie sorgt, die für sie sorgen muss, und das soll sie gefälligst auch tun.«

»Wir brauchen Zeit«, sagte Vincent. »Wir brauchen ein paar Tage Zeit.«

Lana schüttelte den Kopf.

Vincent wusste, dass es nicht nur ein paar Tage dauern würde, wenn sie Sylvia wirklich helfen wollten.

* * *

»Das ist ja eine schöne Scheiße«, sagte Bernd Kastrup.

Ja, das war es wirklich. Als auf ihr Läuten niemand reagiert hatte, hatte er die Wohnung aufbrechen lassen. Sofort war ihnen ein unangenehmer, süßlicher Geruch entgegengeschlagen. Im Schlafzimmer lag die Leiche eines älteren Mannes, vermutlich war das der Wohnungsinhaber. Er war erstochen worden.

Nach der Auswertung der Spuren ergab sich folgendes Bild: Die Hyäne hatte offenbar nach dem Mord an Habbe an der Wohnungstür gegenüber geläutet. Als der Mann geöffnet hatte, hatte sie ihn niedergestochen und die Leiche auf dem Bett abgelegt.

In der Küche fand sich eine blutige Plane. Die war offenbar benutzt wurden, um Jennifer von der einen Wohnung in die andere zu transportieren, ohne im Treppenhaus Spuren zu hinterlassen. Was danach mit Jennifer geschah, war unklar.

Jetzt war jedenfalls klar, wie es der Hyäne gelungen war, sich nach dem Mord geradezu in Luft aufzulösen. Eine Plane – das war es also, was der Mann geholt hatte, den die Frau von der anderen Straßenseite beobachtet hatte. Fest stand, dass die Hyäne schließlich im Schlafanzug an die Tür gekommen war, als die Polizei geläutet hatte. Niemand hatte in Zweifel gezogen, dass dies der Nachbar war.

»Wer hat mit dem Mann gesprochen?«, fragte Kastrup. »Wir brauchen ein Phantombild!«

* * *

»Und wo sind sie jetzt hin?«, wollte Fleischhauer wissen. Er war gleichzeitig mit der Spurensicherung in der Wohnung eingetroffen.

»Das ist eine gute Frage«, sagte Kastrup. »Leider wissen wir nicht die Antwort.«

Alexander ergänzte, dass jetzt zunächst einmal das Material ausgewertet werden müsse, was sie hier in der Wohnung sichergestellt hatten. Das wichtigste Fundstück war die blutige Plane. Es musste geklärt werden, ob das Blut von Jennifer stammte. Ihre Blutgruppe war bekannt, und außerdem hatten sie in ihrer Wohnung Haare sichergestellt, von denen inzwischen eine DNA-Analyse vorlag.

Auch die Herkunft der Plane war ungeklärt. Die Hyäne konnte nicht gewusst haben, dass sie eine Plane brauchte. Aber als das der Fall war, hatte sie keine Schwierigkeiten gehabt, sie zu besorgen. Es war eine schwarze Plane, die jeweils an den Rändern mit Metall eingefasste Ösen aufwies. Wahrscheinlich eine LKW-Plane. Die Plane war nicht neu, sondern wies starke Gebrauchsspuren auf.

»Was ist mit Fingerabdrücken?«

Ja, es gab Fingerabdrücke. Auch die mussten zunächst einmal ausgewertet werden. Das Ergebnis würde ähnlich aussehen wie in der Wohnung gegenüber. Es gab Abdrücke, die ganz offensichtlich zu Julia Dachsteiger gehörten, und es gab Abdrücke einer unbekannten Person, von der sie annahmen, dass es die Hyäne war. Es gab keine brauchbaren Abdrücke von Jennifer Ladiges. Das sprach dafür, dass sie nicht in der Wohnung herumgelaufen war, sondern dass die Hyäne sie sofort außer Gefecht gesetzt hatte, und dass sie beim Transport in die andere Wohnung schon bewusstlos gewesen war. Oder tot.

Nein, wahrscheinlich nicht tot. Wenn sie tot war, hätten die Täter sie einfach an Ort und Stelle liegenlassen können.

»Sind die Angehörigen des Toten benachrichtigt worden?«

Nein, waren sie noch nicht. Alexander hatte versucht, aus der Korrespondenz des Mannes mögliche Verwandte oder Bekannte zu ermitteln. Das war schwieriger, als er gedacht hatte. Der Mann hatte all die Post, die er jemals bekommen hatte, unsortiert in einer großen Kiste gesammelt. Aber das war jetzt zweitrangig. Es ging um Jennifer. Und es ging um die Hyäne.

»Das Problem ist«, sagte Alexander, »dass wir nach wie vor keine Ahnung haben, wer die Hyäne wirklich ist. Wir gehen davon aus, dass es nicht Julia Dachsteiger ist. Wir gehen davon aus, dass die Hyäne ein Mann ist. Dafür spricht die Brutalität des Vorgehens bei den letzten Morden.«

»Hat die Befragung der Nachbarn irgendwelche Einzelheiten ergeben?«

»Die Befragung hat wenig ergeben. Fest steht, dass die Dachsteiger gelegentlich von einem Mann besucht worden ist. Fest steht aber auch, dass der Mann nicht hier im Haus übernachtet hat – jedenfalls normalerweise nicht, das hätten die Nachbarn sonst bemerkt, sagen sie. Wir haben keine brauchbare Beschreibung des Mannes. Wahrscheinlich hat er irgendeinen dunkelblauen Wollpullover getragen – jedenfalls sind entsprechende

Mikrofasern drüben in der Wohnung der Dachsteiger sichergestellt worden.«

»Danke«, sagte Fleischhauer.

Alexander fragte sich, ob der Mann die Berichte über die Durchsuchung von Julia Dachsteigers Wohnung überhaupt gelesen hatte.

* * *

Bernd Kastrup saß in seinem Sessel auf seinem Speicherboden und dachte nach. Der Kater hatte sich bisher nicht blicken lassen, aber das war kein Grund zur Unruhe, es gab Tage, an denen er einfach nicht kam. Wahrscheinlich hatte er etwas Besseres vor.

Kastrup nippte an seinem Rotwein. Er hatte sich vorgenommen, weniger zu trinken. Jennifer war seit drei Tagen verschwunden, und sie hatten noch immer keine Spur von ihr. Und die Hyäne schwieg. Am 17. November hatte sie sich zuletzt gemeldet – einen Tag vor der Entführung. Das bedeutete nichts Gutes.

Wenn die Hyäne Jennifer als Geisel genommen hatte, dann hatte das doch nur Sinn, wenn sie das auch kundtat. Wenn sie entweder ein Lösegeld verlangte, oder wenn sie andere Forderungen stellte. Dann konnte man verhandeln, und dann bestand immer eine gute Chance, entweder zu einer Einigung zu kommen oder den Entführer zu übertölpeln. Aber so, wie es jetzt war, konnten sie gar nichts tun. Sie tappten vollständig im Dunkeln.

Bernd hatte gehofft, mit Hilfe der Ratte der Hyäne auf die Spur zu kommen. Das war misslungen. Die Ratte war tot, und nun gab es niemanden mehr, den Kastrup fragen konnte. Und falls Günter noch weitere Eisen im Feuer hatte, so würde er jetzt erst recht nicht bereit sein, das Leben dieser Leute aufs Spiel zu setzen.

Und wenn er nun ganz hoch oben ansetzte? Wenn er sich direkt an den Albaner wandte? Bernd Kastrup wusste, dass dieser Weg unerwünscht war. Er wusste, dass er sich damit in gefährliche Nähe dieses Mannes begab. Der Albaner würde ihm nicht einfach aus Gutmütigkeit irgendeinen Gefallen tun. Er würde eine Gegenleistung verlangen, und die konnte Kastrup ihm nicht liefern. Oder doch? Wenn es etwas war, das nicht wirklich ins Gewicht fiel? Es ging um ein Menschenleben. Es ging um Jennifers Leben. Er musste alles tun, um dieses Leben zu retten.

Der Albaner hatte ihm seine Visitenkarte gegeben. Er hatte dessen Telefonnummer. Er konnte anrufen und um ein Treffen bitten. Jetzt gleich? – Nein, nicht jetzt. Es konnte nicht falsch sein, erst einmal eine Nacht darüber zu schlafen.

Auf der Spur

Sonntag, 22. November

Es dauerte eine Weile, bis Bernd Kastrup den Albaner ans Telefon bekam. Wenn er darüber verärgert war, dass der Kommissar ihn am Sonntagmorgen zu früher Stunde anrief, so zeigte er dies nicht. Er war sofort bereit, sich mit Kastrup zu treffen.

»Am Anleger Neumühlen um 9:55 Uhr«, sagte er. »Seien Sie bitte pünktlich.«

Bernd Kastrup sah auf die Uhr. Ja, das sollte zu schaffen sein.

»Ich muss noch mal kurz weg«, sagte er zu Alexander, der schon an seinem Computer saß.

»Ja, kein Problem, wir halten die Stellung.«

* * *

Kaum war Kastrup aus dem Haus, als Vincent Weber hereinkam. »Wo ist Bernd?«

»Unterwegs.«

»Gut. – Alexander, was mache ich?«, fragte Vincent. Alexander Nachtweyh sah sein Gegenüber verblüfft an.

»Wie siehst du denn aus?«, sagte er.

»Unser Sohn – ich weiß nicht, was ich machen soll.«

»Hat Lukas dich verprügelt?«

»Unsinn!«

»Und wer hat dir das Veilchen verpasst?«

»Das ist eine andere Geschichte, das erzähle ich dir später einmal. Im Augenblick geht es um unseren Lukas.«

»Wie alt ist er jetzt? 18? – Da gibt es schon mal Probleme. Ich schätze mal, du warst auch nicht besonders einfach, als du 18 Jahre alt warst!«

Aber Vincent war nicht zum Scherzen aufgelegt. »Die Sache ist ernst, Alexander. Du weißt, dass ich weder an Gott noch an Allah glaube, aber er – für ihn ist das völlig anders. Er sieht sich als Moslem, und er hat in letzter Zeit ziemlich radikale Ansichten geäußert.«

»Zum Beispiel?«

»Zum Beispiel die Anschläge in Paris. In seinen Augen ist das die gerechte Strafe dafür, dass Frankreich einen unerklärten Krieg gegen Syrien führt, und zwar gegen die rechtmäßige Regierung von Syrien.«

»Also die Rechtmäßigkeit der Regierung Assad, die würde ich schlichtweg bestreiten!«

»Ja. – Natürlich weiß Lukas auch, dass der Kerl ein Verbrecher ist und die Menschenrechte mit Füßen tritt, aber vor allem verachtet er ihn dafür, dass er es zulässt, dass alle möglichen Staaten sein Land bombardieren, und er nichts dagegen tut.«

Alexander hob die Augenbrauen. »Während andere sehr wohl etwas tun?«

Vincent nickte. »ISIS«, sagte er.

»Wie ernst ist das? Hat er Kontakte zu diesen Leuten?«

»Ich weiß es nicht. Ich glaube es nicht.«

»Und was weiß dein Sohn überhaupt über ISIS?«

»Wenig genug, denke ich. Er hört das, was in den Nachrichten gesagt wird, und er liest das, was die Zeitungen schreiben. Und dann nimmt er diese – diese Informationen, wenn du so willst, und liest sie gegen den Strich. Was die Amerikaner und die Franzosen für schlecht halten, das ist dann in seinen Augen gut.«

»Vincent, ich habe den Lukas seit einigen Jahren nicht gesehen. Aber was ich über ihn weiß, das spricht dafür, dass er ein intelligenter Mensch ist. Er ist nicht richtig informiert. Wie wir alle übrigens. Er hat keine Ahnung, was diese ISIS-Leute wirklich wollen.«

»Aber du weißt das?«

»Ich weiß eine ganze Menge. Ich lese auch Nachrichten, die nicht für meine Augen und Ohren bestimmt sind. Das ist das Wesen unserer Demokratie, dass man sich aus allen frei zugänglichen Quellen ungehindert – na gut, fast ungehindert – unterrichten kann. Das steht im Grundgesetz. Und dass wir diese Freiheit nicht genug nutzen, jeder einzelne von uns, das ist ein schwerer Fehler.«

»Lukas liest nicht nur unsere deutschen Zeitungen. Er informiert sich auch aus den Quellen der Gegenseite. *Al Jazeera* zum Beispiel.«

»*Al Jazeera*?«, Alexander lachte. »*Al Jazeera*.«

»Was ist damit?«

»*Al Jazeera* war ein kritischer Sender, damals, als er gegründet wurde. Das ist lange vorbei. Die Journalisten, die dort heute arbeiten, die sind bei der BBC in London ausgebildet, und die Nachrichten, die sie verbreiten, unterscheiden sich nur unwesentlich von denen, die man auch bei der BBC hören und sehen kann. Der Sender steht in Qatar, das sagt eigentlich schon alles. Qatar ist eine absolute Monarchie. Die dortige Regierung bestimmt, was gesendet wird, und die Amerikaner mischen natürlich auch mit.«

»Was soll ich tun, Alexander?«

»Konfrontiere ihn mit der Wahrheit. Lass ihn das lesen, was ISIS selbst über sich behauptet.«

»Ist das schlau, Alexander?«

»Es ist nicht ungefährlich. Einem Dummkopf würde ich diesen Rat nicht geben. Das Material, das sie herausgeben, ist technisch verteufelt gut gemacht, und ich muss zugeben, dass ISIS genau auf dieser Ebene, auf der technischen Ebene, eine gewisse Faszination ausübt. Etwa so wie seinerzeit die Produkte von Dr. Goebbels. Aber wer Verstand hat, der lässt sich dadurch nicht täuschen, für den ist diese Information genau das Richtige.«

»Wo kriege ich das her?«

»Ich lade es dir herunter. – Was haben wir heute? Den 22. November? – Wenn wir Glück haben, dann kriegen wir schon die neue Ausgabe von *Dabiq*. Das ist ihre Zeitschrift. Das neue Heft sollte am 19. erscheinen. Mal sehen, ob es schon da ist.«

Vincent seufzte. Während sein Kollege sich daran machte, im Internet nach dem neuesten Heft dieser Zeitschrift zu suchen, fragte er sich, ob das wirklich der richtige Weg sei. Wenn er Pech hatte, war dies genau ein Schritt zu viel in die falsche Richtung. Der Junge würde sich begeistern lassen, so wie sein Großvater damals Hitler zugejubelt hatte, und alles wäre verloren.

Alexander sagte: »Es dauert ein bisschen. Es ist eine Art Katz-und-Maus-Spiel zwischen den Islamisten und ihren Gegnern. Die Zeitschrift wird auf möglichst vielen Servern hochgeladen, und die Gegenseite versucht, sie auf möglichst vielen Servern wieder zu löschen. Dabei kommen sie zwangsläufig immer ein kleines bisschen zu spät.«

»Alexander, ist es verboten, was wir jetzt machen?«

»Nein, es ist nicht verboten. Denk an das Grundgesetz. Du darfst dich informieren. Es gibt Leute, die sehen es nicht gern, wenn du dich aus Quellen informierst, in denen andere Meinungen vertreten werden als ihre eigene. Vor allem, wenn es sich um so radikal andere Meinungen handelt wie in diesem Fall. Aber verboten ist es nicht. – So, ich glaube, jetzt habe ich es. Ich lade es dir als PDF-Datei herunter.«

Vincent blickte auf die Uhr. Es hatte keine Viertelstunde gedauert, bis sein junger Kollege die dubiose Veröffentlichung gefunden und gespeichert hatte.

»Ich kopiere sie dir auf einen Stick«, sagte Alexander.

»Danke, das ist nett.«

»Warte. – Bevor du damit losziehst, sollten wir gemeinsam einen Blick drauf werfen. Nicht alles, was *Dabiq* veröffentlicht, ist selbsterklärend. Ich zeige dir, worauf es ankommt.« Auf dem Bildschirm erschien die Titelseite von *Dabiq, Issue 12, 19. November 2015*. Das Blatt war aktuell. Die Nachrichten auf dem neuesten Stand. *Just Terror* hieß die Schlagzeile auf der Titelseite. Gerechter Terror. Den Hintergrund bildete eine Aufnahme vom 13. November: die Bergung der Toten und Verletzten aus dem Bataclan-Theater in Paris. Über dem

Inhaltsverzeichnis auf der nächsten Seite prangte das Zitat: *The spark has been lit here in Iraq, and its heat will continue to intensify – by Allah's permission – until it burns the crusader armies in Dābiq.*

»Das schreiben sie immer«, sagte Alexander. »Der Funke hat hier im Irak gezündet, und seine Hitze wird sich ständig weiter verstärken – mit der Erlaubnis Allahs – bis er die Armeen der Kreuzritter in Dabiq verbrennt. – Die Armeen der Kreuzritter, das sind natürlich die Amerikaner, die Franzosen, die Engländer, die Deutschen, die Russen, die irakischen Regierungstruppen, die Kurden, die syrischen Regierungstruppen, der demokratische syrische Widerstand, die Juden, und was es sonst noch so gibt. ISIS führt Krieg gegen die ganze Welt, gegen alle Ungläubigen, gegen alle Menschen, die nicht diese eine radikale Spielart des Islam zu ihrem Glauben machen wollen. Die meisten Menschen, die sie umbringen, sind Moslems. – Es hört sich an, als hätte Adolf Hitler diese Texte persönlich geschrieben, während er in Berlin im Bunker saß und vom Endsieg faselte, während die Alliierten schon nach Deutschland vorstießen.«

»Und was hat es auf sich mit diesem – Dabiq?«

»Dabiq, das ist ein Ort im nördlichen Syrien. Liegt etwa 40 Kilometer nordöstlich von Aleppo, kurz vor der türkischen Grenze. Ungefähr 3000 Einwohner. Mit anderen Worten: ein Kaff. Und wenn ISIS dort wirklich zum Endkampf antreten sollte, zu einer offenen Feldschlacht, dann ist natürlich vollständig klar, wie die Geschichte ausgehen wird.«

Vincent stand nicht der Sinn nach irgendeinem Endkampf. Er holte Seite für Seite der Zeitschrift auf dem Bildschirm. Auf der Seite acht wurden ausgesuchte Videos der ISIS vorgestellt, die man sich herunterladen konnte. Die Top Ten der Propagandafilme. Sie hatten Namen wie: *The Harvest of the Soldiers, Biji, the Fortress of Perseverance* und so weiter. Auf Rang drei war ein Streifen mit dem Titel *Punish them with an equal Punishment* gelandet. Bestraft sie mit der gleichen Strafe. Das Bild zeigte gefesselte Männer, die auf ihre Hinrichtung warteten.

Alexander hatte zugesehen, wie sein Kollege die entsetzlichen Bilder betrachtete. Er sagte: »Na, Vincent, du bist doch auch Moslem. Was hältst du von der Geschichte?«

»Halt bloß den Mund«, sagte Vincent.

* * *

Bernd Kastrup hatte um diese Zeit keine Schwierigkeiten, am Anleger Neumühlen einen Parkplatz zu finden. Erst jetzt, als er auf die Brücke hinausging, merkte er, wie kalt es war. Es hatte in der Nacht gefroren, und noch immer waren die Temperaturen kaum über null Grad. Bernd Kastrup fror.

Der Albaner stand unten auf dem Anleger. Er trug einen dicken Pelzmantel und eine Pelzmütze; er fror sicher nicht. Er sagte: »Noch zwei Minuten. Der Fahrkartenautomat ist dort drüben.«

»Wir fahren mit dem Schiff?« Kastrup war überrascht.

»Ja.«

Kastrup löste seine Fahrkarte, und im nächsten Moment legte auch schon die Hafenfähre am Anleger an. Es ging alles sehr schnell. Kastrup ging an Bord. Der Albaner und noch ein weiterer Mann folgten, und schon legte das Schiff wieder ab. Der Aufenthalt hatte nur wenige Sekunden gedauert.

Es war die *Altenwerder*, ein Schiff der Linie 62 in Richtung Finkenwerder. Bernd Kastrup wollte unten Platz nehmen, aber der Albaner schüttelte den Kopf: »Wir gehen nach oben. Dort sind wir ungestört.«

Ja, dort waren sie ungestört. Sie waren allerdings auch ungeschützt dem eisigen Wind ausgesetzt. Bernd Kastrup klappte den Kragen seines Anoraks hoch, während sich das Schiff auf den Weg zu anderen Elbseite machte. Der Mann, der mit ihnen an Bord gegangen war, stellte sich an die Treppe – offenbar einer der Bodyguards des Albaners. Ein paar Kinder wollten ebenfalls nach oben; er versperrte ihnen den Weg. »Geschlossen«, sagte er. Die Kinder kehrten wieder um. Der Albaner sagte: »Wir haben nicht viel Zeit. In fünf Minuten sind wir am Bubendey-Ufer. Dort steige ich aus. Sie fahren mit dem Schiff weiter nach Finkenwerder und dann zurück nach Neumühlen.«

Kastrup wusste, dass es keinen Sinn hatte, mit dem Mann zu diskutieren. »Was wissen Sie über die Entführung?«, fragte er ohne Umschweife.

»Nichts. – Ich habe nichts damit zu tun. Ich habe davon gehört, das ist alles.«

»Was haben Sie gehört?«, fragte Kastrup.

Der Albaner gab keine Antwort. Er sagte: »Sehen Sie das Schiff da drüben bei Blohm+Voss im Dock? Sie können das von hier nur knapp erkennen. Nur die Aufbauten und den Schornstein. Wissen Sie, was für ein Schiff das ist?«

Kastrup schüttelte ungeduldig den Kopf.

»Das ist die *Saga Pearl II*. Gehört heute den englischen *Enbrook Cruises*.«

»Hören Sie ...«

Der Albaner ließ sich nicht unterbrechen. »Wahrscheinlich kennen Sie das Schiff noch unter seinem alten Namen. Das ist nämlich die *Astor*. Die erste *Astor*. Das Traumschiff. 1984 an Südafrika und kurz danach an die DDR verkauft. Es gab ein interessantes Dreiecksgeschäft, bei dem das Waffenembargo gegen Südafrika umgangen wurde. Da ist viel Geld geflossen – aber das war alles vor meiner Zeit!« Er lachte.

»Die Entführung!«, sagte Kastrup.

»Ich bin Geschäftsmann«, erwiderte der Albaner.

»Was verlangen Sie?«

»Nichts.«

»Nichts?«

»Im Augenblick nichts. – Vielleicht später. Wenn ich Ihre Hilfe brauche, werde ich mich melden. Geht das in Ordnung?« Kastrup nickte. Er wusste, dass er damit weit über den Rahmen des Zulässigen hinausging. Aber es ging um Jennifer. Es ging um ihr Leben.

»Es heißt, es sind zwei Leute«, sagte der Albaner. »Der Mann, den Sie die Hyäne nennen, und außerdem diese Frau, die angeblich Julia Dachsteiger heißt. – Haben Sie sich einmal mit der Geschichte dieser Frau befasst?«

»Ja.«

»Dann wissen Sie ja, dass sie in Wirklichkeit Russin ist. Sie ist gefährlich. Sie ist brutal. Ich denke, sie ist ein kleines bisschen wahnsinnig.« Er lachte.

»Und der Mann?«

»Vielleicht heißt er Marc.«

»Vielleicht?«

»Das ist es, was ich gehört habe. Überprüfen kann ich das nicht.«

»Und der Nachname?«

»Der ist nicht genannt worden.«

»Wo sind sie jetzt?«

»Ich weiß es nicht. – Ich habe gehört, dass jemand versucht haben soll, sie auszuspionieren. Das ist gescheitert.«

»Haben Sie die Ratte auf die beiden angesetzt?«

»Ich kenne keine Ratte. Aber ich habe angeregt, dass jemand versuchen sollte, mehr über die beiden herauszufinden. Es sind Amateure, wissen Sie? Leute, die das Geschäft stören. Leute, die mit Gewalt arbeiten, anstatt zu verhandeln. Und deshalb habe ich vorgeschlagen, dass derjenige, der die Nachforschungen für uns anstellt, sich mit Ihnen in Verbindung setzt. Das hat er getan. Aber er war leider unvorsichtig. Zu unvorsichtig. Oder – vielleicht waren Sie zu unvorsichtig, Herr Kommissar? – Egal. Jedenfalls ist das schiefgegangen.« Die Fähre näherte sich dem Anleger Bubendey-Ufer. In dem Augenblick quäkte das Handy des Albaners. »Entschuldigen Sie mich einen Augenblick!«

Jetzt blieb höchstens noch eine Minute.

Der Albaner beendete das Gespräch. Er sagte: »Der Plan ist geändert. Ich fahre weiter nach Finkenwerder.«

Die Fähre legte an. Auf dem Anleger stand keine Menschenseele. Auch am Ufer war niemand zu sehen. Ein Mann stieg aus. Er ging an Land, ohne sich ein einziges Mal umzusehen. Bernd Kastrup bemerkte, dass der Leibwächter des Albaners jetzt eine Pistole in der Hand hielt. Aber es war nichts Beunruhigendes zu erkennen. Das Schiff legte ab und fuhr weiter nach Finkenwerder.

»Mein Fahrer holt mich in Finkenwerder ab«, sagte der Albaner. »Eine Frage der Sicherheit«, fügte er hinzu. Es klang nicht so gelassen wie am Anfang.

Bernd Kastrup registrierte, dass der Albaner Angst hatte. Zwölf Minuten gewonnen, dachte er. Aber mehr sagte der Mann nicht. Die wichtigste Erkenntnis, die Kastrup aus diesem Treffen gewonnen hatte, war, dass der Albaner selbst bedroht wurde. Die Hyäne und ihre Helferin hatten selbst diesen mächtigen Mann erschreckt.

* * *

Als Bernd Kastrup ins Präsidium zurückkam, wartete Alexander Nachtweyh schon auf ihn. »Ich habe mir die Fotos noch einmal vorgenommen«, sagte er.

»Was für Fotos?« Bernd Kastrup wusste nicht, was Alexander meinte.

»Jennifers Fotos. Die Bilder, die sie gemacht hat, als sie die verdächtigen Autos auf dem Ausschläger Elbdeich fotografiert hat.«

»Und?« Bernd Kastrup hatte die Bilder schon vor längerer Zeit durchgesehen, nichts Interessantes bemerkt und die Aufnahmen wieder abgeheftet.

»Es gibt da eine interessante Kleinigkeit, die wir übersehen haben.«

»Tatsächlich?«

Alexander nickte. »Komm mal rüber an meinem Rechner.«

»Du hast die Bilder auf dem Rechner?« Bernd kannte nur die Papierabzüge aus dem Ordner. Er war davon ausgegangen, dass die Originale sich nur auf Jennifers Rechner befanden, und für den hatten sie kein Passwort.

Alexander Nachtweyh erklärte ihm, dass er als Administrator durchaus auf Jennifers Rechner zugreifen konnte.

»Und das erzählst du mir erst jetzt?«

»Entschuldigung, ich hab gedacht, dass das allgemein bekannt ist. – Aber jetzt guck dir erst einmal das Foto an!«

Das Foto zeigte einen grün-gelb gespritzten Abschleppwagen.

»Ich seh nichts.«

»Hier!« Alexander vergrößerte den entscheidenden Ausschnitt, und jetzt sah es auch Bernd Kastrup: Im Kotflügel des Abschleppwagens gab es ein kleines, kreisrundes Loch.

»Das ist ein Einschuss«, sagte Alexander.

Ja, das war ein Einschuss. »Verdammte Scheiße!«, murmelte Kastrup.

Alexander holte das Schwein. Kastrup sah ihn einen Augenblick lang verblüfft an, dann begriff er, zückte das Portmonee und zahlte seinen Euro.

»Der Fahrer hat gelogen«, sagte Alexander.

Ja, das war klar. Der Mann hatte gelogen, er war in

der Nacht am Tatort gewesen. Und dass er nichts davon gesagt hatte, das ließ darauf schließen, dass er nicht nur ein zufälliger Zeuge gewesen war, sondern an der Tat beteiligt.

»Die Nummer des Abschleppdienstes?«

»Steht auf dem Auto.«

Bernd Kastrup rief an. Er gab das Kennzeichen durch.

»Haben Sie ihn gefunden?«

»Gefunden?«

»Nicht? – Weshalb rufen Sie dann an?«

»Moment mal, was sagen Sie? Der Wagen ist nicht mehr da?«

»Der Wagen ist gestohlen worden. Das wissen Sie doch. Wenn Sie von der Polizei sind, müssen Sie das doch wissen, das haben wir doch gemeldet.«

Wenn der Wagen gestohlen war, dann waren ihre neuen Erkenntnisse wertlos. Dann wussten sie zwar, dass jemand diesen Wagen benutzt hatte, um nachts zum Tatort ... nein, das war ein Denkfehler. »Wann ist der Wagen gestohlen worden?«

»Vorgestern Mittag. – Als der Fahrer von seiner Mittagspause zurückgekommen ist, war der Wagen weg.«

Vorgestern, das war also eindeutig nach der Tat. Der Fahrer hatte das Einschussloch bemerkt und war zu dem Schluss gekommen, dass der Wagen sofort verschwinden musste.

»Wer ist der Fahrer?«

»Unser Bolko. – Bolko Schmilau.«

»Wie kann ich den erreichen?«

»Der ist natürlich weg«, murmelte Alexander im Hintergrund.

Bernd Kastrup hoffte, dass man das durch Telefon nicht hören konnte.

»Der sitzt hier bei mir im Büro. Wir haben ja gleich Schichtwechsel, und dann übernimmt er den Wagen von Niels. Wir machen das immer so ...«

»Wir müssen mit dem Mann sprechen«, sagte Bernd Kastrup. »Lassen Sie ihn nicht wegfahren. Aber erzählen Sie ihm bitte nicht, dass die Polizei kommt. Halten Sie ihn, falls nötig, unter irgendeinem Vorwand fest. – Schaffen Sie das?«

»Ich schaffe alles«, behauptete die Frau selbstbewusst.

* * *

»Sie wollten mich sprechen?« Bolko Schmilau setzte seinen Becher ab und erhob sich. Er gab den Polizisten die Hand. Er hatte einen festen Händedruck.

»Danke, dass Sie auf uns gewartet haben«, sagte Kastrup.

»Das ist doch klar, wenn die Polizei etwas von mir wissen will, dann warte ich natürlich.«

Die Sekretärin sagte: »Ich habe es ihm erzählt. Wir haben hier keine Geheimnisse voreinander.«

»Das ist schön.« Die Hauptsache war, dass der Mann noch da war. »Es geht um Ihren Wagen.«

»Ja, der ist mir gestohlen worden.« Der Mann berichtete, wie sich das abgespielt hatte. »Ich bin bloß ein paar Minuten weg gewesen. Ich verstehe das nicht. Wer das gemacht hat, der muss sich gut auskennen mit diesen Autos. Und dreist ist das gewesen, geradezu unverschämt dreist. Ein so auffälliges Fahrzeug am helllichten Tag zu klauen. Natürlich habe ich das sofort gemeldet, aber es hat nichts genützt. – Oder haben Sie neue Informationen?«

»Nein. – Uns geht es nicht so sehr um den Diebstahl, sondern um die Zeit vor dem Diebstahl. Wir würden gern wissen, was Sie am 14. November gemacht haben. In der Nacht zum 15. So gegen Morgen.«

»Das war die Nacht nach diesen Anschlägen in Paris, oder? Einen Tag später? – Da hatte ich keinen Dienst. Da hat der Wagen hier im Depot gestanden. Oder?«

Die Sekretärin sagte: »Moment, ich seh mal nach.«

Bernd Kastrup trommelte nervös mit den Fingern auf die Tischplatte. Alexander stieß ihn an. Er hörte auf zu trommeln, verschränkte die Arme vor der Brust und sah zu, wie die Sekretärin etwas in ihren Computer tippte, stutzte, wieder etwas tippte.

Jetzt kommt es, dachte Kastrup.

Aber es kam nicht. »Ich verstehe das nicht«, sagte die Frau. »Hier ist was gelöscht worden. Hier fehlen Einträge in der Datei. Ich kann Ihnen nicht sagen, wo der Wagen zur fraglichen Zeit gewesen ist.«

»Haben Sie keine automatische Datensicherung?«, fragte Alexander.

Die Frau schüttelte den Kopf.

Scheiße, dachte Bernd Kastrup, aber diesmal sprach er es nicht aus.

Alexander zückte sein Tablet. »Und wer ist das?«

Kastrup sah, dass sein Kollege die Fotos, die Jennifer gemacht hatte, auf das Tablet übertragen hatte. Jennifer hatte mit dem Fahrer des Wagens gesprochen. Und jetzt fiel ihm auch wieder ein, dass der Mann sich aufgeregt hatte, als Jennifer ihn und sein Auto fotografierte.

Sowohl die Sekretärin als auch der Fahrer beugten sich über das Tablet.

»Können Sie das heller machen?« Alexander machte das Bild heller.

»Das ist Marc«, sagte die Sekretärin. »Marc Sommerfeld.«

»Und wo finden wir den?«

»Zu Hause wahrscheinlich. Marc hat sich krankgemeldet.« Das ist er, dachte Bernd Kastrup, das ist unsere Hyäne.

* * *

Marc Sommerfeld war 34 Jahre alt, nicht vorbestraft. Er arbeitete seit zwei Jahren für den Abschleppdienst; vorher hatte er für eine andere Abschleppfirma gearbeitet. Die hatte ihm ein gutes Zeugnis ausgestellt, und auch sein jetziger Arbeitgeber hatte nichts zu beanstanden. Dass er sich krankgemeldet hatte, war zu dieser Jahreszeit nicht überraschend. Der gelbe Zettel mit der Krankmeldung würde schon noch kommen.

Bernd Kastrup ging davon aus, dass der gelbe Zettel nie mehr kommen würde. Auch Marc Sommerfeld würde aller Wahrscheinlichkeit nach niemals wieder auftauchen. Gemeldet war der Mann in Hamburg-Harburg, aber eine Nachfrage vor Ort ergab, dass er dort nicht mehr wohnte. Er sei vor einigen Tagen ausgezogen, hieß es, ohne eine neue Anschrift zu hinterlassen.

»Was ist mit der Post?«

»Nichts.«

»Immerhin haben wir sein Foto«, sagte Alexander.

Ja, das hatten sie. Und zwar nicht nur die beiden Aufnahmen, die Jennifer am Ausschläger Elbdeich gemacht hatte, sondern obendrein noch ein ganz brauchbares Foto aus der Personalakte. Und das Phantombild. Alexander versprach, aus diesen Aufnahmen ein digitales Bild zu zaubern, das sie für eine Fahndung verwenden konnten. Wenn sie denn nach dem Mann fahnden wollten. Das musste erst entschieden werden.

* * *

Marc und Julia waren umgezogen. Ihr jetziges Quartier war nicht so geräumig wie Sommerfelds Wohnung in Harburg, aber für die Unterbringung einer Geisel viel besser geeignet. Es gab keine unmittelbaren Nachbarn, und selbst wenn die Polizistin schreien sollte, würde sie hier niemand hören.

Jennifer Ladiges schrie nicht. Sie lag gefesselt auf dem Fußboden des Wohnzimmers, und die Hyäne hatte ihr angedroht, sie obendrein zu knebeln, falls sie irgendwelche Schwierigkeiten machte. Das Pärchen schien sich seiner Sache sehr sicher zu sein. Es gab im Augenblick keine Möglichkeit, zu entkommen. Jennifer verhielt sich ruhig und bemühte sich, alles mitzubekommen, was ihre Entführer beredeten. Jennifer wusste inzwischen, dass der Mann, der sie entführt hatte, Marc Sommerfeld hieß. Sommerfeld war im Augenblick nicht da. Jennifer war mit Julia Dachsteiger allein im Raum.

»Haben Sie sich schon einmal Gedanken um Ihre Zukunft gemacht?«, fragte sie.

Julia überlegte, ob sie darauf antworten sollte oder nicht. Schließlich sagte sie: »Marc und ich haben gut vorgesorgt.«

»Ich mache mir keine Sorgen um Sie beide. Ich mache mir Sorgen um Sie, Julia.«

Julia lächelte überlegen. »Sie können uns nicht gegeneinander ausspielen«, sagte sie.

»Ich will Sie nicht gegeneinander ausspielen«, behauptete Jennifer. »Ich möchte nur anregen, dass Sie einmal über ein paar Dinge nachdenken. Zum Beispiel über die Schießerei in Trauns Park.«

Julia antwortete nicht.

»Ihr Partner hatte offenbar keine Schwierigkeiten, sich eine Schusswaffe zu besorgen. Sie waren unbewaffnet. Er hat Sie unbewaffnet in dieses gefährliche Treffen mit den Erpressern geschickt. Warum?«

Schweigen.

»Sie werden vielleicht sagen: Marc hatte nur diese eine Schusswaffe. Aber wer sich einen Revolver besorgen kann, der kann sich auch zwei Revolver besorgen. Wenn er es denn will. Das hat er nicht getan.«

Julia reagierte nicht. Sie zündete sich eine Zigarette an, blies den Rauch in Jennifers Richtung.

»Sie sind bei dieser Schießerei verletzt worden. – Wissen Sie eigentlich, wer damals auf Sie geschossen hat?«

»Einer der Dealer natürlich. Wer von den beiden das gewesen ist, das ist mir völlig egal.«

»War das wirklich einer der beiden Dealer? Oder war das nicht vielleicht Ihr sauberer Partner? Ihr Partner, der Sie jetzt, wo er ihre Hilfe nicht länger brauchte, schlicht und ergreifend loswerden wollte?«

Julia Dachsteiger stand auf und versetzte Jennifer einen Fußtritt.

Die ließ sich nicht beirren. »Ich will Ihnen sagen, was passiert ist: Der Mann, von dem Sie glauben, dass er Ihr Freund und Partner sei, der hat Sie alle drei niedergeschossen. Er hat die beiden Erpresser erledigt. Und wenn nicht zufällig der Polizist vorbeigekommen wäre, dann wären Sie jetzt genauso tot wie die beiden Dealer. Sie waren verwundet und unbewaffnet; Sie hätten ihm nicht entkommen können.«

Dieses Mal trat die Dachsteiger heftiger zu, und Jennifer schnappte nach Luft.

In dem Augenblick kam Marc Sommerfeld ins Zimmer. »Was soll der Blödsinn?«, fragte er.

»Sie behauptet, dass du auf mich geschossen hast!«

»Lass sie reden. – Es ist vollkommen egal, was sie sagt, verstehst du? Wir bewahren sie auf, solange wir sie noch brauchen, und danach sagt sie gar nichts mehr.«

Das Handy klingelte. Der Mann hatte keine Eile, das Gespräch anzunehmen. Marc Sommerfeld fühlte sich hier absolut sicher. Das Häuschen am Buscher Weg in Wilhelmsburg, das er vorsichtshalber unmittelbar nach der Schießerei in Trauns Park gemietet hatte, entsprach genau seinen Vorstellungen. Es war ein etwas heruntergekommenes, kleines Einfamilienhaus, das weder zu den pompösen Neubauten etwas weiter im Norden noch zu den benachbarten Lauben der Schrebergärtner passte. Es gab keine Garage, aber Marc Sommerfeld hatte den Abschleppwagen hinter dem Haus geparkt, wo er von den Nachbargrundstücken aus kaum zu sehen war.

»Geh doch mal ran«, sagte Julia.

Marc erhob sich, trat über Jennifer hinweg, schlurfte zur Garderobe, nahm das Handy aus der Jackentasche. Die Nummer auf dem Display kam ihm bekannt vor. »Unser Nachbar aus Harburg«, sagte er.

»Was will der denn?«

»Das werden wir gleich sehen. – Ja, was gibt's?«

»Marc, vorhin sind Leute in eurer Wohnung gewesen.«

»Polizei?«

»Ja, Polizei. In Zivil natürlich, aber ich erkenne einen Bullen auch in Zivil.«

»Was haben sie gewollt?«

»Sie haben gefragt, ob du nicht zu Hause bist. Ich habe ihnen gesagt, dass du da nicht mehr wohnst. Als Nächstes wollten sie wissen, wo du hingezogen bist. Ich habe ihnen gesagt, dass ich das nicht weiß. Aber das haben sie mir nicht geglaubt.«

»Warum haben sie dir das nicht geglaubt?«

»Das haben sie nicht gesagt. Aber sie wissen natürlich, dass ich vorbestraft bin. Sie wissen eine ganze Menge über mich, und wahrscheinlich glauben sie, dass ich sowieso immer lüge.«

»Na gut. Was noch?«

»Sie haben einen Schlosser geholt und die Wohnungstür öffnen lassen. Aber sie haben wohl nichts gefunden, was sie gebrauchen konnten. Jedenfalls sind sie sehr schnell wieder draußen gewesen.«

»Die Wohnung ist leer.«

»Ja, das hat ihnen wohl nicht besonders gefallen. – Sie haben sich auch die Mülltonne angesehen, aber die war natürlich auch leer. Die Müllabfuhr ist ja am Donnerstag da gewesen.«

»Gut.«

»Am Ende haben sie dann bloß die alten Zeitungen mitgenommen, die da noch herumlagen.«

»Was denn für Zeitungen?«, fragte Marc Sommerfeld alarmiert.

»Das *Abendblatt*, glaube ich.«

»Unwichtig«, sagte Marc. »Aber danke, dass du angerufen hast. Und wenn sonst noch irgendetwas Ungewöhnliches passiert, dann sag uns bitte Bescheid.« Der Mann beendete das Gespräch.

Das war ausgesprochen ärgerlich. Julia hätte die Zeitungen in die Tonne schmeißen sollen. Sie hatte es nicht gemacht. Marc war sich zwar ziemlich sicher, dass sie nichts angekreuzt oder sonst wie markiert hatten, aber natürlich würden die Bullen zwei und zwei zusammenzählen können und sich die Wohnungsanzeigen vornehmen. Dabei würden sie früher oder später auf dieses Haus stoßen. Das würde eine Weile dauern, vielleicht zwei oder drei Tage, aber natürlich konnte es auch schneller gehen. Sie konnten hier nicht bleiben. Sie mussten hier weg.

Noch fataler war es, dass die Bullen inzwischen offenbar seinen Namen kannten. Anders hätten sie die Wohnung in Harburg ja nicht finden können. Und über seine Firma hatten sie zwangsläufig auch sein Foto. Wenn sie damit nach ihm fahndeten, etwa gar per Fernsehen, dann waren sie geliefert. Aber würden sie das wagen? Es musste ihnen klar sein, dass sie damit das Leben ihrer Kollegin aufs Spiel setzten. Gut, dass sie ihre Geisel hatten. Sie durften sie erst beseitigen, wenn wirklich alles andere erledigt war.

Es konnte nicht schaden, wenn man die Bullen einmal nachdrücklich daran erinnerte.

»Du siehst so besorgt aus«, sagte Julia.

»Ich bin besorgt. Unsere Lage hat sich dramatisch verschlechtert. Wir müssen dieses Haus aufgeben.« Warum hatte die dumme Kuh die Zeitungen nicht weggeschmissen?

»Und wo sollen wir hin?«

»Nirgendwo. Wir übernachten im Abschleppwagen.«

»Mit ihr?« Julia zeigte auf Jennifer.

»Nein. Wir deponieren sie an einer Stelle, wo sie niemand findet. Und dort bleibt sie, bis wir hier in Hamburg fertig sind. Zusätzlich müssen wir den Druck auf die Bullen erhöhen. Wir müssen ihnen etwas zuschicken, was sie wirklich erschreckt.«

»An was denkst du?«

»Einen Finger zum Beispiel.«

»Gute Idee.«

»Ich weiß nur noch nicht, wo wir den auf die Schnelle herkriegen.«

»Wo wir den herkriegen?« Julia lachte. »Du machst mir Spaß! Hier haben wir doch ein knappes Dutzend Finger.« Sie wies auf ihre Geisel. »Die können wir alle der Reihe nach an die Polizei schicken. Oder alle gleichzeitig, von verschiedenen Briefkästen aus – was hältst du davon?«

* * *

»Ist euch eigentlich klar, warum die Hyäne diese Bekennerschreiben verschickt hat?«, fragte Alexander.

»Weil sie größenwahnsinnig ist«, sagte Kastrup.

Alexander schüttelte den Kopf. »Weil sie das Geschäft aufgibt.«

»Aber warum sollte die Hyäne dieses lukrative Geschäft jemals aufgeben? «

»Das ist ganz einfach. Seit dem 1. April 1987 sind
die alten, grauen Ausweishefte in der Bundesrepublik
durch fälschungssichere Ausweiskarten ersetzt worden.
Das hätte unsere Hyäne nicht weiter gestört, wenn sie
damals schon aktiv gewesen wäre. Sie arbeitet ja mit
echten Ausweisen, nicht mit irgendwelchen Fälschungen. Aber in der Zwischenzeit hat sich einiges verändert.
Am 1. November 2010 sind neue Personalausweise ein-
geführt worden. Die sind etwas kleiner als die alten, nur
noch so groß wie eine Kreditkarte. Die unterscheiden
sich von ihren Vorgängern durch allerlei technischen
Heckmeck, bei dem es wieder um die Fälschungssicher-
heit geht, aber auch durch etwas, das es bisher nicht gegeben hat: die Erfassung biometrischer Daten.«

»Ja, diese Passbilder, auf denen man böse gucken
soll«, brummte Kastrup.

»Die Passbilder sind das kleinste Problem. Es gibt
überhaupt keine Schwierigkeiten, solange das Opfer
der Hyäne einen alten Ausweis hinterlassen hat, einen
Ausweis, der zwischen 1987 und 2010 ausgestellt worden ist. Das Problem ist jedoch, dass diese Ausweise immer seltener werden. Sie bleiben zwar für die gesamte
Laufzeit gültig, aber irgendwann ist diese Laufzeit zu
Ende.«

»Zehn Jahre bei Erwachsenen, bei Jugendlichen nur sechs Jahre«, wusste Kastrup.

»Ja, wobei als Jugendliche alle Bürger zwischen 16 und 24 Jahren gelten. – Seht ihr das Problem?«

Vincent überlegte. »Die meisten Kunden der Hyäne dürften unter 24 Jahre alt sein. Das bedeutet, dass sie bei ihren Morden immer weniger brauchbare Papiere erbeutet, und ab dem Jahre 2016, überhaupt keine mehr.«

»Aber dieser biometrische Quatsch«, wandte Kastrup ein, »wertet denn den überhaupt jemand aus? Augenabstand und Größe der Nase und Kinnform und was es noch so geben mag? Die Fehlerhäufigkeit muss doch enorm groß sein. Wenn du beim Fotografen den Kopf ein bisschen in den Nacken legst, dann stimmen die Dimensionen nicht mehr. Und wenn du die Brille ein bisschen verbiegst, dann kannst du auf den Augenabstand verändern.«

»Das mag sein. Aber der entscheidende Punkt, das sind die Informationen, die du nicht siehst.«

»Die Fingerabdrücke«, sagte Vincent.

»Ja, die Fingerabdrücke. Zwar hat nur ein relativ geringer Anteil der Bevölkerung tatsächlich freiwillig seine Fingerabdrücke erfassen lassen, aber ob die in dem Chip drinstecken, das kannst du von außen nicht sehen.«

»Wenn ich die Hyäne wäre, dann würde ich das Risiko eingehen«, behauptete Kastrup.

»Ich nicht«, sagte Vincent. »Aber wie dem auch sei, wenn die Hyäne wirklich Schluss macht, dann kann sie sich natürlich so ein tolles Feuerwerk zum Abschluss leisten.«

* * *

Kastrup und Beelitz trafen sich im Café des Universitätskrankenhauses. Beelitz steuerte direkt auf den Tisch neben dem Flügel zu, den die anderen Gäste freigelassen hatten, um der Pianistin nicht zu nahe zu rücken. Beelitz hatte keine solchen Hemmungen. Anschließend ging er zum Tresen. Er kam mit zwei Stücken Himbeertorte zurück.

»Für mich nicht!«, wehrte Kastrup ab.

»Nein, die sind beide für mich. Ich weiß ja, dass du keinen Kuchen isst. – Hübsch, nicht?«

Kastrup wurde bewusst, dass Beelitz an ihm vorbei auf die Klavierspielerin starrte. Er schüttelte den Kopf: »Hast du deine Brille nicht dabei?«

»Mein lieber Bernd, du musst noch einiges lernen. Schönheit ist nichts Äußerliches. Sie schließt das ganze Wesen ein. Die Ausstrahlung, die Musik ...«

Kastrup verstand nichts von Musik, aber es war ihm nicht entgangen, dass die junge Frau am Flügel sich zweimal verspielt hatte.

»Das macht nichts«, sagte Beelitz. »Sie spielt gegen die Angst. Sie spielt gegen das Leiden. Das finde ich großartig. Und jeder, der sie hört und sieht, der fühlt sich ein kleines bisschen besser. Sieh dir die Leute an, die hier sitzen. Entweder haben sie Angst vor der Operation, oder sie haben Angst, dass die Operation nichts gebracht hat, dass weitere Operationen folgen werden. Viele weitere Operationen.«

»Ich wusste nicht, dass du ein Philosoph bist«, brummte Kastrup.

»Ich bin kein Philosoph. Ich bin Arzt, Bernd. Auch wenn ich es normalerweise nur mit toten Patienten zu tun habe, bin ich doch ein Arzt, und ich sehe den Menschen an, ob etwas nicht in Ordnung ist.« Dabei sah er Bernd Kastrup scharf an.

Der hütete sich, nachzufragen. Er wusste, dass etwas mit ihm nicht in Ordnung war.

»Du siehst schlecht aus«, bekräftigte Dr. Beelitz.

»Verteilst du wieder mal Komplimente?«

»Ich meine es ernst, Bernd. Du bist nicht mehr der Jüngste. Du musst aufpassen, dass du dich nicht überanstrengst. Und übrigens – Einsamkeit ist auch eine Krankheit.«

»Ja. Ich passe schon auf. – Und du bist nicht mein Hausarzt!«

Beelitz sah den Hauptkommissar kummervoll an: »Nein, leider nicht. – Hast du überhaupt einen Hausarzt?«

Bernd Kastrup ging nicht darauf ein. »Ich bin nicht gekommen, um mir deine guten Ratschläge anzuhören, sondern ich möchte gern wissen, was bei deiner Untersuchung der Ratte herausgekommen ist.«

»Ich habe selten jemand gesehen, der so tot war wie dieser Mann«, sagte Beelitz.

Kastrup nickte. Wer von einem Raben aus Sandstein durchbohrt worden war, war in der Tat sehr tot.

»Er ist gleich dreimal umgebracht worden«, sagte Beelitz.

»Dreimal?« Nun war Kastrup doch überrascht.

»Es freut mich, dass ich dir gelegentlich mal etwas Neues mitteilen kann. Meistens weißt du ja schon alles vorher. – Jedenfalls ist es in diesem Fall so gewesen, dass der Mann sich zunächst einmal die Beine gebrochen hat. Die Beine und auch sonst noch ein paar Knochen im Beckenbereich. Bei den Rippen bin ich mir nicht so sicher, das kann auch nachher passiert sein, als er diese Begegnung mit dem Raben hatte. Aber die Beine – das war eindeutig ein Sturz aus großer Höhe.«

»Aus großer Höhe? Woran denkst du?«

»Das weiß ich nicht. Da, wo wir ihn gefunden haben, da kann man ja nirgendwo runterfallen. Also muss es woanders passiert sein.«

»Und wo?«

»Keine Ahnung. Es kann irgendein Haus gewesen sein, aber vielleicht auch eine dieser Brücken in Rothenburgsort. Wenn man ungünstig aufkommt, dann reicht das aus. Und in diesem Fall würde ich sagen, dass die inneren Blutungen, die er sich durch den Beckenbruch zugezogen hat, ihn auf kurz oder lang erledigt hätten.«

Kastrup überlegte.

»Nach diesem Unglück hat ihm jemand ein paar Messerstiche verpasst. Auch die hätte er wohl kaum dauerhaft überlebt, aber wer immer das getan haben mag, der hat ihn dann anschließend auf den Raben gespießt, und das war eindeutig das Ende. – Ich habe dir ein paar Fotos mitgebracht, damit du das alles noch einmal in Ruhe studieren kannst.«

Der Mediziner breitete die Bilder von Kastrup aus.

»Danke.« Kastrup ließ die Aufnahmen rasch in seiner Aktentasche verschwinden. Er brauchte sich das, was Beelitz ihm eben geschildert hatte, nicht obendrein noch auf 18 mal 24 vergrößert und in Farbe anzusehen.

»Eines steht jedenfalls fest, Bernd: Wer immer dies getan hat, der hat offensichtlich mit großer Lust gemordet.«

Oder mit großer Wut, dachte Kastrup.

»Und du willst wirklich keinen Kuchen?«

Nein, Kastrup wollte wirklich keinen Kuchen.

* * *

»Entschuldigt mich bitte«, sagte Vincent. »Ich muss heute etwas früher gehen. Ich habe einen Termin im UKE.«

»Hoffentlich ist alles in Ordnung mit deinem Kopf«, sagte Alexander. »Die sollen das genau untersuchen im Universitätskrankenhaus. Mit so einer Geschichte ist nicht zu spaßen.«

»Da hast du recht«, sagte Vincent. Aber es ging nicht um seinen Kopf.

* * *

Es war Vincent von Anfang an klar gewesen, dass Sylvia eine Therapie brauchte. Es war ebenso klar, dass es äußerst schwierig war, kurzfristig einen Therapieplatz zu bekommen. Vincent hatte in Eppendorf angerufen und war abgeschmettert worden. Aber es war nicht so leicht, Vincent abzuschmettern. Wenn er etwas erreichen wollte, dann konnte er sehr beharrlich sein.

Zuständig war das *Amt für soziale Dienste, Fachamt Jugend- und Familienhilfe*. Nach mehreren vergeblichen Telefonaten landete Vincent an der richtigen Adresse. Aber das half nicht weiter. Natürlich gab es Therapieangebote, aber es gab viel mehr Kinder und Jugendliche, die eine Therapie brauchten, als es Therapieplätze gab.

Vincent hatte schließlich Dr. Beelitz angerufen, und der hatte seine Beziehungen spielen lassen. So war es am Ende doch noch gelungen, aber nur ausnahmsweise und wenn Vincent mit niemandem darüber redete. Nicht einmal mit Sylvia.

Vincent hatte das Mädchen gefragt, ob sie allein ins Krankenhaus gehen wolle. Sie hatte den Kopf geschüttelt. »Ich habe Angst, Vincent.«

»Du brauchst keine Angst zu haben.«

Sylvia hatte tapfer genickt, aber sie war nicht so tapfer, wie sie gern sein wollte. Sie wusste, selbst wenn die Frau, die sie behandeln würde, der netteste Mensch von der Welt war, würde sie doch von ihr verlangen, dass sie über Dinge redete, über die sie nicht reden mochte. Dinge, die sie am liebsten vergessen wollte und die sie doch nicht vergessen konnte.

Vincent hatte sie an die Hand genommen wie ein kleines Mädchen, und sie hatte sich gefühlt wie ein kleines Mädchen, ein Mädchen, das keine Angst zu haben brauchte, wenn jemand wie Vincent sie an die Hand nahm. Sie hielt seine Hand ganz fest, und sie stellte sich vor, sie nie wieder loszulassen. Niemals.

Und dann saßen sie in der U-Bahn. Eine Frau starrte sie an. Wahrscheinlich wunderte sie sich, dass ein so alter Mann wie Vincent mit einer so jungen Frau Händchen haltend spazieren fuhr. Sylvia starrte zurück, bis die andere den Blick senkte.

Sylvia wusste, dass der Weg von der U-Bahn zum Krankenhaus ziemlich weit war. Herrlich weit. Vincent hielt sie an der Hand, und sie brauchte an nichts zu denken. Er hatte alles geregelt. Er hatte ihr alle Entscheidungen abgenommen. Er war ein wunderbarer Mann. Sie sah ihn an. Sie sah, dass Vincent Sorgen hatte. Ihretwegen. Sie würde alles für ihn tun, sogar nach Hause zurückgehen, zu ihrer Mutter. Wenn es nötig war. Wenn es unbedingt nötig war. War es unbedingt nötig?

Schon hatten sie den Park durchquert, da war das Krankenhaus. Es sah genauso aus wie vor einem Jahr.

Sylvia sagte: »Das Café – können wir nachher ein Stück Kuchen essen, wenn wir hier fertig sind? Als Belohnung?«

Vincent nickte. So viel Zeit muss sein, dachte er. So viel Zeit musste einfach sein.

Sylvia dachte: Wenn es zu schlimm ist, dann laufe ich einfach weg. Sie war schon einmal aus dem Café geflüchtet. Sie wusste, wie das ging.

Vincent ging mit ihr zum Pförtner. Er fragte nach der Trauma-Ambulanz. Der Pförtner beschrieb den Weg.

»Komm«, sagte Vincent.

Sylvia sah ihn an. Noch einmal drückte sie seine Hand, ganz fest. Dann ließ sie ihn los. Nebeneinander gingen sie den Korridor entlang.

Der Tod

Es war stockdunkel, als die Hyäne erwachte. Ein Kaffee wäre jetzt nicht schlecht gewesen, aber den gab es nicht.

Sie saßen in ihrem Abschleppwagen. Auch die Polizistin war wach, aber sie rührte sich nicht.

»Es ist ganz einfach, Marc«, sagte Julia. »Wir packen unsere Sachen und verabschieden uns aus Hamburg auf Nimmerwiedersehen.«

Der Mann lächelte und schwieg.

»Wir haben unser neues Leben schon angefangen.«

Der Mann schüttelte den Kopf. Er war nicht mehr »ihr Marc«, in Gedanken war er jetzt schon Dr. Jan-Felix Blumberg. Aber das würde sie nie erfahren.

Marc Sommerfeld hatte viel Zeit darauf verwendet, diese neue Legende glaubwürdig zu gestalten. Der Mann war immer wieder an den Wochenenden in seiner angeblichen Zweitwohnung in Travemünde aufgetaucht, und auch in Düsseldorf hatte er sich gelegentlich sehen lassen – nicht zuletzt, um die Post einzusammeln und alles zu beantworten, was beantwortet werden musste. Jan-Felix Blumberg war bei Facebook aktiv, und niemand hätte vermutet, dass der Mann im Malerkittel, der gerade letzte Hand anlegte, um ein großformatiges

Landschaftsbild fertigzustellen, gleichzeitig der Fahrer eines Hamburger Abschleppwagens war. Und ein Mörder.

Er konnte nicht malen – aber was machte das schon? Bei einer seiner Fahrten nach Russland hatte er eine große Menge billiger, zeitgenössischer Gemälde eingekauft und diese großzügig in den Wohnungen in Düsseldorf und Travemünde verteilt. Der Lokalzeitung des Ostseebades hatte er ein Interview gewährt, und er hatte festgestellt, dass der Journalist von Malerei genauso wenig verstand wie er selbst. Das Atelier hatte er ihm natürlich nicht zeigen können, das war ja angeblich in Düsseldorf.

Es war nicht nötig, irgendwelche Bilder zu verkaufen. Der Handel mit den Ausweisen hatte so viel Geld eingebracht, dass er nie wieder zu arbeiten brauchte. Zumindest auf absehbare Zeit nicht. Einen Teil der Einnahmen hatte er in Immobilien gesteckt, einen anderen Teil in Aktien angelegt. Wenn wirklich einmal das Geld knapper werden sollte, dann konnte er immer noch die Wohnung in Düsseldorf vermieten und sich ganz auf seinen Ruhesitz in Travemünde zurückziehen.

Marc Sommerfeld konnte mit sich zufrieden sein. Den Namen Hyäne hatte Julia ihm gegeben. Aber eigentlich war Julia die Hyäne. Sie war mehr als zehn Jahre jünger als er und deutlich verwegener. Sie war es gewesen, die immer mehr Drogenabhängige aufgespürt hatte. Sie war als »private Suchtberaterin« aufgetreten und hatte sich auf diese Weise ohne allzu große Mühe einen Überblick darüber verschafft, wer das nächste geeignete Opfer war. Wäre es nach ihr gegangen, hätten sie endlos so weitergemacht. Marc hatte sie gebremst.

Als Marc Sommerfeld schließlich mitbekam, dass Julia heimlich E-Mails an die Mordkommission geschickt hatte, war er regelrecht ausgerastet. Getobt hatte er, und am liebsten hätte er Julia verprügelt, aber das wäre ein Schritt zu viel gewesen. Julia ließ sich zwar anschreien, das prallte an ihr ab, aber verprügeln ließ sie sich von niemandem. Er musste sie nehmen, wie sie war.

Sie hatte nicht begründet, warum sie diese Mails geschickt hatte. Marc konnte nur vermuten, dass sie sich in diesem Moment allmächtig vorgekommen war, wie jemand, der gleichzeitig die Mafia und die Polizei an der Nase herumführte und obendrein seine Feinde beliebig ermorden konnte, ohne dass ihn jemand zur Rechenschaft zog.

»Die Geschichte muss jetzt zu einem Ende kommen«, sagte er. Heute war es soweit. Der Albaner war fällig. Der Mann musste weg. Ihm war gelungen, was die Polizei nicht geschafft hatte. Er hatte erkannt, womit Julia und er ihr Geld verdienten. Er hatte obendrein ihre Namen herausgefunden, und er hatte versucht, sie unter Druck zu setzen. Der Mann war zu gefährlich, als dass man ihn am Leben lassen konnte. Gut, dass er nach wie vor den Abschleppwagen hatte. Möglicherweise wurde inzwischen danach gefahndet, aber er hatte vorsichtshalber die Kennzeichen ausgetauscht. Ihr Auto war jetzt das Doppel eines der anderen Abschleppwagen, sodass niemand auf Anhieb erkennen konnte, dass dieser Wagen gestohlen war. Ein Abschleppwagen fiel nirgendwo auf. Und er war groß genug, um erst die Polizistin und dann den Albaner abzutransportieren. Tot oder lebendig. Vorzugsweise lebendig.

»Was hast du vor mit dem Mann?«, fragte Julia. »Ich wüsste eine nette Todesart für ihn. Die Ratte haben wir auf den Raben gespießt. Der Vogel ist jetzt im Polizeilabor, nehme ich an. Jedenfalls ist er verschwunden. Aber es gibt ja noch einen zweiten Raben in Trauns Park.«

Marc schüttelte den Kopf. »Zu auffällig.«

»Was hast du dann vor mit ihm? Willst du ihm auch die Kehle durchschneiden, wie diesem törichten Polizisten?«

Marc winkte ab.

Es war eine Dummheit gewesen, den Mann in die Wohnung zu locken. Julia hatte ihn herangewinkt, mit gezogener Schusswaffe, und der Bulle hatte tatsächlich gehorcht. Julia hatte ihn an die richtige Stelle dirigiert, und dann war es passiert. Er hatte ihm die Kehle durchgeschnitten, und Julia – Julia hatte gelacht. Sie war wahnsinnig. Ein kleines bisschen jedenfalls, und das gefiel ihm. Ein Kind der Straße, das sich gegen alle Widerstände durchgesetzt hatte. Und jetzt war sie die verwöhnte Gespielin eines reichen Kunstmalers. Jedenfalls glaubte sie das. Aber das stimmte nicht. Seine neuen Papiere waren perfekt, seine Legende stimmte. Aber die von Alix nicht. Julia Dachsteiger war verbrannt.

»Der Albaner soll ersaufen wie eine Ratte.«

»Und die Polizistin?«

»Noch brauchen wir sie. Bis heute Abend ist sie unsere Sicherheit. Wir deponieren sie an einem sicheren Ort.«

»Und dann?«

Marc zuckte mit den Schultern. Sie wusste zu viel. Wenn alles andere erledigt war, musste sie weg.

»Die überlasse ich dir.«

»Schön.«

Schön wird es nicht werden, dachte Marc, jedenfalls nicht für die Polizistin. Sie wird dann gefesselt in ihrem Kerker liegen und Julia vollkommen ausgeliefert sein. Er hatte einmal zugesehen, wie Julia eine Puppe, die er ihr geschenkt hatte, genüsslich in ihre Einzelteile zerlegte, und er hatte das Gefühl, dass seine Partnerin durchaus in der Lage war, einen Menschen genauso zu zerlegen.

* * *

Da war jemand in der Küche. Lana machte Licht. Es war Lukas.

»Ich habe nicht schlafen können«, sagte er.

»Warum nicht?«, fragte Lana.

»Diese Bilder – es ist einfach zu schrecklich.«

»Was für Bilder?«

»Papa hat sie mir mitgebracht. Eine Zeitschrift, die die ISIS herausgibt.«

»Vincent, komm doch mal bitte!«

Vincent schlug die Augen auf. »Was gibt es denn?«

»Was sind das für Bilder, die du Lukas gezeigt hast?«

Vincent erklärte es ihr. Er hatte gehofft, dass es so wirken würde, aber er war sich nicht sicher gewesen. Jetzt tat es ihm leid, dass er am Verstand seines Sohnes gezweifelt hatte.

»Es gibt da ein Bild ...«, sagte Lukas.

»Du musst nicht darüber sprechen«, sagte seine Mutter rasch.

Lukas schüttelte den Kopf. »Ich muss darüber sprechen. Es ist so schrecklich, dass ich es nicht aushalten kann. Es zeigt einen verwundeten Soldaten mit einer blutenden Kopfwunde, der mit seinem einen unverletzten Auge den Fotografen ansieht. Es ist offensichtlich, dass dieser Mann kampfunfähig und vollkommen wehrlos ist. Die Bildunterschrift heißt: *Ein Soldat der Nuseyri-Front, kurz bevor er erschossen wird.* – Dieser Blick, wie er den Mann ansieht ...«

Vincent nickte. Er hatte das Bild gesehen. Es war eine von vielen Grausamkeiten, derer sich die ISIS-Leute gebrüstet hatten. Aber dieses Bild hatte jedenfalls Lukas überzeugt, dass ISIS die falsche Seite war. Eindeutig die falsche Seite. Insofern war dieser Mann vielleicht nicht ganz umsonst gestorben.

* * *

Bernd Kastrup hatte geahnt, dass etwas Schlimmes kommen würde. Wie schlimm, hatte er nicht geahnt. Das Päckchen, das mit der morgendlichen Post ins Präsidium gekommen war, enthielt nichts außer einem menschlichen Finger.

»Scheiße!«, sagte Bernd Kastrup.

Diesmal hielt ihm niemand das Schwein hin.

»Wir kriegen ihn«, murmelte Vincent, »wir kriegen ihn!« Aber eine derartige Beschwörung half ihnen jetzt auch nicht weiter.

Alexander behauptete: »Das ist nicht Jennifers Finger.«

»Was?«

»Das ist nicht Jennifers Finger«, wiederholte Alexander. »Jennifer hat zarte, schmale Finger. Dieser Finger ist zu breit. Und der Nagel – seht ihr hier? – der Fingernagel, der ist viel zu lang. Jennifers Nägel sind kürzer.«

»Sie dürften seit der Entführung ein Stück gewachsen sein«, gab Vincent zu bedenken. Aber auch er wünschte natürlich von ganzem Herzen, dass dies nicht Jennifers Finger war.

»Wir brauchen einen Fingerabdruck«, schlug Kastrup vor. »Und dann Abgleich mit den biometrischen Daten. Ich bin mir ziemlich sicher, dass Jennifers Fingerabdrücke in ihrem Ausweis registriert sind.«

»Die Zeigefinger«, warf Alexander ein. »Wir wissen nicht, ob das hier ein Zeigefinger ist. Vielleicht ist es der Mittelfinger, und dann hilft er uns gar nichts.«

»Beelitz muss ran«, sagte Kastrup. Seine Stimme zitterte. Vincent legte ihm die Hand auf die Schulter. »Das ist nicht Jennifers Finger«, sagte er.

»Wir werden sehen«, murmelte Bernd Kastrup. Er musste sich konzentrieren, um die Nummer des Rechtsmediziners zu wählen.

* * *

»Ich habe mich beeilt«, sagte Beelitz.

»Ja«, erwiderte Kastrup knapp. Er hatte den Finger per Kurier in die Rechtsmedizin schicken lassen. Eine knappe Stunde später kam der Anruf des Mediziners.

»Was ihr mir zugeschickt habt, ist ein menschlicher Finger.«

»Das wissen wir. – Was wir wissen wollen, das ist, ob

es Jennifers Finger ist.«

»Jennifer Ladiges? Das kann ich nicht sagen.«

»Was kannst du uns denn sagen?«, fragte Kastrup verzweifelt.

»Es ist der Mittelfinger einer linken Hand. Der linken Hand einer Frau, würde ich sagen. Wahrscheinlich ist sie Rechtshänderin, oder sie ist jemand, der nicht besonders häufig manuelle Arbeiten durchführt.«

Bernd Kastrup zerdrückte den Bleistift in seiner Hand. Alle wussten, dass Jennifer Rechtshänderin war.

»Der Finger ist unsachgemäß abgetrennt worden«, fuhr Beelitz fort. »Das heißt, wir können mit ziemlicher Sicherheit ausschließen, dass diese Operation von einem Arzt durchgeführt worden ist. Das war die Arbeit eines absoluten Laien.«

Das alles interessierte Kastrup nicht. Er fragte: »Besteht eine Chance, den Finger wieder anzunähern?«

»Wieder anzunähen? Warum zum Teufel sollte jemand das tun?«

»Weil Jennifer vielleicht nicht für den Rest ihres Lebens mit neun Fingern durch die Gegend laufen will!«, schrie Kastrup wütend in das Telefon.

»Durch die Gegend laufen? Wovon sprichst du?«

»Mein Gott, wir sprechen von Jennifer Ladiges.«

»Ist sie denn tot? – Dieser Finger ist jedenfalls von einer Leiche abgeschnitten worden, und zwar von einer Person, die bereits eine ganze Weile tot ist.«

»Eine ganze Weile – was meinst du damit?«

»Seit einer Woche vielleicht.«

Kastrup atmete auf. Es war nicht Jennifers Finger!

Auch Vincent war maßlos erleichtert.

Alexander sagte:

»Das ist eine gute Nachricht. Aber es ist leider kein Beweis dafür, dass Jennifer noch lebt.«

* * *

Als Vincent mittags nach Hause kam, empfing ihn seine Frau schon an der Wohnungstür. Es war offensichtlich, dass sie sehr aufgeregt war.

»Was ist passiert?«, fragte Vincent. »Ist was mit Sylvia?«

Lana schüttelte den Kopf. »Sie haben es geschafft!«, rief sie fröhlich.

»Wer hat es geschafft?« Jedenfalls konnte es keine schlechte Nachricht sein.

»Meine Familie! Sie haben es geschafft, sie sind raus aus ar-Raqqah, sie sind raus aus Syrien. Sie haben eben angerufen, von der Türkei aus. Sie sind in Sicherheit.«

»Da bin ich aber froh.« Vincent war erleichtert. Seine Frau hatte sich große Sorgen gemacht, und die Nachrichten von zu Hause hatten von Tag zu Tag bedrohlicher geklungen. Aber nun war alles gut. Nun konnte ihnen nichts mehr passieren.

»Sie sind auf dem Weg zu uns.«

»Zu uns?«, fragte Vincent, plötzlich ernüchtert.

»Ja, natürlich. Irgendwo müssen sie doch hin jetzt, und der einzige Ort, wo sie Verwandte im Ausland haben, das ist Hamburg, das sind wir! Und wir können sie aufnehmen. Ich habe Lukas in der Schule angerufen. Er ist einverstanden. Er gibt sein eigenes Zimmer auf, wir ziehen alle in sein Zimmer, und meine Familie bekommt das Schlafzimmer. Das ist am größten. – Ja, es wird für uns alle ein bisschen eng werden, aber das ist ja nur vorübergehend. Ein paar Wochen. Ein paar Monate vielleicht, bis das Asylverfahren durch ist ...«

»Ja, das ist gut.«

Seine Frau sah ihn überrascht an: »Vincent, was ist los mit dir? Freust du dich denn gar nicht?«

»Doch, ich freue mich. Aber es ist eine so starke Veränderung für uns alle – da muss ich mich erst dran gewöhnen. Wer kommt alles?«

»Na, meine Eltern natürlich. Und mein älterer Bruder. Mit seiner Frau und den drei Kleinen. Und dann ist da ja noch die Frau meines jüngeren Bruders, von dem wir nicht wissen, wo er jetzt steckt. Die kommt natürlich auch mit, mit den Zwillingen. Sie werden im nächsten Monat zwei Jahre alt.«

»Zehn Personen.« Vincent hatte mitgezählt. »Und die sollen alle in unserem Schlafzimmer wohnen?«

»Ja, natürlich. Das geht, das ist überhaupt gar nicht schwierig. Die Zwillinge, die sind doch noch so klein, die nehmen gar keinen Platz weg. Und wenn wir das Ehebett ganz an die Wand rücken, dann ist noch Platz genug für Stockwerkbetten. Zwei hintereinander. Das geht. Ich habe das vorhin ausgemessen. Und die Couch im Wohnzimmer, die reicht auch für zwei Personen.«

»Und Lukas ist damit einverstanden?«

»Ja, klar. Er freut sich. Es ist doch so lange her, dass er seine Verwandten gesehen hat. Erst hatten wir nicht das Geld, um hinzufliegen, und dann war dieser Krieg, und da ging es auch nicht.«

»Ich freue mich auch«, sagte Vincent. Er gab sich große Mühe, den Eindruck zu erwecken, dass er ebenso begeistert war wie seine Frau. Es gelang ihm nicht ganz. Er konnte sich zwar vorstellen, mit all diesen Leuten, die er kaum kannte, auf engstem Raum zusammenzuleben, zumal es ja nur für eine begrenzte Zeit war, aber was er sich überhaupt nicht vorstellen konnte, das war die Veränderung der Familienstruktur. Bis jetzt hatten sie für sich allein gelebt, alle Entscheidungen gemeinsam getroffen und niemand sonst um Rat gefragt. Aber nun würde Lanas Vater als Familienoberhaupt versuchen, hier die Zügel in die Hand zu nehmen. Und er war jemand, der es gewohnt war, seine Meinung durchzusetzen. Hatte Lana das vergessen? All die Kämpfe, die nötig gewesen waren, damit sie am Ende heiraten konnten! Sein Übertritt zum Islam – eine reine Formsache, hatte Vincent gedacht. Aber Lanas Eltern waren strenggläubige Moslems.

Und dann war da auch noch Sylvia.

* * *

Der Anruf kam vom Pförtner: »Herr Kastrup, hier ist eine Frau Ladiges, die möchte mit Ihnen sprechen. Sie hat keinen Termin, sagt sie, aber ...«

»Ich komme«, sagte Kastrup.

Er hatte gehofft, dass das nicht passieren würde. Er hatte gehofft, dass sie Jennifer rasch genug finden würden, unversehrt natürlich, ohne dass sie vorher ihre Familie beunruhigen mussten. Das war misslungen. Es blieben ihm drei Minuten, um sich auf diese Begegnung vorzubereiten. Höchstens drei Minuten. Wenn er zu

Fuß ginge ...

Nein. Bernd Kastrup fuhr mit dem Fahrstuhl nach unten. Frau Ladiges saß, wie alle Besucher, auf den Sesseln direkt am Eingang, gegenüber dem Ehrenmal für die im Dienst umgekommenen Polizisten. In diesem Fall ein besonders makaberes Arrangement.

»Frau Ladiges?«

Die Frau erhob sich. Sie war viel jünger, als Kastrup gedacht hatte. Keine 50 Jahre alt.

»Was ist mit meiner Tochter?« Die Frage war ganz ruhig gestellt, aber die Frau war nicht ruhig.

»Kommen Sie bitte mit in mein Zimmer«, sagte Kastrup. Sie fuhren nach oben.

»Möchten Sie einen Kaffee?«

Eva Ladiges schüttelte den Kopf. »Was ist mit meiner Tochter?«, wiederholte sie.

»Ihre Tochter ist entführt worden«, sagte Kastrup.

»Warum weiß ich nichts davon?«

»Wir haben diese Information zurückgehalten. Wir wollten Ihre Tochter nicht gefährden. Aber ich kann Ihnen versichern, dass wir alles tun, was in unserer Macht steht, um Ihre Tochter freizubekommen.«

»Wenn es um ein Lösegeld geht – ich habe nichts.«

»Machen Sie sich darüber keine Gedanken. Wenn Lösegeld gefordert wird, dann werden wir dafür sorgen, dass der entsprechende Betrag bereitgestellt wird. Aber bisher ist kein Lösegeld gefordert worden.«

»Was dann?«

»Der Entführer verlangt, dass wir stillhalten.« Das hätte er vielleicht besser nicht sagen sollen.

»Worum geht es dabei?«

»Um Mord. Um mehrere Morde. Und – so wie wir den Entführer verstanden haben, sollen wir nichts tun, bis er seine Mordserie beendet hat.«

»Worauf Sie aber nicht eingehen.«

»Frau Ladiges, darauf können wir nicht eingehen. Selbst wenn wir darauf eingehen würden, dann wäre das keine Garantie dafür, dass Ihrer Tochter nichts passiert. Das Einzige, was wir tun können, das ist, dass wir zum Schein auf die Forderungen eingehen. Deshalb haben wir auch die Nachrichtensperre verhängt. Niemand soll wissen, was wir tun.«

»Aber Sie stehen jedenfalls in Kontakt mit den Entführern?«

»Ja, wir stehen in Kontakt.« Bernd Kastrup verschwieg, dass dieser Kontakt bisher sehr einseitig war. Der Entführer schickte ihnen E-Mails, und sie antworteten darauf – das war alles.

Eva Ladiges schwieg.

»Wir tun alles, was in unserer Macht steht, Frau Ladiges.« Das klang lahm.

»Herr Kastrup, ich weiß, dass meine Tochter große Stücke auf Sie hält. Und ich bin mir sicher, dass sie es nicht gut findet, dass ich überhaupt zu Ihnen gekommen bin. Aber Jennifer ist doch mein einziges Kind, und vielleicht verstehen Sie – ich meine ...« Sie weinte.

»Frau Ladiges, haben Sie bitte Vertrauen zu uns. Wir werden nichts unversucht lassen, um Ihre Tochter heil und gesund wiederzubekommen.«

»Haben Sie Kinder, Herr Kastrup?«

Bernd Kastrup schüttelte den Kopf. »Das macht keinen Unterschied. Jennifer ist für uns wie eine Tochter.«

»Ja.«

Sie glaubte es nicht. Und es stimmte auch nicht. Wie beliebt Jennifer auch sein mochte, die Beziehung zu einem geschätzten Mitarbeiter konnte nicht dieselbe sein wie die Beziehung zu einem eigenen Kind.

»Ich will Sie nicht länger stören.« Eva Ladiges erhob sich.

Bernd Kastrup füllte den Besucherschein aus. Aus den Einträgen des Pförtners sah er, dass die Frau 1967 geboren war. Sie war sieben Jahre jünger als er.

»Ich möchte Sie bitten, mit niemandem über das zu reden, was wir hier eben besprochen haben – auch nicht mit Ihrem Mann.«

»Ich habe keinen Mann«, sagte Frau Ladiges.

»Zu niemandem«, wiederholte Kastrup. Eva Ladiges nickte.

Bernd Kastrup brachte sie zum Ausgang. Als er wieder nach oben kam, suchte er in seinem Portmonee nach Münzen. Drei Euros hatte er, der Rest war Kleinkram. »Scheiße«, sagte er, während die Münzen in das Schwein fielen. »Scheiße, verdammte Scheiße!«

In dem Augenblick klingelte das Telefon.

»Bernd Kastrup?«

Am anderen Ende meldete sich eine Frauenstimme: »Ich brauche Ihre Hilfe. Etwas Furchtbares ist passiert. Mein Mann ist verschwunden.«

»Ihr Mann?« Kastrup kannte die Frau nicht. »Wer ist Ihr Mann?«

»Sie kennen ihn nur als den Albaner.«

* * *

Bernd Kastrup hatte nicht gedacht, dass er jemals dieses Haus an der Elbchaussee betreten würde. Eine große Villa, wahrscheinlich um 1900 gebaut, frisch gestrichen und tadellos in Schuss. An der Gartenpforte hatte er sich ausweisen müssen, bevor ihn der Wachmann auf das Grundstück ließ, und an der Haustür gab es eine zweite Kontrolle. Kastrup ging davon aus, dass die Männer bewaffnet waren, und dass sie nicht zögern würden, einen unerwünschten Eindringling niederzuschießen.

»Bitte warten Sie hier! – Madame wird gleich kommen.« Bernd Kastrup wartete. Er fragte sich, ob dieses Warten Teil der Inszenierung war. Die Jugendstil-Einrichtung wirkte geschmackvoll und teuer. Reichtum und Macht, dachte Kastrup.

In der Mitte der Eingangshalle stand auf einem Podest ein Saurierschädel mit weit aufgerissenem Maul. Eine gute Replik. Ein starker Gegensatz zu der luxuriösen Einrichtung des Raumes, der dem Besucher klar machte: Es war gefährlich, sich mit dem Hausherrn anzulegen. Bernd Kastrup wusste nicht wohin mit seiner Baskenmütze; er hängte sie kurzerhand dem Saurier über die Zähne.

»*Tyrannosaurus Rex*.« Die Frau des Hauses hatte den Raum betreten. »Ich sehe, Sie haben keine Angst vor großen Tieren.«

Madame war wesentlich jünger als ihr Gemahl. Kastrup schätzte sie auf Mitte 20.

»Eine gelungene Nachbildung«, sagte er.

Die Frau schüttelte den Kopf. »Echt«, sagte sie. »Hier ist alles echt.«

Wenn die Gemälde echt waren, waren sie ein Vermögen wert. Bernd Kastrup kannte sich nicht allzu gut aus in der Malerei, aber das Bild mit den verschwommenen Seerosen war sicher ein Monet.

»Sie machen sich Sorgen um Ihren Mann?«

»Ja. Er ist heute wie gewohnt mit dem Wagen zum Friedhof gefahren. Er müsste längst zurück sein. Aber er ist nicht zurückgekommen.«

Kastrup wies die Frau darauf hin, dass es normalerweise kein Grund zur Beunruhigung sei, wenn der Gatte etwas später nach Hause kam als sonst üblich.

Die Frau schüttelte den Kopf. »Wir haben uns daran gewöhnt, alle Absprachen exakt einzuhalten. Es ist eine Frage der Sicherheit. Mein Mann ist auf Grund seiner Position sehr exponiert. Es gibt Neider, die ihm den Erfolg nicht gönnen. Wir müssen vorsichtig sein. Sie haben Stanko und Hektor gesehen.«

»Die Wachen am Eingang?«

Die Frau nickte.

Kastrup fragte sich, ob sie auch bewaffnet war. Sie trug keinen BH, so viel konnte er sehen. »Aber Ihr Mann ist trotz der möglichen Gefahr allein zum Friedhof gefahren?«

Sie schüttelte den Kopf. »Er fährt nirgendwo allein hin. Ich übrigens auch nicht. Ein Leibwächter ist immer dabei.«

»Haben Sie versucht, Ihren Mann anzurufen?«

»Er geht nicht ans Telefon. Und der Wächter auch nicht. Es muss etwas passiert sein. Etwas sehr Ernstes.«

Kastrup nickte. Insgeheim verglich er die Reaktion dieser Frau mit der Reaktion von Eva Ladiges. Sie war besorgt, das stand fest, aber sie hatte sich völlig in der Gewalt, zeigte keinerlei Emotionen. Vielleicht hatte sie keine. Kastrup kam sie vor wie ein wunderschöner Automat, der genau die Funktionen ausführte, die man von ihm verlangte, aber darüber hinaus zu nichts nutze war.

»Sie sagen, Ihr Mann sei wie gewohnt zum Friedhof gefahren. Was heißt ›wie gewohnt‹? Fährt er jeden Montag zum Friedhof?«

»Nein. Die Grabpflege ist einer Firma übergeben. Aber der 23. November, das ist der Todestag seines Bruders, da fährt er jedes Mal hin und legt frische Blumen auf das Grab. Rote Rosen. 25 rote Rosen; so alt ist nämlich sein Bruder geworden. 25 Jahre.«

Der Albaner war dem Kommissar sympathischer als seine schöne Frau. Er hatte jedenfalls Emotionen, auch wenn er sie die meiste Zeit hinter seinem Lächeln verbarg.

»Wo ist denn das Grab?«, fragte Kastrup.

Die Frau hatte den Lageplan des Ohlsdorfer Friedhofes ausgedruckt und die Lage des Grabes markiert.

»Wer hat gewusst, dass Ihr Mann heute Nachmittag nach Ohlsdorf fahren würde?«

»Jeder.«

»Jeder?«, fragte Kastrup erstaunt. Er jedenfalls hatte es nicht gewusst.

»Wer es wissen wollte, der konnte es wissen. Er stand im Abendblatt. Nicht dieses Jahr, sondern vor zwei oder drei Jahren. Eine kleine Notiz nur, aber mit Foto. Und wer meinen Mann kannte und wer die Zeitung gelesen hat, der konnte das nicht übersehen.«

»Wir werden nachsehen«, versprach Kastrup. Während er das sagte, kam ihm das Treffen mit dem Albaner in den Sinn. Thomas Brüggmann hatte gesagt, Kastrup solle aufpassen, was er tat. Er solle sich nicht manipulieren lassen. Und schon war er auf einen bloßen Anruf dieser Frau hin losgefahren, und jetzt würde er auch noch den Friedhof absuchen, bloß weil ihr Mann nicht rechtzeitig nach Hause gekommen war. Nein, so war es nicht. Er war hier, weil der Albaner in den Fall verwickelt war. Auf der einen Seite standen Julia Dachsteiger, die auferstandene Tote, und Marc Sommerfeld, der Mann vom Abschleppdienst. Und auf der anderen Seite stand der Albaner. Der Albaner hatte bis jetzt jede Runde verloren. Die zwei toten Dealer von Trauns Park waren seine Leute gewesen, und auch die Ratte hatte er sicher zu seinen Leuten gezählt. Und nun war er möglicherweise selbst der Hyäne zum Opfer gefallen.

Kastrup wurde bewusst, dass die Lage für Jennifer zunehmend kritisch wurde. Er hatte sich von Anfang an gefragt, zu welchem Zweck die Hyäne sie als Geisel genommen hatte. Das Stillhalten der Polizei konnte sie auf diese Weise nicht erzwingen. Darüber war sie sich vermutlich im Klaren. Aber sie konnte die Arbeit der Polizei zumindest für eine gewisse Zeit behindern. Für die Zeit, die sie benötigte, um auch den Albaner zu erledigen. Und dann wurde Jennifer nicht mehr gebraucht.

Kastrup verabschiedete sich von Madame, nahm seine Baskenmütze und machte sich auf den Weg nach Ohlsdorf.

* * *

Er kam nicht weit. Er war noch auf der Elbchaussee, als Vincent sich per Handy meldete. Kastrup ahnte, was passiert war. Er fuhr rechts ran, parkte im Halteverbot und nahm das Gespräch entgegen.

»Schießerei in Ohlsdorf«, sagte Vincent. »Ein Toter.«

»Der Albaner? Ist er tot?«

»Nein, nicht der Albaner. Der Tote ist sein Fahrer oder Leibwächter, ich weiß nicht, wie man das nennen soll. Der Mann war schwer bewaffnet, aber es hat ihm alles nichts genützt. Er hat keine seiner beiden Pistolen mehr ziehen können. Kopfschuss auf kurze Entfernung. Er hatte keine Chance.«

»Und der Albaner?«

»Der ist weg. Hat sich in Luft aufgelöst. – Ein paar alte Frauen haben die Schüsse gehört und die Polizei alarmiert, und als die dann kam, da lag da nur noch der Tote, und der Albaner war verschwunden.«

»Und sein Auto?«

»Sein Auto haben wir. Der Kerl ist so dicht wie möglich an das Grab herangefahren. Auf dem Weg hätte er eigentlich gar nicht fahren dürfen. Hat er aber gemacht. Er ist ja niemand, der sich an irgendwelche Regeln hält!«

Genau wie ich, dachte Kastrup. »Was sagt Fleischhauer dazu?«

»Er überprüft, ob es irgendeinen Zusammenhang gibt.«

»Was?«

»Na ja, du und ich, wir gehen davon aus, dass dieser Überfall auf dem Friedhof mit unserem Fall zusammenhängt. Aber für Fleischhauer ist das nicht so klar. Er sagt, dass der Albaner natürlich viele Feinde hat, und das ist sicher auch richtig. Insofern ist es verständlich, wenn er in alle Richtungen ermittelt.«

»Aber es gibt keine Lösegeldforderung?«

»Nein.«

»Und kein Bekennerschreiben?«

»Nein.«

»Vincent, es kann natürlich sein, dass die Mail wieder auf meinen Rechner gegangen ist. Könntest du bitte Alexander sagen, dass er nachsehen soll? Mein Passwort steht auf dem Zettel, der unter dem Keyboard liegt ...«

»Den hat Alexander schon gefunden. Er hat nachgesehen. Es gibt keine neue E-Mail von der Hyäne.«

»Dann müssen wir es selbst versuchen. Könnt ihr das bitte machen? Könnt ihr bitte sofort eine Mail an die letzte Adresse schicken, die wir von der Hyäne haben? Ganz egal, was ihr schreibt, nur dass wir irgendwie in Kontakt kommen.«

»An was denkst du?«

»So was wie: ›Was sind Ihre Forderungen?‹«

»Wir können es versuchen.«

* * *

Als Bernd Kastrup ins Präsidium zurückkam, rief Alexander: »Schnell! Die Hyäne hat sich gemeldet!«

Ja, die Hyäne hatte sich gemeldet. Sie hatte zwar nicht auf Alexanders Mail geantwortet, und die Nachricht kam von einem anderen Server als bisher, aber jedenfalls war der Kontakt wiederhergestellt:

Es ist vollbracht. Ich habe den Albaner in meiner Gewalt. Er wird bezahlen für alles, was er angerichtet hat. Er

wird sterben. Ich weiß, dass das auch in Ihrem Sinne ist. Ich
weiß, dass Sie das nicht zugeben werden. Schon gar nicht
vor all den Zeugen, die jetzt mit Ihnen zusammen vor dem
Bildschirm stehen. Aber nachher, wenn Sie für sich allein zu
Hause in ihrem Zimmer sind, dann werden Sie sagen: Ja, es
ist gut so. Aber ich bin noch nicht fertig. Ich brauche noch
24 Stunden, um meine Arbeit zu vollenden. Und in diesen
24 Stunden will ich nicht gestört werden. Von niemandem.
Und Sie werden dafür sorgen, dass mich niemand stört. Denn
wenn mich jemand stört, dann muss die Polizistin sterben,
und zwar sofort.

»Lass mich mal«, sagte Bernd Kastrup. Er schob Alexander zur Seite und tippte die Antwort:
Ich werde für gar nichts sorgen, solange ich nicht sicher weiß, dass Frau Ladiges noch am Leben ist.

Sie ist noch am Leben.

Ich brauche einen Beweis.

Sie haben mein Wort.

Ihr Wort ist kein Beweis. Frau Ladiges soll ans Telefon kommen.

Keine Reaktion. Kastrup starrte gebannt auf den Bildschirm. Kastrup trommelte nervös mit den Fingern auf die Tischplatte. »Wie lange dauert das denn?«
»So schnell geht das nicht.« Aber auch Alexander war sich darüber im Klaren, dass es inzwischen eigent-

lich zu lange dauerte.

Endlich läutete das Telefon. Bernd Kastrup nahm den Hörer ab. Eine Frauenstimme, schlecht zu verstehen. »Jennifer?«

»Ja, Frieda Ladiges. Ich bin hier ...«

Weiter kam sie nicht. Die Verbindung wurde unterbrochen, und es ertönte das Freizeichen.

»Und jetzt?«

»Sie heißt nicht Frieda«, sagte Kastrup sofort.

»Weißt du das, oder glaubst du das?«

»Ich glaube, ich weiß es.«

Alexander telefonierte schon mit der Verwaltung. »Wir brauchen die Vornamen von Jennifer Ladiges. Alle Vornamen!«

»Moment bitte. – Jennifer Ladiges, sagen Sie? Sie hat keine weiteren Vornamen. Sie heißt Jennifer Ladiges.«

Einen Augenblick sagte niemand etwas.

»Frieda, wiederholte Kastrup. »Warum hat sie das gesagt?«

Alexander begriff es zuerst: »Um uns etwas mitzuteilen. Um uns zu sagen, wo sie gefangengehalten wird. Nicht Frieda, sondern Frida hat sie gemeint. Frida Kahlo. – KAHLO – und das ist so eine Art Anagramm. KAL HO. Vielleicht wird Jennifer in Kaltehofe gefangen gehalten.«

* * *

»Es ist dir klar, was wir jetzt eigentlich tun müssten.« Vincent sah Bernd Kastrup fragend an.

Kastrup wusste, dass er jetzt eigentlich sofort Fleischhauer informieren musste. Der würde dafür sorgen, dass das Gelände weiträumig abgesperrt wurde. Scharfschützen würden in Position gehen, und schwer bewaffnete, dunkel gekleidete Spezialisten in schusssicheren Westen würden von allen Seiten in das Gelände eindringen, während über allem der Polizeihubschrauber kreiste und über Lautsprecher die Entführer aufforderte, sich zu ergeben.

Davon hielt Bernd Kastrup nichts. Er sagte: »Vincent, wir machen das hier nicht fürs Fernsehen. Wir machen das, um Jennifer da rauszuholen. Und es ist mir scheißegal, wie viele Vorschriften ich dafür brechen muss – ich hole sie da raus.«

»Ich bin dabei«, sagte Vincent. Er tat es nicht gern, und wenn dieser Einsatz schiefging und er am Ende seinen Job verlieren würde, dann wüsste er nicht, wie er seine Familie ernähren sollte. Seine neue große Familie. Und obendrein noch Sylvia Schröder als Zugabe. Beim letzten Einsatz dieser Art wäre es beinahe dazu gekommen, dass Bernd vom Dienst suspendiert wurde. Und wenn nicht am Ende alles gut ausgegangen wäre, dann hätte er auf jeden Fall mit einem Disziplinarverfahren rechnen müssen.

»Ich weiß, dies ist eine haarige Angelegenheit«, gab Bernd Kastrup zu. »Ich will niemanden zu irgendetwas überreden oder etwa gar zwingen. Jeder von euch muss für sich allein entscheiden, was er tut. Und ich nehme es niemand übel, wenn er lieber hierbleiben will. Ich möchte euch nur darum bitten, nicht sofort zu Fleischhauer zu rennen, denn dann geht alles schief.«

»Ich bin dabei«, sagte Alexander.

»Nicht so schnell«, ermahnte ihn Bernd Kastrup. »Fünf Minuten Bedenkzeit. So viel Zeit muss sein. Wenn ihr dann immer noch bereit seid, dann machen wir uns auf den Weg.«

»Es wird dunkel«, sagte Alexander. »Ich bin dafür, die Bedenkzeit abzukürzen. Wenn wir da draußen nichts sehen können, dann erhöht sich das Risiko.«

»Gut. Fahren wir los«, sagte Vincent.

»Nein, halt, ich habe es mir anders überlegt. Das machen wir anders. Ihr beiden fahrt schon raus, und ich gehe inzwischen zu Fleischhauer und setze ihn ins Bild. Dann kann hinterher niemand behaupten, dass wir eigenmächtig gehandelt hätten.«

* * *

Julia Dachsteiger war mit sich zufrieden. Sie hatte der Polizistin nach dem Telefonat ein Schlafmittel gegeben. Jetzt überprüfte sie noch einmal die Fesseln. Alles in Ordnung. Selbst wenn die Frau aufwachen sollte, konnte sie sich nicht befreien. Und die solide Tür, die Marc besorgt hatte, die konnte sie auch nicht aufbrechen. Es gab keinen Grund, stundenlang bei ihr hier draußen in der Kälte auszuharren. Julia würde sich in das Museumscafé setzen und warten, bis Marc zurückkam.

Eigentlich hatten sie vereinbart, dass sie im Schieberhäuschen bleiben sollte, bis ihr Partner mit dem Albaner zurückkam. Aber das sah sie überhaupt nicht ein. Niemand würde sie beachten, wenn sie quer durch das alte Wasserwerksgelände zum Museum ging. Und der innere Zaun des Museums war niedrig. Den konnte sie ohne Mühe übersteigen.

Es ging nicht ganz so glatt, wie sie sich das gedacht hatte. Ein älterer Herr, den sie erst zu spät bemerkt hatte, stellte sie zur Rede: »Sind Sie von da drüben gekommen?«

»Ja«, erwiderte Julia kurz. Warum sollte sie abstreiten, was offensichtlich war.

»Und was haben Sie da gemacht?«

»Ich bin Vogelkundlerin. Ornithologin, verstehen Sie? Ich kümmere mich um die Zugvögel, die um diese Jahreszeit hier übernachten. Ich zähle sier und sorge dafür, dass sie genug zu essen haben.«

»Ach«, sagte der Mann. »Das ist sicher eine interessante Tätigkeit!«

»Verstehen Sie etwas von Zugvögeln?«, fragte Julia.

»Nein, leider nicht.«

Sehr gut. Julia erzählte dem Mann etwas von Grünhalsgänsen und Schnirkelschnepfen, die angeblich hier rasteten. Davon hatte der Mann noch nie etwas gehört.

»Die sind sehr selten«, sagte Julia. Dann verabschiedete sie sich von dem Alten und beeilte sich, in das warme Café zu kommen.

* * *

In der Zentrale der SOKO herrschte große Aufregung. Fleischhauer telefonierte. Er sah Kastrup nicht. Bernd ging so nahe an ihn heran, dass der Mann ihn nicht mehr übersehen konnte. Fleischhauer ignorierte ihn.

»... den Hubschrauber. – Nein, noch nicht. Er soll

sich bereithalten. Sowie wir Näheres wissen, melden wir uns sofort. Die Wärmebildkamera ist doch einsatzfähig, oder? – Gut. Also bis gleich.« Fleischhauer legte den Hörer auf.

»Entschuldige bitte ...«, sagte Kastrup.

»Gut, dass du kommst!«, unterbrach ihn Fleischhauer. »Jetzt kommt endlich Bewegung in die Sache. Er hat sich gemeldet. Über Telefon ...«

»Der Entführer hat sich per E-Mail gemeldet«, widersprach Bernd Kastrup. »Wir wissen jetzt, dass er in Kaltehofe sitzt.«

»Kaltehofe? – Davon weiß ich nichts, aber das ist Schnee von gestern! Das gilt nicht mehr. Er verlangt jetzt Lösegeld. Eine Million Euro. Und einen schnellen Fluchtwagen.« Bernd Kastrup sagte nichts. Es kam ihm extrem unwahrscheinlich vor, dass die Hyäne Geld verlangte. Wenn es Marc Sommerfeld um Geld ginge, hätte der Mann seine Forderungen längst gestellt. Und einen Wagen brauchte er auch nicht.

»Erst hat er gesagt, wir sollten die Tasche mit dem Geld zum Sperrwerk bringen. Zum Sperrwerk Billwerder Bucht, das ist direkt bei Kaltehofe. Aber dann hat er seine Meinung geändert, und jetzt will er, dass wir das Geld an der A7 übergeben. Raststätte Harburger Berge sagt er. Fahrtrichtung Norden, also Richtung Elbtunnel.«

Das ergab keinen Sinn. Eine Flucht durch den videoüberwachten Elbtunnel mit einem Fahrzeug, das der Polizei bekannt war – das war aussichtslos.

»Ist das Fahrzeug präpariert?«, rief Fleischhauer durch den Raum.

Ja, der Fluchtwagen war entsprechend präpariert und stand jetzt bereit, um zum vereinbarten Treffpunkt gefahren zu werden.

»Und das Lösegeld auch?« Ja, das auch.

»Natürlich ist es keine echte Million«, erläuterte Fleischhauer überflüssigerweise. »Die äußeren Scheine der Bündel sind echt, der Rest sind einfache Fotokopien. Und die Nummern der echten Scheine haben wir natürlich notiert.«

»Ja, natürlich.«

Bernd Kastrup hatte das Gefühl, dass die Hyäne dabei war, die Kollegen gewaltig an der Nase herumzuführen. »Woher kam denn der Anruf?«, fragte er.

»Die Anrufe, Bernd! Es sind inzwischen drei. Die ersten beiden kamen in der Tat aus der Gegend des Sperrwerks. Wir haben das Handy inzwischen gefunden. Es lag in einem Papierkorb in diesem Park, weißt du ...«

»Trauns Park«, sagte Kastrup.

»Ja, genau. Und jetzt dieser neue Anruf, der kommt aus Harburg. Den Punkt konnten wir nicht genau bestimmen, offenbar hat der Mann im Fahren telefoniert. Nicht von der Autobahn aus, sondern von der B 75. Bremer Straße. Wahrscheinlich ist er auf dem Weg zum Treffpunkt.«

»Wann waren diese Anrufe?«

»Die ersten beiden vor gut einer Stunde, und der letzte gerade jetzt eben erst, ganz kurz bevor du gekommen bist.«

»Was macht ihr?«

»Zwei Streifenwagen sind vor Ort. Aber ich habe Anweisung gegeben, dass unsere Leute sich zurückhalten sollen. Dies ist eine Angelegenheit für das mobile Einsatzkommando. Die schlagen zu, sobald wir die Geiseln haben. In dem Moment, wo die Hyäne in das Fluchtauto einsteigen will.«

»Aber ihr braucht mich nicht dafür, oder?«

»Nein, Bernd, das schaffen wir allein.«

»Gut. – Ich fahre vorsichtshalber nach Kaltehofe, um nachzuprüfen, ob da nicht doch eventuell ...«

»Ja, mach das.« Bernd Kastrup hatte das Gefühl, dass Fleischhauer sehr viel daran gelegen war, ihn so schnell wie möglich loszuwerden.

Dann klingelte das Telefon.

»Fleischhauer?«

Aus dem Lautsprecher klang die Stimme der Hyäne. »Ich habe doch gesagt: keine Polizei! Warum halten Sie sich nicht an unsere Abmachungen? – Die Raststätte kommt nicht mehr in Frage. Neuer Treffpunkt: A 7, Fahrtrichtung Norden. Auffahrt 26, Stellingen. Der BMW parkt direkt unter der Brücke Wördemanns Weg. Haben Sie mich verstanden?«

Es war das erste Mal, dass Kastrup die Stimme der Hyäne zu hören bekam. Der Mann sprach betont langsam und deutlich. Bernd Kastrup fragte sich, ob es überhaupt die Stimme eines lebenden Menschen war, oder ob er diesen Audiotext mit einem Computer erzeugt hatte.

Fleischhauer wiederholte den Text.

»In einer Stunde«, sagte die Hyäne. »Genau in einer Stunde.«

»Ich mache mich auf den Weg«, sagte Kastrup. Fleischhauer reagierte nicht. Er hatte alle Hände voll zu

tun, seine Truppen zu dem neuen Treffpunkt umzudi-
rigieren.

* * *

»Und jetzt? Was machen wir jetzt?«

Vincent und Alexander hatten das Sperrwerk Billwerder Bucht überquert und standen an der Stelle, wo
die Straße sich gabelte. Rechts ging es in den Kaltehofe-Hauptdeich, links in den Kaltehofe-Hinterdeich. Die
Halbinsel war ungefähr eiförmig. In der Mitte des Eis,
zwischen den beiden Straßen, lag das Gelände des ehemaligen Wasserwerks.

»Das ist videoüberwacht«, sagte Alexander.

»Die überwachen nur die Einfahrt«, widersprach
Vincent.

»Aber das ist gut, dass sie das machen, denn auf diese Weise können wir mit ziemlicher Wahrscheinlichkeit
ausschließen, dass die Hyäne diesen Weg nimmt.«

»Sie könnte links an der Schranke vorbeifahren.«

»Durch die Ausfahrt. Ja, sie könnte da vorbeifahren,
aber da kommt sie nicht weit. Da hinten, bei dem Gebäude, das aussieht wie ein kleines Märchenschloss,
da kommt der nächste Schlagbaum, und da kann man
nicht mehr außen rum. Jedenfalls nicht mit einem normalen PKW.«

»In deinem Märchenschloss ist Licht«, bemerkte Alexander.

»Ja, in dem Haus waren früher Dienstwohnungen
der Hamburger Wasserwerke. Ich nehme an, dass da
heute noch Leute wohnen. Wahrscheinlich wird das

Museum Tag und Nacht bewacht. Aber da kümmern wir uns nicht drum. Die Leute sollen das Museum bewachen. Dafür sind sie ausgebildet. Für die Jagd auf Schwerverbrecher können wir sie nicht gebrauchen.«

»Und jetzt?«, fragte Alexander. »Kaltehofe ist groß!«

»Ich habe mir das alles auf dem Luftbild angesehen, damals, als Bernd sich mit der Ratte getroffen hat. Wenn ich mich recht entsinne, sind hier noch immer 18 ehemalige Filterbecken, und jedes dieser Becken hat zwei Schieberhäuschen. Am einen Ende wurde damals das Rohwasser in das Filterbecken geleitet, und am anderen Ende wurde das filtrierte Wasser wieder herausgeführt. Ich habe sie nicht nachgezählt, aber meiner Meinung nach sind die noch immer alle da.«

»Also eines dieser Häuschen?«

»Wahrscheinlich. Wahrscheinlich eines der Häuschen außerhalb des Museums. Jenseits des Zaunes beginnt der Dschungel. Jedenfalls sieht es so aus, wenn man vom Museumsgelände her über den Zaun guckt. Die Häuschen, die man da sehen kann, die sind halb verfallen.«

»Wir müssen da rein.«

»Wir warten auf Bernd. Bis der da ist, erkunden wir erst einmal die Lage. So unauffällig wie möglich. Kurzer Rundgang.«

Alexander nickte.

»Ich nehme den Hauptdeich; du gehst links rum über den Hinterdeich.«

Sie machten sich auf den Weg. Vincents Weg war kürzer. Außerdem hatte er es mit einer gut ausgebauten Straße zu tun, die zur Verteidigung des Hauptdeiches diente, während Alexander auf dem Hinterdeich nur ein Stück weit auf einer schlecht gepflasterten Straße gehen konnte, und dann kam der Fußweg.

Vincent ging an dem Märchenschloss vorbei. Alles sah sehr ordentlich und gepflegt aus. Trotz der späten Stunde waren auf dem Hauptdeich Fußgänger und Radfahrer unterwegs. Einige Leute führten ihre Hunde spazieren, andere hatten ihr Skateboard mitgebracht. Dafür war diese Straße ideal, die für den Autoverkehr gesperrt war.

Vincent stieg auf den Deich. Da lag die Elbe, Die Norderelbe. Auf der anderen Seite sah man Stapel von Containern und die Werksanlagen von *Aurubis*, der Kupferhütte. Als Vincent sich umdrehte, hatte er einen freien Blick über die Halbinsel Kaltehofe. Von hier oben konnte er das gesamte ehemalige Wasserwerksgelände überblicken. Er konnte sehen, wo das abgezäunte Areal des Museumsparks endete. Das Gelände jenseits des Zaunes war nicht so verwildert, wie Bernd das geschildert hatte. Einer der Wirtschaftswege, die zwischen den Filterbecken hindurchliefen, endete am Hauptdeich an einem soliden Tor. Es war ein Kiesweg, nur zum Teil mit Gras überwachsen. Durchaus befahrbar.

* * *

Alexander, der inzwischen auf dem Hinterdeich ein gutes Stück vorangekommen war, hatte einen anderen Eindruck. Das Gelände wirkte vollkommen verlassen. Das Tor zu einer halb überwucherten Zufahrt war nur durch eine rostige Kette gesichert. Alexander überprüfte das Schloss. Jemand hatte es aufgebrochen und wieder zusammengesteckt. An dieser Stelle war es möglich, mit dem Wagen unbemerkt auf das Gelände zu kommen.

* * *

Vincent war weitergegangen. In Kürze würde es zu dunkel sein. Fest stand jedenfalls, dass man die Wege zwischen den Filterbecken mühelos befahren konnte – wenn man es denn schaffte, in das Werksgelände hineinzukommen. In dem Moment entdeckte Vincent das Loch im Zaun. Im unteren Bereich hatte jemand den Draht aufgeschnitten und die Maschen auseinandergebogen, gerade weit genug, dass ein Mensch hindurchpasste.

Vincent zögerte nicht. Er sah sich um. Keiner der Spaziergänger war in der Nähe. Vincent kroch auf allen Vieren durch den Zaun.

* * *

Es war kalt, entsetzlich kalt. Nur ganz allmählich kam Jennifer Ladiges zu sich. In dem Tee, den die Dachsteiger ihr gegeben hatte, musste ein Schlafmittel gewesen sein. Sie war nach wie vor an Händen und Füßen gefesselt. Das war schlimm genug, aber am schlimmsten war die Kälte. Es war sehr still in ihrem Gefängnis. Sie war allein. Ihre Entführer hatten sie weder geknebelt noch ihr die Augen verbunden. Daraus schloss sie, dass eine Flucht unmöglich war. Die Tür war sicher fest versperrt, und das Häuschen lag innerhalb des weiträumigen ehemaligen Wasserwerksgelände hier in Kaltehofe wahrscheinlich so isoliert, dass sie niemand hören würde, wenn sie schrie.

Aber vielleicht hatten diese Leute keine Ahnung, wie laut sie schreien konnte. Vielleicht hatten sie keine Vorstellung davon, wie weit der Schall trug. Einen Augenblick lang sammelte sie sich. Dann begann sie zu rufen. »Hilfe!« Nichts regte sich. Das war zu leise gewesen. Viel zu leise. Sie brüllte mit voller Kraft: »Hilfe! Hilfe!« Nichts. Sie wartete einen kleinen Moment, dann schrie sie erneut. Aber es war wie beim ersten Mal. Nichts rührte sich. Niemand hatte sie gehört. Nach dem zehnten Versuch gab sie auf. Dies war nicht der richtige Weg, um hier herauszukommen.

Ein Tropfen fiel von der Decke und platschte neben ihr ins Wasser. Jennifer erschrak. Richtig, das Wasser! In ihrem benommenen Zustand hatte sie daran nicht gedacht. Einen Moment lang hatte sie Angst, zu ertrinken. Aber mit den Händen fühlte sie unter sich Beton. Das war gut. Doch der Tropfen war nicht auf Beton gefallen. Sie durfte sich nicht bewegen, dann konnte ihr nichts passieren. Nein, das war falsch. Sie musste sich bewegen. Wenn sie hier still liegen blieb, würde sie erfrieren. Schließlich war es Ende November, und in diesem Raum herrschte Außentemperatur herrschte. Keine fünf Grad.

Vorsichtig rollte sie sich herum. Sie kam nicht weit. Ein kaltes, eisernes Geländer hielt sie auf, und als sie sich ganz langsam rückwärts zwischen zwei Pfosten hindurchzwängte, ragten ihre Beine plötzlich ins Leere. Ein Wassertropfen traf sie. Dies war also die Stelle, wo vorhin der Tropfen gefallen war, und unter ihr war Wasser!

Einen Augenblick hielt sie inne. Das Geländer taugte nicht dazu, daran die Kabelbinder aufzureiben, mit denen sie gefesselt war. Dann wurde ihr bewusst, dass sie auf Beton lag. Dieser Betonfußboden fiel irgendwo jenseits des Geländers senkrecht ab, und die Kante war, wie sie feststellte, einerseits rau und andererseits scharf genug, dass sie versuchen konnte, sich zu befreien.

Ihre Entführer hatten nicht gesagt, was sie mit ihr vorhatten. Vielleicht wollten sie sie einfach an dieser Stelle zurücklassen. Sie vergessen, abwarten, bis sie verhungert oder erfroren war. Wahrscheinlicher war, dass sie irgendwann zurückkommen würden, wenn sie ihre Geisel nicht mehr brauchten, um sie dann entweder freizulassen oder zu töten. Sie wusste zu viel. Wahrscheinlich würden sie sie töten wollen. Jennifer hatte nicht die Absicht, diesen Moment abzuwarten.

Sie rieb und schabte den Kunststoff des Kabelbinders gegen den Beton. Sie hatte nur wenig Spiel, und sie musste ihren ganzen Körper bewegen, aber das führte jedenfalls dazu, dass sie nicht mehr fror. Als sie schließlich die Handfessel durchtrennt hatte, waren ihre Hände blutig geschabt, aber das war ihr egal. Nun war sie frei.

Fast frei. Aber jetzt, wo sie auch ihre Hände einsetzen konnte, bereitete es keine große Mühe mehr, auch die Fußfessel zu durchtrennen. Jennifer richtete sich auf. Ihr war schwindlig. Sie musste sich an dem eisernen Geländer abstützen, aber nur einen Moment lang, keine Minute, und dann konnte sie sich wieder normal bewegen.

Weit kam sie allerdings nicht. Sie stellte fest, dass weniger als die Hälfte des kreisrunden Raumes, in dem sie gefangen war, aus festem Beton bestand. Der Rest war Wasser. Es gab eine Tür nach außen, aber die war verschlossen. Jennifer warf sich mit aller Kraft dagegen – ohne Erfolg. So würde sie nicht nach draußen kommen. Durch ein Fenster in der gegenüberliegenden Wand fiel ein wenig Licht ins Innere des Gebäudes. Wenn sie sich auf die Zehenspitzen stellte und sich weit über das Geländer beugte, konnte sie das Fenster erreichen. Aber es war kein normales Fenster. Es bestand aus Glasbausteinen, 18 schönen, runden Glasbausteinen, und die waren ohne Hilfsmittel unzerstörbar.

Fast wollte sie schon aufgeben, als sie plötzlich die kleinen Lichtschlitze rechts und links neben der Tür gewahrte. Es waren eigentlich nicht viel mehr als Schlitze, und auch die enthielten keine Fenster, sondern waren mit Glasbausteinen verbaut. Aber das umgebende Mauerwerk hatte Risse bekommen, und links sah es so aus, als ob man die Steine herausschlagen könnte. Jennifer benutzte einen Schuh als Handschuh und schlug die Steine heraus.

Alles vergebens. Die Öffnung war zu schmal, als dass sie hindurchsteigen konnte. Jennifer gelang es mit einiger Mühe, auch den verrotteten Zementrahmen nach draußen zu stoßen. Dann versuchte sie, sich durch die Öffnung zu zwängen. Es ging nicht.

Jennifer lehnte sich an die Wand, atmete tief durch und bereitete sich auf das vor, was unausweichlich kommen musste.

* * *

Alexander war auf dem Hinterdeich unterwegs. Gegenüber vom Kraftwerk Tiefstack, das auf der anderen Seite der Billwerder Bucht lag, endete der befahrbare Weg. An dieser Stelle hatten offenbar die Leute, die in den Hütten auf der Wasserseite des Kaltehofe-Hinterdeichs wohnten, all das abgelagert, was sie nicht mehr brauchten. Gartenabfälle, einen Schrank, ein zerfetztes Sofa, einen Teppich, ein paar leere Plastikeimer. Der Rest des Weges war durch eine solide Barriere versperrt. Hier begann, wie ein Schild auswies, das Privatgelände der HPA, der *Hamburg Port Authority.*

Alexander ging weiter. Über 30 Schieberhäuschen gab es; Alexander versuchte abzuschätzen, welches davon am besten geeignet wäre, als Gefängnis zu dienen. Wahrscheinlich eines der beiden mittleren Häuschen in der letzten Reihe, unmittelbar vor dem dicht bewaldeten Naturschutzgebiet. Aber wie kam man dorthin? Auch das Naturschutzgebiet war eingezäunt. Die Umzäunung war lückenlos. Es wäre zwar nicht unmöglich, ein Loch in den Zaun zu schneiden, aber ganz offensichtlich hatte das bisher niemand versucht. Zumindest auf dieser Seite nicht.

Der Weg wurde immer schlechter. Alexander musste aufpassen, dass er in dem Matsch nicht ausglitt. Noch eine letzte Biegung, dann erreichte er den Hauptdeich. Hier an der Ecke war ein Material-Depot für den Hochwasserschutz eingerichtet, ebenfalls separat abgezäunt. Gebäude oder Bauwerke gab es nicht auf dem Gelände. Keine Möglichkeit, irgendjemanden zu verstecken. Nein, Alexander war überzeugt, dass Jennifer und wahrscheinlich auch der Albaner in einem der Schieberhäuschen gefangengehalten wurden.

Wo blieb Vincent?

* * *

Es war eigentlich noch zu früh. Die Hyäne hatte mit bedecktem Wetter gerechnet, aber die Wolkendecke war früh am Tag aufgerissen, und sogar die Sonne war zum Vorschein gekommen. Es war bitterkalt; es würde Nachtfrost geben. Es war noch immer hell genug, dass jeder, der in das Wasserwerksgelände hineinsah, sehen konnte, dass hier ein Abschleppwagen in langsamer Fahrt und ohne Licht das Gelände durchquerte.

»Es ist noch zu hell«, sagte Julia. Marc hatte sie per Handy alarmiert und am Tor eingesammelt.

»Wir können nicht länger warten.« Die Anrufe bei der Polizei waren gelaufen. Die Beamten waren unterwegs in Richtung Stellingen. Sie würden eine Weile dort warten, aber wenn sich nach einer Stunde noch immer nichts getan hatte, dann würden sie die Warterei aufgeben. Allerspätestens nach zwei Stunden würden sie ganz sicher wissen, dass sie an der Nase herumgeführt worden waren. Bis dahin musste er aus Hamburg verschwunden sein. Das war kein Problem,

Er lenkte vorsichtig den Wagen den Weg entlang. Es sah nicht so aus, als würde sie jemand beobachten. Auf dem Hauptdeich stand niemand, und auf dem Hinterdeich sowieso nicht. Niemand würde bei einbrechender

Dunkelheit den Weg benutzen, wenn er nicht unbedingt musste. Julia saß neben Marc Sommerfeld. Sie war guter Dinge. Sie summte leise vor sich hin.

* * *

Vincent stand direkt vor einem der alten Speicherbecken. Der Trampelpfad, auf dem er gekommen war, führte hinunter zum Wasser. Vincent fragte sich, ob sich hier möglicherweise ein Angler illegal Zutritt verschafft hatte. Wahrscheinlich gab es in den Becken Fische. Wahrscheinlich lohnte es sich, hier zu angeln. Zumindest hatte man keine Konkurrenz.

Eigentlich hätte Vincent umkehren können, aber er beschloss, seine Erkundung noch ein kleines Stück weiter auszudehnen. Er ging rechts um das Becken herum und stand jetzt auf dem südlichsten der Wirtschaftswege, die zwischen den Becken angelegt worden waren. Noch einmal sah Vincent sich um. Außerhalb des Zaunes fuhr ein Radfahrer vorbei. Er beachtete ihn nicht. Wahrscheinlich hatte er ihn gar nicht wahrgenommen. Vincent wartete, bis der Mann verschwunden war. Dann ging er weiter um das Becken herum.

Bis zum ersten Schieberhäuschen wollte er gehen. Es war ungepflegt, aber das Dach schien noch unbeschädigt. Die Tür fehlte. Vincent sah in das Häuschen hinein. Drinnen lagen die Trümmer der Tür. Es sah nicht so aus, als wäre in den letzten Wochen jemand hier gewesen. Vincent machte sich auf den Rückweg.

Als er den Hauptdeich erreicht hatte, sah er sich um. Dort vorne kam Alexander. Gut. Vincent blickte hinüber auf das Wasserwerksgelände und erstarrte. Er sah, dass ein größeres Fahrzeug dabei war, das Gelände zu queren.

* * *

Der Albaner schlief noch immer. Das Mittel, das Marc Sommerfeld ihm verpasst hatte, wirkte noch. Sie waren jetzt am Ende des Weges angekommen, und die Hyäne lenkte den Wagen nach rechts.

»Das ist falsch«, sagte Julia.

»Nein, das ist richtig. Ich will ihn nicht in demselben Schieberhäuschen ersäufen, in dem du die Polizistin abschlachtest. Das ist zu eng.«

Julia warf ihm einen zweifelnden Blick zu. Sie konnte nicht einsehen, warum das Häuschen zu eng sein sollte. Platz genug, um einen gefesselten Menschen ins Wasser zu stoßen, der sich nicht wehren konnte, gab es dort allemal. Aber sie hatte keine Lust, zu diskutieren. Es war egal, wie sie es machten. Die Hauptsache war, dass sie es machten.

Sommerfeld hielt an. »Den Rest schaffe ich alleine. Lauf du rüber und erledige die Polizistin. Ich hole dich mit dem Wagen ab.«

Julia stieg aus. Sie klappte das Messer auf. Die Sommerfeld hatte inzwischen die Tür geöffnet. Der Albaner war schwer, aber Marc Sommerfeld war kräftig. Er nahm den Mann auf die Schulter und schleppte ihn zum Brunnenhaus hinüber. Julia machte sich aber doch auf den Weg. Allzu viel Zeit durften sie hier nicht vertrödeln, das war ihr auch klar.

»Du hast zehn Minuten!«, rief Marc hinter ihr her.

Julia antwortete nicht. Sie würde sich alle Zeit nehmen, die sie brauchte.

Marc Sommerfeld schleppte den Albaner in das Brunnenhaus. Dieses Häuschen hatte keine Tür mehr. Eine echte Ruine. In seinem teuren Anzug wirkte der Albaner hier völlig deplatziert. Marc Sommerfeld sah, dass der Mann inzwischen aufgewacht war. Er hatte die Augen offen, aber er war ganz offensichtlich noch immer benommen. Gefesselt hatte er keine Chance, sich zu retten. Er würde in das Wasser stürzen und ertrinken.

* * *

»Er ist im Wasserwerksgelände«, rief Alexander ins Handy, während er rannte. »Ja, es ist noch hell, aber er ist trotzdem gekommen. – Was sagst du? Nein, mit dem Abschleppwagen. Es ist gar kein Irrtum möglich.«

»Ich komme.«

»Wir schaffen das nicht allein. Wenn er uns entwischt, packen wir ihn nicht. Unser Wagen steht zu weit weg. Wir brauchen Verstärkung.«

»Ihr kriegt Verstärkung. Ich lasse die Ausfahrten sperren. Einen Streifenwagen zum Sperrwerk und einen ans andere Ende, nach Billwerder.«

»Ja, sehr gut.«

Warum hatte Bernd Kastrup so lange gebraucht? Er hätte längst bei ihnen sein sollen. Nun wurde alles sehr eng. Keine Zeit mehr, zu dem Loch im Zaun zurückzulaufen.

»Hilf mir über das Gitter, Alexander!«

Der Abschleppwagen stand beim zweiten Schieberhäuschen. Bis dorthin waren es keine hundert Meter. Alexander half Vincent über das Tor. Vincent war zu alt und zu ungelenkig; fast hätte Alexander es nicht geschafft. Aber nun rannte er mit gezogener Waffe den Kiesweg entlang. Vincent war wenige Schritte hinter ihm. Er hörte seinen keuchenden Atem.

Da stand der Wagen. Alexander riss die Tür auf. Der Wagen war leer. Der Zündschlüssel steckte. Alexander zog den Schlüssel ab.

»Im Schieberhäuschen!«

Vincent hatte den leblosen Körper im Wasser entdeckt. War das Jennifer? Nein, das war nicht Jennifer. Das war ein Mann.

»Hilf mir!«

Alexander packte mit an. Er wusste, dass das falsch war. Aber hatten sie eine Wahl? Einen Moment lang waren sie völlig wehrlos. Kaum hatten sie den Mann auf den Betonfußboden gezerrt, fuhr Alexander herum und zielte mit der Waffe auf die Türöffnung. Aber dort war niemand.

»Er ist weg!«

In diesem Augenblick fiel ein Schuss. Alexander griff sich an die Brust und stürzte rückwärts in das Schieberhaus.

* * *

Bernd Kastrup steckte im Feierabendverkehr. Zwei Streifenwagen rasten mit Blaulicht an ihm vorbei in Richtung Rothenburgsort. Das war gut; sie würden beim Sperrwerk die Straße abriegeln und auf jeden Fall eine Flucht der Hyäne über diesen Weg verhindern. Auf der anderen Seite würden die Straßensperren ebenfalls rechtzeitig in Position sein. Die Hyäne konnte ihnen nicht mehr entkommen. Entweder Vincent und Alexander würden sie direkt unschädlich machen, oder sie würde in eine der Polizeisperren geraten.

Der Verkehrsfunk meldete Staus vor dem Elbtunnel und auf der A 25. *Stop and go* auf der A1 in beide Richtungen. Das war unwichtig. Die Hyäne hatte keine Chance, auf eine der Autobahnen zu gelangen.

Die Ampel an der nächsten Kreuzung sprang auf Rot. Kastrup überlegte, ob er alles richtig gemacht hatte. Die Hyäne saß in der Falle. Allenfalls mit einem schnellen Motorboot konnte sie noch entkommen, aber das hatte sie nicht. Ein weiterer Blick auf das Navi – nur zur Sicherheit – und plötzlich begriff Kastrup, dass sie einen Fehler gemacht hatten. Es gab noch eine Fluchtmöglichkeit.

Die Ampel wurde grün; der Hintermann hupte. Bernd Kastrup scherte nach links aus, machte einen U-Turn und fuhr so rasch es ging auf den Ring 2 zurück.

* * *

Vincent beugte sich über Alexander. Kein Blut; das war schon mal ein gutes Zeichen.

»Was ist mit dir?«

»Nichts ist«, sagte Alexander. »Ich habe ein Mordsschreck gekriegt, das ist alles.« Und einen Mordsschlag gegen die Brust, aber davon sagte er nichts. Das war zu erwarten, wenn die schusssichere Weste einen Treffer abkriegte. Gut, dass Vincent darauf bestanden hatte, dass sie sich diese ungeliebten Kleidungsstücke angelegt hatten.

»Und was jetzt?«

»Die Hyäne steckt irgendwo da draußen. Nicht allzu nahe dran, würde ich schätzen, sonst hätte der Schuss ganz anders hingezogen.«

»Dies hier, das muss der Albaner sein«, sagte Vincent.

»Wiederbelebung. Ich versuche es jedenfalls. Wir brauchen einen Notarzt.«

Alexander nickte. Wahnsinn, dachte er. Wir retten dieses Arschloch unter Lebensgefahr, während im selben Moment die Hyäne unsere Jennifer umbringt.

Wo war die Hyäne? Wo war Julia? Und wo war Jennifer? Alexander lauschte. Nichts rührte sich. Er zögerte einen Moment, dann rannte er los. Er wusste, dass es riskant war. Der Schuss war von rechts gekommen, aus dem dichten Unterholz. Jetzt wandte er dem unsichtbaren Schützen seine rechte Seite zu. Die war ungeschützt. Wenn der Mann ihn traf, war er erledigt. Aber er musste es versuchen. Es war nicht so leicht, einen rennenden Menschen zu treffen. Und der Weg zum nächsten Schieberhäuschen war nicht weit. Seine Brust tat höllisch weh, aber er wusste, es war nur der Schlag, den er abbekommen hatte. Er würde einen ordentlichen blauen Fleck davontragen, mehr nicht.

Sommerfeld war weg. Kein Zweifel, der Mann hielt sich irgendwo im Gestrüpp versteckt. Sie würden ihn finden, früher oder später. Ihn und seine Kumpanin.

Aber das war jetzt völlig gleichgültig. Wo war Jennifer?

Das nächste Brunnenhaus machte einen solideren Eindruck als das vorige, aber die Eichentür stand sperrangelweit offen. Und da lag jemand am Boden. Jennifer? Nein, Julia.

»Da bist du ja«, sagte Jennifer. »Ich hab sie gegen die Wand geschleudert. Ich weiß nicht, ob sie sich was gebrochen hat. Vielleicht sollten wir einen Arzt rufen.«

»Ist bei dir alles in Ordnung?«

»Ja, bei mir ist alles in Ordnung. Das heißt – nicht ganz. Mir ist kalt. Und ich habe Hunger. Und ich habe Kopfschmerzen. Dieses Zeugs, womit sie mich betäubt haben, das ist mir nicht bekommen. Ich habe schon ins Wasser gekotzt. Das ist doch kein Trinkwasser, oder?«

»Das Wasserwerk ist stillgelegt«, sagte Alexander. »Wo ist die Hyäne?«

»Weiß ich nicht. Hier nicht.«

Alexander lief nach draußen. Niemand zu sehen. Weder auf dem Weg noch rechts oder links vom Schieberhäuschen. Und auf der Rückseite war das Wasser. Das ehemalige Filterbecken. Marc Sommerfeld war verschwunden. Alexander ging wieder nach drinnen und kettete Julia mit Handschellen an das eiserne Geländer. Ihr Gesicht war blutverschmiert. »Du hast sie ganz schön erwischt«, sagte er.

»Ich war ärgerlich«, sagte Jennifer. »Das kannst du mir glauben. Ich habe zugelangt, so stark ich nur konnte. – Sie ist doch nicht tot?«

Nein, Julia war nicht tot, nur bewusstlos. Jennifer hatte ihr Zeug auf dem Fußboden drapiert, sodass es auf den ersten Blick aussah wie ein liegender Mensch.

Dann hatte sie neben dem Eingang gelauert. Julia hatte sich täuschen lassen.

Was machen wir jetzt, dachte Alexander. Sie waren zu dritt, aber sie konnten weder Julia noch den Albaner allein lassen – es sei denn, der Mann war tot. Aber dann hätte Vincent sich schon gemeldet. Und Jennifer war nicht voll einsatzfähig. Alexander sah, dass sie zitterte.

»Alles ist gut«, sagte er. »Alles ist vorbei.« Er stand im Eingang des Schieberhäuschens, die Pistole in der Hand. Nichts geschah. Alexander rief Fleischhauer an und berichtete in knappen Worten, was geschehen war.

»Tun Sie gar nichts!«, rief Fleischhauer. »Gehen Sie in Deckung, bleiben Sie, wo Sie sind und unternehmen Sie auf keinen Fall irgendetwas auf eigene Faust. Warten Sie, bis das Mobile Einsatzkommando da ist. Warten Sie, bis ich bei Ihnen bin. Und sobald der Hubschrauber wieder aufgetankt ist ...«

»Was sagen Sie?«, krächzte Alexander. »Ich verstehe nicht – die Verbindung – was? – die Verbindung – ich glaube, die Verbindung ist unterbrochen, wahrscheinlich ein Funkloch ...«

»Tun Sie gar nichts!«, wiederholte Fleischhauer. »Tun Sie gar nichts ...«

Alexander Nachtweyh schaltete das Handy aus.

Jennifer lachte leise. Dann brach sie plötzlich ab und fing unvermittelt an zu weinen.

»Alles ist gut«, wiederholte Alexander. Er streichelte Jennifer unbeholfen mit der linken Hand. In der rechten Hand hielt er weiterhin die Pistole und zielte nach draußen.

Jennifer ließ sich nicht trösten. »Es ist nicht gut, Alexander. Der Christian ist tot. Es ist alles meine Schuld ...«

»Es ist nicht deine Schuld«, unterbrach sie Alexander. »Christian Habbe war ein erwachsener Mann. Er hat gewusst, was er tut. Zumindest hat er geglaubt, dass er weiß, was er tut.«

»Er hatte keine Chance, Alexander. Sie haben uns in eine Falle gelockt ...«

»Darüber können wir später reden. Erst einmal ist wichtig, dass du wieder da bist.«

Draußen rührte sich nichts. Allmählich gewann Alexander den Eindruck, dass Sommerfeld weg war. Wahrscheinlich hatte der Kerl sich nach dem Schuss seitwärts in die Büsche geschlagen, war durch das Gesträuch bis ans andere Ende des Naturschutzgebietes gerannt, hatte dort auf irgendeine Weise den Zaun überwunden und war dann einfach weggelaufen. Aber das war jetzt alles unwichtig; Jennifer lebte, Jennifer war nichts passiert.

Julia war noch immer bewusstlos. »Sie kann hier nicht weg«, sagte Alexander. »Ich glaube, es ist besser, wenn wir jetzt zu Vincent rübergehen. Vielleicht braucht er ...«

In dem Augenblick sprang vor ihnen eine Gestalt aus dem Gebüsch, riss die Tür des Abschleppwagens auf, stürzte sich hinein und startete den Motor. Marc Sommerfeld hatte einen zweiten Schlüssel.

»Stehenbleiben!«

Der Mann blieb nicht stehen. Der Abschleppwagen setzte sich in Bewegung, fuhr von ihnen weg in Richtung des Tores zum Kaltehofe-Hauptdeich. Alexander schoss. Er versuchte, die Reifen zu treffen, aber die Entfernung war zu groß. Der Wagen nahm Fahrt auf, und im nächsten Moment krachte er gegen die Pforte. Die flog aus den Angeln. Der Weg war frei. Sommerfeld bog nach links ab und war im nächsten Moment ihren Blicken entschwunden.

»So ein Scheißkerl!« Vincent war inzwischen aus dem Schieberhäuschen herausgekommen.

»Wir haben Jennifer«, sagte Alexander. »Und Julia. Ich hab sie drüben angekettet.«

»Und ich habe den Albaner. Das war knapp, aber ich denke, vor dem Ertrinken habe ich ihn erst einmal gerettet. – Wo zum Teufel bleibt denn der Notarzt?«

Alexander telefonierte mit Kastrup. »Marc Sommerfeld ist weg. Der Kerl fährt nach Süden«, sagte er. »Habt ihr die Straße gesperrt?«

»Ja, hier ist alles dicht. Ein Streifenwagen steht beim Golfplatz, und ein anderer bei dem Bettenlager. Da kommt er nicht durch.«

»Pass auf, dass er uns nicht über die Schleuse entwischt. «

»Wir passen auf«, sagte Kastrup. Dabei war er gar nicht in der Nähe der Tatenberger Schleuse, sondern er steckte noch im dichten Verkehr auf der Autobahn.

* * *

Das war knapp gewesen. Marc Sommerfeld hatte nicht damit gerechnet, dass die Polizei so schnell auf seine Spur kommen würde. Aber jetzt war er erst einmal aus der Falle des Wasserwerksgeländes heraus, jetzt konnte ihn keiner mehr aufhalten. Ärgerlich natürlich, dass der Wagen beschädigt war, aber das ließ sich nicht ändern.

Jedenfalls fuhr er noch, das war die Hauptsache.

Natürlich war er noch nicht in Sicherheit. Wahrscheinlich waren inzwischen alle Streifenwagen in der näheren und weiteren Umgebung alarmiert, und wahrscheinlich hatten sie in Moorfleet alles abgesperrt, sodass er dort nicht auf die Autobahn kam. Auch der Rückweg nach Rothenburgsort war sicher gesperrt.

Sommerfeld fuhr an der Schlickfläche des alten Holzhafens vorbei. Es war inzwischen dunkel geworden. Er schaltete das Licht ein. Einer der Frontscheinwerfer funktionierte; der andere war bei der Kollision mit der Pforte zu Bruch gegangen. Kein Problem. Mit einem Scheinwerfer konnte er noch genug sehen, und wer ihm entgegenkam, der sah ihn auch. Keine Gefahr.

Da vorn war schon die Autobahn. Feierabendverkehr, aber jedenfalls kein Stau. Das war gut. Der Kaltehofe-Hauptdeich führte unter der Autobahn hindurch, aber hier gab es eine alte Behelfsauffahrt. Die war angelegt worden, als der stark verseuchte Boden der Bille-Siedlung abgetragen werden musste. Eine Auffahrt, die das Navi nicht anzeigte. Eine Auffahrt, an die niemand dachte. Niemand außer ihm. Er war damals mit dabei gewesen, als das Gelände saniert wurde. Nicht als Lastwagenfahrer, sondern als Kind. Er hatte mit angesehen, wie das Haus, in dem sie gewohnt hatten, zerstört wurde. Einer der schrecklichsten Momente seines Lebens; er hatte ihn nie vergessen.

Jetzt kam ihm diese Erfahrung zugute. Die Auffahrt gab es noch immer. Früher war sie durch eine Schranke versperrt gewesen, aber die war längst verrottet und abgebaut worden. Heute standen da nur noch die Sperrschilder mit dem Hinweis *Einsatzfahrzeuge frei*. Die Auffahrt war frei, nicht nur für Einsatzfahrzeuge. Oben gab es zwar keine Einfädelspur, und es würde schwierig sein, sich in den fließenden Verkehr einzugliedern, aber irgendjemand würde ihn schon durchlassen mit seinem Abschleppwagen. Er fuhr die Böschung hinauf.

Plötzlich kam ihm ein Auto mit aufgeblendeten Scheinwerfern entgegen. Polizei? Ja, keine Frage, das musste Polizei sein. Und es gab keine Ausweichmöglichkeit. Zurück konnte er nicht. Die Hyäne bremste scharf, und noch bevor der Wagen hielt, sprang Marc Sommerfeld nach draußen.

»Stehenbleiben!«

Der Mann blieb nicht stehen. Auch der Polizist war inzwischen aus seinem Wagen heraus. Sommerfeld drehte sich um und schoss. Die Kugel ging fehl, natürlich, bei so einem Schuss aus der Bewegung, aber jedenfalls konnte er so den Verfolger auf Abstand halten. Er rannte die Böschung zur Autobahn hinauf. Geschafft! Hier konnte niemand auf ihn schießen; er würde sonst die vorbeirasenden Autofahrer gefährden. Aber hier konnte er natürlich nicht bleiben. Er musste weg, irgendwohin, wo ihn niemand einholen konnte. Es gab nur einen Weg: nach Süden, nach Stillhorn, wo er seinen Fluchtwagen geparkt hatte. Er musste über die Elbbrücke. Ein Wagen hupte. Die Autobahn hatte keinen Standstreifen; der Platz zwischen den vorbeirasenden Fahrzeugen und dem Brückengeländer war höllisch eng. Und schon wieder kam ein LKW herangedonnert.

Nein, das ging nicht, er musste auf den Mittelstreifen. Der Mittelstreifen war breit genug. Dort waren die

Brückenpfeiler und die Drahtseile der Hängebrücke. Dort würde er durchkommen. Aber er kam nicht rüber. Der Verkehr war lückenlos. Gehetzt sah Sommerfeld sich um. Der Polizist war schon fast heran. Da war eine winzige Lücke zwischen zwei Lastwagen. Nein, das ging nicht. Ihm blieb nur die Flucht neben der Fahrbahn. Und der Polizist kam näher. Immer näher. Ihn niederschießen? Sinnlos. In der Ferne zuckte schon das Blaulicht eines Streifenwagens.

Bernd Kastrup ahnte, was kommen würde. Und er konnte es nicht verhindern. »Scheiße«, sagte er. Der Flüchtende schwang sich über das Brückengeländer und sprang in die Tiefe.

Kastrup beugte sich über das Geländer. Er sah, wie der Mann unten im Wasser aufschlug und versank. Es war ein Sturz von gut zehn Metern. Bernd Kastrup wartete, dass der Mann wieder auftauchte. Er tauchte nicht wieder auf. Kastrup dachte an die schwere, winterliche Kleidung und an das kalte Wasser. Sieben oder acht Grad höchstens. Der Mann hatte keine Chance. Bis zum nächsten Ufer wären es an die hundert Meter.

Hinter ihm war der Verkehr zum Stehen gekommen. Bernd Kastrup achtete nicht darauf. Er starrte weiterhin auf das dunkle Wasser hinunter. Ein unbefriedigendes Ende, dachte er. In dem Augenblick wurde er unsanft am Arm gepackt, und ein uniformierter Polizist schrie ihn an: »Können Sie mir mal bitte erklären, was das hier soll?«

Bernd Kastrup guckte dem Mann ins Gesicht. »Ja, das kann ich«, sagte er.

Veröffentlichungen (Auswahl):

Sachbücher

Die Nordsee, 2008
Das Eiszeitalter, 2011
Margot Böse, Jürgen Ehlers, Frank Lehmkuhl, 2022:
Deutschlands Norden – vom Erdaltertum zur Gegenwart
The Morphodynamics of the Wadden Sea, 1988

Kriminalromane

Mitgegangen, 2005
Neben dem Gleis, 2006
Die Nacht von Barmbeck, 2008
In Deinem schönen Leibe, 2011
Blutrot blüht die Heide, 2012
Nur ein gewöhnlicher Mord, 2014
Abflug oder Tod!, 2014
Tod auf der Osterinsel, 2015
Der Wolf von Hamburg, 2015
Die Hyäne von Hamburg, 2016
Die Schlange von Hamburg, 2017
Tod von oben, 2017
Im dunklen Nebel, 2018
Im Haus der Lügen, 2019
Durch die kalte Nacht, 2020
Sturm in die Freiheit, 2021
Fantom, 2021

und außerdem:

Warnung!

Dieses Buch ist kein Kinderbuch, obwohl Kinder darin vorkommen. Die Kinder sind am 20. April 1945 am Bullenhuser Damm in Hamburg ermordet worden. Die Geschichte ist ein Beispiel dafür, wozu Menschen fähig sind. Ganz gewöhnliche Menschen.

BoD 2020, ISBN 9 783751 952187